W0241692

Erwin Riess

Giordanos Auftrag

Roman

ELEFANTEN PRESS BERLIN

Inhalt

Ich hatte Glück, ich habe überlebt. Und ich habe mein Versprechen gehalten: Pünktlich zu Redaktionsschluß lag mein Text auf Giordanos Schreibtisch, zehntausend Zeichen, wie vereinbart. Und, wie vereinbart, erschien der Text auch in der Oktobernummer des »Manhattan Wheeling Courier«. Aber der Artikel, von dem ich hoffte, er werde die Welt aufrütteln, blieb in New York ohne Reaktion. Obwohl Giordano das Heft an eine Reihe von Menschenrechtsgruppen geschickt hatte, fand keine es der Mühe wert, den von mir erhobenen Beschuldigungen nachzugehen.

Einzig ein Exilungar meldete sich. Doch nur, um die Verunglimpfung seiner ehemaligen Heimat zu beklagen. Die österreichischen Behörden, die ich noch am Tag meiner Rückkehr aus Vukovar informierte, bekundeten zwar Interesse und Verständnis, traten die Ermittlungen aber umgehend an ihre ungarischen Kollegen ab. Deren Antwort ließ nicht lange auf sich warten: Der Autor habe wohl eine lebhafte Phantasie, hieß es in dem Brief, den ein junger Kriminalbeamter mir aushändigte, wobei er übers ganze Gesicht grinste. Falls ich vorhätte, die Anschuldigungen zu wiederholen, müsse ich mit einer Klage der Republik Ungarn rechnen, schloß das Schreiben.

Anstatt einen Skandal aufgedeckt zu haben, stand ich als Lügner und Spinner da, und es gab nichts, was ich dagegen hätte tun können. Ich hörte auf, für die Geschichte zu kämpfen. Ich kämpfte auch nicht um meinen Ruf. Ich schwieg.

Manchmal scheint Schweigen eine Möglichkeit zu sein weiterzuleben. Aber das Schweigen, so stellte sich bald heraus, war ein armseliger Zufluchtsort, denn die Angst, daß das Geschehene eines Tages wieder auftaucht, ließ mich nicht los. Dazu gesellte sich die Angst vor dieser Angst, und von da an war ich verloren. Ich verließ die Wohnung nicht mehr, saß am Fenster und starrte teilnahmslos vor mich hin. Abends trank ich eine Flasche Wein, manchmal zwei.

So ging das einige Wochen. Bis meine Haushälterin die Diskette des Dozenten fand. Sie lag im Wäschekasten ganz oben, dort, wo ich vom Rollstuhl aus nicht hinlange. Ich wußte nicht, daß ich die Diskette noch besaß, ich war der Meinung, die Amerikaner hätten sie in Vukovar an sich genommen. Meine Haushälterin druckte den Text für mich aus, und als ich die Notizen des Dozenten, die er während unserer Fahrt niedergeschrieben hatte, las, wußte ich, daß ich nicht länger vor der Geschichte weglaufen konnte, der Geschichte jener verhängnisvollen Reise nach Ungarn.

Ich kochte starken Kaffee und begann zu schreiben. Wenn ich den Stift nicht mehr halten konnte, weil die Finger schmerzten, sprach ich auf Band, und wenn ich heiser wurde, tippte ich auf meiner alten Schreibmaschine. Ich schrieb in der Küche, auf einem Ausziehtisch. Wenn mein Kreuz nicht mehr durchhielt oder mich die Müdigkeit übermannte, legte ich mich für ein paar Stunden aufs Kanapee.

Ich nahm mir nicht einmal die Zeit, mich richtig anzuziehen, halbnackt lümmelte ich im Rollstuhl und schrieb. Meiner Haushälterin verwehrte ich den Zutritt zur Wohnung, sie mußte mir das Essen beim Fenster hereinreichen. Ich ging nicht ans Telefon, hob die Post nicht aus und stellte auch den »World Service« der BBC, ansonsten mein Begleiter durch den Tag, nicht an. Einige Stellen aus den Notizen des Dozenten klebte ich in den Text. Auch sie gehören zur Geschichte, und ich habe sie deutlich gekennzeichnet.

Heute morgen, kurz vor Tagesanbruch, bin ich mit der Arbeit fertig geworden. Ich bin müde und erschöpft. Was ich schon während des Schreibens befürchtet hatte, ist eingetreten: Keine Last ist von mir abgefallen. Ich verspüre keine Erleichterung.

Ich hatte Glück, ich habe überlebt.

I

Meine Großmutter war keine Kommunistin. Der Dozent ist kein Nazi. Josef ist kein Rollstuhl

Spät am Morgen kam ich von meiner täglichen Runde durch das Wäldchen zurück. In der Nacht hatte es geregnet, und ich hatte den Geruch von Baumrinden und nassem Laub in der Nase. Meine Hände waren braun vom Erdreich, das auf den Treibreifen haften geblieben war. Ich hielt auf dem Gehsteig an und wartete ungeduldig darauf, daß Josefs schlammverschmierte Räder trockneten. Nur mit gereinigtem Rollstuhl dürfe ich in die Wohnung fahren, hatte die Haushälterin gesagt, sollte ich noch einmal den Wald in die Wohnung schleppen, werde sie kündigen.

Ich drehte ein paar Runden, um die Reifen zu säubern, aber der Schmutz an den Vorderrädern haftete fest. Während ich darüber nachdachte, ob es ratsam war, angesichts meiner Schulden bei der Haushälterin einen Streit zu riskieren, trockneten die Räder soweit, daß ich mit einer Bürste die Schlammreste entfernen konnte. Zu diesem Zweck beugte ich mich vor, und ich wäre fast aus dem Rollstuhl gefallen, als ich das Telefon schrillen hörte. Augenblicklich riß ich den Rollstuhl herum, stieß die Eingangstür auf und hastete in die Wohnung.

Ich hoffte, der Anruf sei von meiner Freundin, von der ich seit Tagen nichts mehr gehört hatte, nachdem wir uns wegen einer wichtigen Frage zerstritten hatten – sie hatte meine Vorliebe für die Binnenschiffahrt als Überspanntheit abgetan, worauf ich ihr auseinandersetzte, daß die Binnenschiffahrt für die Entwicklung der Menschheit bedeutsamer als die Seeschiffahrt gewesen sei, denn wie seien die Menschen aus dem Binnenland an die Küsten gekommen, wenn nicht über Flüsse.

Ich werde ihre Entschuldigung nach einigem Zögern akzeptieren, nahm ich mir vor. Und als ich statt der Stimme meiner Freundin jene von Mister Giordano hörte, war meine Überraschung so groß, daß ich kein Wort herausbrachte.

»Was ist mit Ihnen«, sagte Giordano, »sind Sie betrunken?«

Bemüht, ihn vom Gegenteil zu überzeugen, rief ich: »Mister Giordano! Sie in Wien? Wo können wir uns treffen?«

»Reden Sie keinen Unsinn, was soll ich in der Provinz? Manhattan ist langweilig genug. Ich habe Arbeit für Sie!«

Mein Blick folgte der Schlammspur der Reifen auf dem frisch gewachsten Boden. Meine Haushälterin wird mich zuerst verfluchen, und dann wird sie extra kassieren, schoß es mir durch den Kopf.

»Hören Sie mich?« rief Giordano. »Was ist denn mit Ihnen los?«

»Die Freude«, sagte ich. »Es ist nur die Freude.«

»Halten Sie den Mund! Niemand freut sich, wenn ich anrufe.«

»Wie Sie meinen, Sir.«

»Ihre Großmutter stammt doch aus Ungarn«, fuhr Giordano fort. »Sie haben mir letztes Jahr von ihr erzählt, auf der Staten Island Ferry. Wir sind dreimal hin und retour gefahren, und ich brauchte nur einmal zu zahlen.«

»Die Rückkehr der ›John F. Kennedy‹ aus den kroatischen Gewässern wird mir immer unvergeßlich bleiben«, sagte ich.

»Sie haben gebrüllt wie am Spieß, und ich hatte Mühe, den Steward davon zu überzeugen, daß Sie nicht im Drogenrausch sind«, entgegnete Giordano.

»Was wollen Sie von meiner Großmutter?«

»Nichts.«

»Das ist gut«, sagte ich, »denn meine Großmutter ist seit vielen Jahren tot.«

Ich solle den Mund halten und zuhören, beschied Giordano. Meine Großmutter habe Ungarn im Herbst 1921 verlassen. Er wollte wissen, ob dies der Kommunisten wegen geschehen sei. Ich verneinte, zu diesem Zeitpunkt sei die Räterepublik längst geschlagen gewesen; die Familie meiner Großmutter sei nicht vor Béla Kun, sondern vor der Influenza-Epidemie geflüchtet. Giordano gab sich damit nicht zufrieden, der Vater meiner Großmutter sei doch Eisenbahner gewesen, es könne immerhin sein, daß er mit den Kommunisten sympathisiert habe. Meine Großmutter habe nie etwas davon erwähnt, sagte ich geduldig. Giordanos Kommunistenhaß war mir nicht neu, es war ein Leiden, das auf den kalten Krieg zurückging; ich wußte, daß die Anfälle schubweise kamen und mitunter sehr heftig ausfielen. Und wirklich wollte Giordano jetzt wissen, ob meine Großmutter damals Kommunistin war. Meine Großmutter sei Jahrgang 1913 gewesen, sagte ich, als Achtjährige werde sie sich wohl kaum für Politik interessiert haben. Kommunisten würden auch Kinder für ihre verderbliche Sache einspannen, beharrte Giordano und stöhnte auf – für mich die Bestätigung, daß der Anfall vorüber war.

»Hören Sie mir genau zu«, sagte Giordano. »Vor mir liegt ein sonderbarer Hilferuf, er kam heute Nacht per Internet. In einem nordungarischen Nest namens Töröklak sitzt ein behinderter Mann in einem Heim. Er behauptet, in der Anstalt trügen sich fürchterliche Dinge zu. Lebte Ihre Großmutter nicht in dieser Gegend?«

Ihr Heimatdorf sei Visegrád an der Donau gewesen, antwortete ich. Das aber sei nur eine Autostunde von Töröklak entfernt.

»Sie werden dort hinfahren«, sagte Giordano. »Ich habe eine Nase für Stories, und ich müßte mich sehr irren, wenn das nicht eine wird. Seien Sie vorsichtig, es kann sein, daß der Mann geisteskrank ist, es kann aber auch sein, daß er nur gezwungen ist, sich zu tarnen. Er nennt sich Roebling. Wie der Konstrukteur der Brooklyn Bridge. Und er droht, die Brooklyn Bridge zu zerstören, wenn wir niemanden in dieses Nest schicken. Recherchieren Sie die Story und schreiben Sie eine Reportage für die Oktobernummer. Weil es sich um einen Notfall handelt, gebe ich Ihnen zehntausend Zeichen.«

So viel Platz hatte Giordano mir noch nie offeriert. Sofort verlangte ich zwanzigtausend Zeichen. Ich solle aufhören, Zeilenhonorar zu schinden, es bleibe bei zehntausend, sagte Giordano. Ich erkundigte mich, ob die amerikanischen Behörden von der Sache informiert seien. Ich hatte keine Lust, mich in den nordungarischen Gebirgen herumzutreiben. An Ungarn interessieren mich nur die Binnenschiffahrt, die rollstuhlgerechte Tiefebene und die Fischsuppen.

»Lassen Sie mich mit den Stümpern von der CIA in Ruhe«, wehrte Giordano ab. »Wozu habe ich Korrespondenten?« Er gab mir zehn Sekunden Bedenkzeit und fragte nach drei Sekunden, wie ich mich entschieden hätte.

Selbstverständlich sagte ich zu. Giordano zahlt schlecht, aber er zahlt prompt, und was noch wichtiger ist: Durch ihn komme ich hin und wieder nach New York.

»Ich habe nichts anderes erwartet«, sagte Giordano. »Für die Spesen komme ich auf, aber nur im Rahmen des Ortsüblichen. Und seien Sie nicht ironisch, ich will keine Ironie, ich will Fakten. Und übermitteln Sie mir den Text diesmal per E-mail. Sie haben doch einen Internet-Anschluß?«

»Selbstverständlich«, log ich. Ich besaß nicht einmal einen Küchenmixer. Ich habe meiner Freundin einmal vorgerechnet, daß ich für den Gegenwert eines Computers ein Jahr lang zum Heurigen gehen kann. Bevor dieses Verhältnis sich nicht auf einen Monat reduziert, können Computer mir gestohlen bleiben.

»Fahren Sie sofort los, die Sache eilt«, sagte Giordano.

Ich sei am Nachmittag zur Eröffnung einer Rampe geladen, erwiderte ich, und könne daher erst morgen reisen.

»Was für eine Rampe?« fragte Giordano.

»Eine Rampe für einen Badeteich. Ich habe die Planungen überwacht.«

»Vergeuden Sie nicht Ihre Zeit mit solchem Unsinn«, sagte Giordano. »Ich bin seit dreißig Jahren nicht mehr geschwommen und lebe immer noch.«

Ich hörte ihn husten und fluchen. Der Husten wurde immer stärker. Giordano ist ein starker Raucher. Als er sich wieder gefangen hatte, sagte er: »Und erfinden Sie keine Märchen, wie in Ihrer Story über Lissabon!«

»Sir, jedes Wort meiner Reportage ist wahr!« Meine Beine begannen zu zucken, ich klemmte den Hörer zwischen Schulter und Kopf und versuchte, sie mit den Händen ruhigzustellen.

»Sie behaupten in Ihrem Artikel, daß es auf dem Tejo eine prosperierende Binnenschiffahrt gibt«, höhnte Giordano. »Ich war neulich in Lissabon, und ich habe kein einziges Binnenschiff gesehen.«

Das sei ausgeschlossen, widersprach ich. Zweimal täglich würde ein Motorgüterschiff Lissabon passieren und Hausmüll im Meer versenken.

»Das nennen Sie ein prosperierendes Busineß?«

»Sir, der Müll wird immer mehr, bald wird eine dritte Fahrt notwendig sein!«

»Halten Sie den Mund! Sie sollen nur berichten, was Sie gesehen, nicht, was Sie irgendwo gelesen haben. Noch etwas!«

»Sir!«

»Trinken Sie nicht so viel.« Er legte auf.

Ich versuchte meine Beine zu beruhigen, die sich in schweren Krämpfen selbständig gemacht hatten. Immer wenn ich mich aufrege, bekomme ich Spasmen in den Beinen. Die Ärzte machen das verletzte Rückenmark dafür verantwortlich. Zwanzig Jahre im Rollstuhl haben mich aber eines Besseren belehrt: Die Krämpfe sind eine normale Reaktion auf Gehässigkeiten der Umwelt, und es spielt dabei keine Rolle, ob ich trinke.

Ich nahm den Reisepaß aus einer Lade des Vorzimmerkastens und versah die Campingtoilette im Kofferraum meines Wagens mit Chemikalien und Wasser. Meiner Haushälterin erklärte ich in einer Notiz, die Schlammspur in der Wohnung sei auf einen Notfall zurückzuführen. Anschließend suchte ich Wäsche für ein paar Tage zusammen und stopfte sie in die Reisetasche. Obenauf legte ich eine Manöverkarte von Österreich-Ungarn und ein Exemplar von Géza Gárdonyis »Sterne von Eger«.

Dann rief ich den Dozenten an. Ich fragte ihn, ob er mir Gesellschaft leisten wolle, ich müsse in Ungarn eine Story recherchieren.

»Sie brauchen keinen Begleiter«, sagte der Dozent erfreut, »Sie brauchen einen Helfer! Sowohl theoretisch, dank meiner langjährigen Beschäftigung mit den Lebensverhältnissen von Randgruppen, als auch praktisch, durch meine Schulung bei den Arbeitersamaritern, bin ich der richtige Mann für Sie.«

Er solle seinen Computer und eine Zahnbürste einpacken, sagte ich, in einer halben Stunde würde ich ihn mit meinem Wagen abholen. Dann fragte ich ihn noch einmal, ob er wirklich mitkommen wolle, es könne anstrengend werden, und schließlich räumte ich ihm zehn Sekunden Bedenkzeit ein. Nach drei Sekunden fragte ich, wie er sich entschieden habe.

Eine Stunde später hielt ich vor der Villa des Dozenten in einer ruhigen Straße eines Wiener Nobelbezirks. Die Villa gehörte seiner Mutter, und der Dozent bewohnte das weitläufige Erdgeschoß. Im Frühjahr hatte er den Mut aufgebracht, die beiden Stufen zum Haupteingang durch eine improvisierte Rampe zu überbrücken. Die Rampe hatte ganze drei Tage bestanden. Während der Dozent an einer soziologischen Tagung in Rostock teilnahm, ließ seine Mutter, die im Ehrenkomitee des Roten Kreuzes Sitz und Stimme hat, die Rampe schleifen. Ihrer Meinung nach verschandelte sie den architektonischen Gesamteindruck des Jugendstilbaus.

Kurz nach der Stadtgrenze gab der Dozent sich einer alten Marotte hin, er begann zu klagen: Am Morgen habe er einen Brief vom Dekan der Wiener Universität erhalten, es werde auch heuer keinen Lehrauftrag für ihn geben. Ich wußte um seine wunde Stelle, den Traum von der akademischen Karriere und der ersehnten Professur, und ich erkundigte mich, wie er auf diese Nachricht reagiert habe. Er sei so deprimiert gewesen wie noch nie, sagte er, und er habe darüber nachgedacht, ob es sich lohne, darüber nachzudenken, angesichts fortgesetzter Demütigungen durch den akademischen Betrieb einen Suizid nicht auszuschließen. Danach sei er, wie immer in Krisenzeiten, in die Bibliothek gegangen und habe sich vor sein Therapie-Regal gestellt, jenes Regal mit Büchern von berühmten Sozialwissenschaftlern, die es nie zu einer ordentlichen Professur gebracht hatten. Bislang habe ihm der Anblick dieser Bibliothek der Verstoßenen über die schwersten Krisen hinweggeholfen, immer wieder habe er daraus die Kraft geschöpft weiterzumachen, so lange, bis sein Werk sich zu den Büchern der berühmten Kollegen gesellen würde. Dieses Mal aber sei ihm kein Trost zuteil geworden, ja er sei nahe daran gewesen, für immer mit der Wissenschaft zu brechen und den Fernsehapparat, den seine Mama ihm zu seinem vierzigsten Geburtstag geschenkt hatte, einzuschalten. Und in diesem Moment, am Höhepunkt der Krise, hätte ich ihn angerufen, und nun, keine zwei Stunden später, fahre er als mein persönlicher Assistent nach Ungarn. »Was für eine glückliche Fügung«, sagte er und klappte sein Notebook auf. Er wußte nicht, daß ich ihn nur des Computers wegen nach Ungarn mitnahm; mit Hilfe des Internet könne er, wenn es sein müßte, sogar in der Wüste eine Botschaft absetzen, hatte er des öfteren behauptet.

Ich werde einem Schwerbehinderten zur Hand gehen, und ich werde solcherart Nachrichten von einem Universum sammeln, dessen Geheimnisse nur wenigen zugänglich sind. Die Reise soll zum Wendepunkt meines wissenschaftlichen Lebens werden. Meine Feldstudie wird an intellektueller Schärfe und bestechender Authentizität ihresgleichen suchen. Den Titel sehe ich schon vor mir: »Das Reiseverhalten von gesellschaftlichen Randgruppen unter besonderer Berücksichtigung der pannonischen Tiefebene. Ein Traktat über menschliche Möglichkeiten in unmöglichen Verhältnissen.«

Ich helfe G., den Alltag zu bewältigen. Und er hilft mir, in der Wissenschaft zu reüssieren. Wir sind ein Team.

Wir fuhren durch endlose Gemüsefelder, die nur durch Windschutzgürtel unterbrochen wurden. Über den Feldern hingen Nebelschwaden. Landarbeiter kehrten Krautblätter, die von den Erntemaschinen auf die Straße gefegt worden waren, zur Seite. Ich fuhr so schnell ich konnte, in den Kurven schlingerte der Wagen auf die andere Straßenseite. Der Dozent hatte eine Hand am Sicherheitsgurt, die andere umklammerte den Griff in der Tür. Ich wollte ihm unbedingt den Teich zeigen, den Teich mit meiner Rampe, von der ich ihm den ganzen Winter hindurch erzählt hatte.

Als wir den Freizeitpark erreichten, war die Feier schon im Gange. Einige Dutzend Dorfbewohner standen oberhalb der Liegewiese um ein Rednerpult und hörten die Ansprache des Pfarrers. »Pardon«, sagte der Dozent, »dürfen wir«, und schob mich an den Festgästen vorbei in die erste Reihe.

Der Pfarrer, ein Pole, sprach gerade den Segen. Die Hände über dem Bauch gefaltet, stand der Bürgermeister neben ihm und hielt den Kopf gesenkt. Einige Festgäste schlugen ein Kreuz, andere knieten nieder. Der Dozent hockte sich neben den Rollstuhl. Er sei Atheist, flüsterte er mir zu, und wolle niemanden verletzen. Er solle hocken bleiben, flüsterte ich zurück, so würde er nicht auffallen.

Dann trat der Bürgermeister ans Pult. Er sprach davon, wie schwer es gewesen sei, den Gemeinderat davon zu überzeugen, daß in der Schottergrube ein Paradies schlummere. Und er zählte auf, woraus das Paradies sich zusammensetzte: Neuntausend Kubikmeter Grundwasser, eine Liegewiese, ein Buffet und – er machte eine Kunstpause – eine Rampe für die Invaliden. Somit verfüge die Gemeinde über den ersten invalidengerechten Badeteich in Mitteleuropa. Die Gemeindesekretärin applaudierte. Als auch der Dozent die Hände hob, hielt ich ihn zurück. Monatelang hatte ich versucht, dem Bürgermeister beizubringen, daß ich nicht invalid, sondern behindert bin. Und monatelang hatte der mich mit großen Augen angesehen und Besserung gelobt.

Er rechne fest damit, daß die Rampe den Namen der Gemeinde über die Landesgrenzen hinaus bekannt machen werde, fuhr der Bürgermeister fort und stützte sich auf das Pult. Europa könne sich an der Rampe ein Beispiel nehmen.

»Haben Sie das dem Mann eingeredet?« fragte der Dozent und schaute mich argwöhnisch an. Ich nickte.

Der Bürgermeister beklagte sich jetzt darüber, daß die Rampe gegen den Widerstand der Opposition errichtet werden mußte, aber er sei eben ein Mann von Prinzipien, und das wichtigste von diesen sei der Mut zu unpopulären Maßnahmen. Er schaute Bestätigung heischend zum Pfarrer, der aber war damit beschäftigt, die vom Wind gebauschte Soutane niederzuhalten.

»Kein Mensch wird von der Rampe Notiz nehmen«, flüsterte der Dozent. Ich nickte wieder.

Der Bürgermeister erklärte den Badeteich für eröffnet. Die Feuerwehrkapelle intonierte einen Marsch, der Bürgermeister schüttelte dem Pfarrer die Hand, Applaus setzte ein.

Der Dozent erhob sich, denn der Bürgermeister war auf uns aufmerksam geworden und schritt, gefolgt vom Pfarrer und der Gemeindesekretärin, auf uns zu.

»Sie kommen spät«, rief er.

»Der Verkehr«, sagte ich bedauernd und stellte den Dozenten vor: »Ein Freund aus Wien, er ist Sozialwissenschaftler, und er ist der Rampe wegen gekommen.«

»Das freut uns«, sagte der Bürgermeister.

Der Dozent gratulierte zum Teich und vor allem zur Rampe. Es zeuge von Aufgeschlossenheit, daß die Gemeinde an die Bedürfnisse behinderter Menschen denke. Der Dank gebühre nicht ihm, sondern mir, wehrte der Bürgermeister ab. Ohne mich wäre die Böschung für Rollstuhlfahrer unbezwingbar.

Es handle sich nicht um eine Böschung, sondern um eine Berme, korrigierte ich ihn, so laute in der Landschaftsplanung der korrekte Ausdruck für Geländestufen. Er ziehe den Hut vor dem Experten, sagte der Bürgermeister und lachte, als wäre das ein Witz. Der Pfarrer beugte sich zu mir herunter und gratulierte mir ebenfalls.

»Wozu?« fragte ich.

»Zur Berme«, sagte der Pfarrer, »ich höre dieses Wort zum ersten Mal.«

Ich hätte die Rampe verdient, sagte der Bürgermeister und klopfte mir auf die Schulter, nickte dem Dozenten zu und eilte, den Pfarrer an der Hand, zu den anderen Festgästen. Die Sekretärin des Bürgermeisters erklärte mir, ich würde demnächst ein Schriftstück erhalten, welches mir unbeschadet der Tatsache, daß ich nicht in der Gemeinde wohnhaft sei, das Baderecht verleihe. Mittels des beiliegenden Erlagscheins solle ich den Jahresbetrag einzahlen, und mit dem Beleg könne ich dann im Gemeindeamt einen Invalidenausweis beantragen, der mir gegen eine geringe Schutzgebühr und gegen Vorlage eines Farbfotos, das nicht älter als zwei Monate sein dürfe, ganz unbürokratisch ausgestellt würde.

Aber es sei doch ausgemacht gewesen, daß ich wie die Mitglieder der Gemeinderates gratis schwimmen dürfe, sagte ich. Den halben Winter hatte ich auf der Baustelle verbracht. Wäre es nach dem Landschaftsarchitekten gegangen, hätte die Rampe zehn Meter oberhalb der Wasseroberfläche geendet, und hätten die Bauarbeiter sich durchgesetzt, wäre die Querneigung der Rampe so groß gewesen, daß ein Rollstuhlfahrer schon nach wenigen Metern seitlich in den Teich gekippt wäre. Vom ersten

Tag an hatte ich den Bau der Rampe überwacht, täglich drehte ich meine Inspektionsrunden, und als ich sah, daß auch dies nichts nutzte, blieb mir nur übrig, mich mit den Bauarbeitern anzufreunden, die *mir zuliebe* die Rampe so ausführten, wie es für ein unfallfreies Befahren erforderlich ist. Dieselbe Taktik hatte ich bei der Errichtung des Behindertenparkplatzes und des Rollstuhlklos anwenden müssen. Der Behindertenparkplatz wäre sonst in einer unübersichtlichen Kurve eingerichtet worden, und vor dem Rollstuhlklo hatte der Architekt zwei Stufen vorgesehen.

»Der Herr Bürgermeister konnte Ihre Gebührenbefreiung im Gemeinderat nicht durchsetzen«, sagte die Sekretärin. Sie beugte sich an mein Ohr und flüsterte: »Im Vertrauen gesagt, der Herr Bürgermeister hatte große Bedenken wegen der Rampe. Er hielt sie für ein Sicherheitsrisiko.«

»Mich?«

»Nicht Sie, die Rampe. Er hat Angst, daß jemand auf der Rampe ausrutscht und in den Teich fällt.«

Ich entriegelte die Bremsen und brachte den Rollstuhl mit zwei schnellen Armstößen auf Touren. »Kommen Sie, wir haben hier nichts mehr verloren«, rief ich über die Schulter dem Dozenten zu. Ich schlug den asphaltierten Weg zum Parkplatz ein und wunderte mich, warum der Dozent nicht folgte.

Er würde gern die Rampe sehen, rief er. Ob ich ihn führen könne. Ich würde seiner Bitte gern entsprechen, entgegnete ich und blieb stehen, aber Josef weigere sich, auf den verschlammten Wegen auch nur einen Meter zurückzulegen. Wenn mir eine Sache unangenehm sei, würde ich mich immer hinter dem Rollstuhl verschanzen, murrte der Dozent.

»Tut mir leid«, sagte ich, »aber Josef hat eben seinen eigenen Willen.«

»Ein Hilfsmittel zu personalisieren ist genauso verwerflich wie die Verdinglichung von Menschen«, meinte der Dozent.

Ich spielte mit den Bremshebeln. »Josef ist ein Mensch wie Sie und ich, und er ist sensibel. Seine Lager könnten Schaden nehmen.«

Er würde sich gern erkenntlich zeigen, sagte der Dozent. Ein Mittagessen sei ihm die Führung schon wert.

Am Beginn der Rampe bat ich den Dozenten, einen Schritt zurückzutreten. Dann beschleunigte ich und fuhr die holprige Bahn zum Wasser hinunter. Im letzten Moment bremste ich den Rollstuhl auf einer kleinen Plattform ab.

Der Dozent kam die Rampe heruntergerannt. »Ich dachte schon, Sie fallen in den Teich!«

Ich zog das rechte Bein, das von den Fußstützen abgerutscht war, mit den Händen zurück und sagte: »Talwärts fahre ich immer am Limit.«

»Und wie kommen Sie vom Rollstuhl ins Wasser?« Der Dozent rang nach Luft und zog ein Notizbuch aus seinem Jackett.

»Ich lasse mich auf ein Kissen fallen und rutsche damit in den Teich.«

»Wie transportieren Sie das Kissen?«

»In Josefs Netz, das Kissen ist aufblasbar.« Ich wendete und fragte, ob er mir hinaufhelfen würde.

»Selbstverständlich«, sagte der Dozent und steckte den Notizblock weg. Er wolle nur vorher einen Stein aus seinem Schuh schütteln. Er setzte sich auf den Schotter. Während er den linken Schuh auszog, wollte er von mir wissen, warum ich immerzu von *meiner* Rampe spräche. Weil die Rampe für mich mehr sei als ein bequemer Weg von A nach B, erklärte ich. Seit die Rampe existiere, nehme sie einen fixen Platz in meinen Träumen ein. Er würde gerne wissen, was ich da träume, er brauche das für seine Aufzeichnungen, erwiderte der Dozent.

»In meinen Träumen sorge ich mich um den Sozialstaat«, sagte ich. »Der soll an mir nicht zugrunde gehen. Meine Rampe garantiert ein Höchstmaß an Selbstbestimmung: Der Teich ist so tief, daß ich, sofern ich mich vorher an Josef fessle, mit Sicherheit ertrinke.«

»Sie sind verrückt«, versetzte der Dozent, zog den Schuh an und schob mit dem Fuß ein paar Kiesel, die auf die Plattform nachgerutscht waren, zur Seite. Ich setzte mich im Rollstuhl zurecht und verschränkte die Arme; für den Dozenten das Signal, mich zu schieben.

Auf dem Parkplatz angelangt, verstaute ich den Rollstuhl im Wagen. Währenddessen machte der Dozent sich an einem Motorrad zu schaffen.

»Gefällt Ihnen die Harley?«

»Sie wissen doch, daß ich ein leidenschaftlicher Feind von Motorrädern bin«, sagte er. »Ich gebe die Hoffnung nicht auf, daß die Menschheit diese Fetische eines Tages überwinden wird.«

»Ihr Traum wird zerplatzen wie der Kopf eines Motorradfahrers an einem Alleebaum«, entgegnete ich und startete den Wagen. Der Dozent beeilte sich einzusteigen. Mit seiner Motorradphobie könne er vielleicht unter Intellektuellen Eindruck schinden, aber nicht bei mir, fuhr ich fort, denn ich sähe in jedem Motorradfahrer einen potentiellen Verbündeten im Kampf für eine rollstuhlgerechte Welt.

»Ihre Vorliebe für diese Phallussymbole ist eine Obsession, die nur ein Psychotherapeut auflösen kann«, erklärte der Dozent und klappte seinen Laptop auf.

»Ein plumper Fehlschluß, dessen Ursache darin wurzelt, daß Sie sich weigern, die Geschichte meiner Rampe in einer Studie zu publizieren«, erwiderte ich. »Es ist mir unverständlich, wozu Sie ständig Notizen machen, wenn Sie diese dann nicht für Ihre Arbeit verwenden.«

»Ich habe Ihnen schon mehrmals auseinandergesetzt, daß ich diesen Vorschlag für blasphemisch halte«, sagte der Dozent mit erzwungener Ruhe. »Sie können mir noch hundertmal die Geschichte Ihrer Rampe als Habilitationsthema antragen, und ich werde das Angebot hundertmal ablehnen. Sowohl mein Papa als auch meine Mama waren überzeugte Nazis, und von meinem Papa weiß ich, daß er an medizinischen Experimenten beteiligt war. Meine Mama machte ihm deswegen immer wieder Vorwürfe, aber nicht weil er mitgetan hatte, sondern weil er sich nach dem Krieg dafür schämte. Und da wollen Sie von mir, dem Sohn eines Täters, daß ich eine Arbeit über eine Rampe schreibe?«

»Warum nicht? Ist es nicht egal, aus welchen Motiven das Richtige geschieht?«

»Es ist aber nicht das Richtige«, rief der Dozent und kurbelte das Fenster herunter. »Meine Notizen handeln von Ihnen, nicht von der Rampe.«

II

Die Campingtoilette und der Küstenschutz der DDR. Der »Traurige Sonntag« und das Comeback des Reichsverwesers

Kurze Zeit später waren wir auf der Autobahn. Auf einer langgezogenen Steigung überholte uns ein alter rumänischer Sattelschlepper. »Geht Ihr Wagen nicht schneller?« fragte der Dozent. »Nein«, sagte ich. »Bei einem Kleinwagen frißt das automatische Getriebe bis zu fünfzig Prozent der Leistung, und bei meinem Renault 5 sind es, glaube ich, neunzig Prozent.«

»Dagegen muß man doch etwas unternehmen können«, entgegnete der Dozent und warf einen Blick auf die Tachonadel, die um die Sechzigkilometermarke pendelte.

»Nicht bei einem Renault«, erwiderte ich.

Der Sattelschlepper, der schwere landwirtschaftliche Zugmaschinen transportierte, schob sich langsam an uns vorbei, aus dem Auspuff drang eine Rußfahne. Der Dozent hustete lange, widmete sich dann aber wieder seinem Computer. Als er nach einigen Kilometern aufschaute, wurden wir gerade von einem Konvoi restaurierter alter Skodas überholt. Der Dozent schaute mich mit gespannter Erwartung an. »Was halten Sie von einem noblen Grau?« fragte er.

»Sie beabsichtigen in Ungarn eine Hose zu kaufen?«

»Wie kommen Sie denn darauf? Ich denke nicht an eine Hose, sondern an den Schutzumschlag meines Buches.«

»Sie sind sehr zuversichtlich«, sagte ich. »So kenne ich Sie gar nicht. Es steht Ihnen aber gut.«

Er lächelte zufrieden und setzte die Arbeit fort. Ich konzentrierte mich auf den dichter werdenden Verkehr. Kurz vor der Grenze wurde der Dozent durstig. Er griff in die Mineralwasserkiste auf dem Rücksitz, zog eine grüne Plastikflasche hervor und öffnete den Verschluß. Ich riet ihm dringend davon ab, aus der Flasche zu trinken.

»Was ist das? Eine jener Limonaden, nach deren Genuß man angeblich fliegen kann?«

»Weder noch«, erwiderte ich. »Eine chemische Reinigungsflüssigkeit für die Campingtoilette.«

»Ich verstehe«, sagte der Dozent. »Sie sind klug. Statt Zeit und Energie mit der Suche nach Behindertentoiletten zu vergeuden, führen Sie die Toilette mit sich.« Er stellte die Flasche zurück und arbeitete weiter.

Der Dozent irrte. Ich handle, was meine Lage angeht, durchaus nicht klug, sondern nachlässig und dumm. Ein Wunder, daß ich nicht schon in einem Pflegeheim gelandet bin. Erst meine Arbeit als Korrespondent für Giordano brachte mich wieder auf die Beine. Joe Giordano hat mich gerettet, als er mir den Auftrag erteilte, eine Reportage über Wien zu schreiben. Der Text über die Krise der Donauschiffahrt während des bosnischen Krieges wurde als Metapher für das Wiener Kulturleben verstanden, und seither bin ich regelmäßiger Mitarbeiter des »Manhattan Wheeling Courier«.

Die Campingtoilette. Das Zusammenfallen von Kreislaufwirtschaft und kreatürlicher Beschränkung, nachhaltiger Ressourcenallokation und ganzheitlicher Autonomie. Mit einem Wort: Behinderte Menschen sorgen für eine artgerechte Auslastung der gesellschaftlichen Grundfonds. Aber G. braucht jemanden, der die Toilette für ihn aus dem Wagen hebt! Das Zusammenspiel von Dienstleistung und Ökologie. Fazit: Auch im Zustand fortgeschrittener Autonomie ist er auf meine Hilfe angewiesen!

Hinter der Grenze verlief die Straße für eine kurze Zeit in Sichtweite der Rabca, eines Wiesenflusses, der sich in wirren Mäandern durch die kleine Tiefebene schlängelt. Vor einer weißgetünchten Steinbrücke hielt ich an und beobachtete Kormorane, die in Gänseformation flogen. Als weitere Vögel dazu stießen, fächerte die Gruppe sich zu einem Dreieck auf.

Ich solle ihm von der Campingtoilette erzählen, bat der Dozent, er brauche das für seine Arbeit. Zuvor hätte er aber gern gewußt, wie ich vor deren Indienststellung zurechtgekommen sei. Das Leben sei zu kurz, die Tragödien aufzulisten, antwortete ich. Wenn es aber sein müsse, könne ich eine Geschichte zum besten geben. Er bitte höflich darum, sagte der Dozent.

»Die Geschichte spielt an der Küste der Ostsee, in der DDR der frühen achtziger Jahre, genauer gesagt, im Naturschutzgebiet des Darß. Es ergab sich, daß ich den Wunsch verspürte, am Meer zu urinieren. Also fuhr ich mit Josef so nahe wie möglich an die Klippen heran, was infolge des heftigen Sturms nicht einfach war. Als ich mich hochstemmte, um die Hose abzustreifen, erfaßte mich eine Bö und schleuderte mich in die Tiefe.«

»Waren Sie verletzt?« Der Dozent schrieb eifrig mit.

»Nein, ich hatte Glück und landete auf einer Düne. Aber ich war von der Welt und von Josef abgeschnitten. Stundenlang rief ich um Hilfe. Es war sinnlos, die Brandung übertönte mein Schreien, und an ein Hochklettern war nicht zu denken. Ich hatte schon alle Hoffnung aufgegeben, da fiel einem Naturwart der einsame Rollstuhl auf. Der Mann leuchtete mit einer Lampe in die Tiefe, ich schrie zu ihm hinauf, und kurze Zeit später stand er vor mir. Er band mich an seinem Rücken fest und schleppte mich hoch. Er war der Meinung, ich hätte einen Selbstmordversuch unternommen, und verfrachtete mich deshalb mit seinem Wartburg in eine Poliklinik nach Stralsund. Dort war man rührend um mich bemüht. Ich wollte meine Retter aber nicht mit der Wahrheit belasten, und so fand ich Eingang in die Annalen des sozialistischen Küstenschutzes: ein Rollstuhlfahrer aus dem Westen, der angesichts des menschenverachtenden Kapitalismus so verzweifelt war, daß er nur im Selbstmord einen Ausweg zu erkennen glaubte. Wochen später, ich war längst wieder zu Hause, erhielt ich einen Ausschnitt aus der ›Stralsunder Zeitung‹ zugeschickt, das Foto zeigte das Kollektiv der Poliklinik bei einer Ordensverleihung, und im Text wurde die stete Wachbereitschaft des Küstenschutzes hervorgehoben. Mein Retter war auf dem Bild nicht zu sehen.«

Der Dozent hatte eben seine Notizen beendet, als am Ende eines langgestreckten Straßendorfes die ersten Prostituierten zu sehen waren; Roma-Mädchen, sie waren fast nackt, und keines schien volljährig zu sein. »Eine Schande«, rief der Dozent und drehte sich um. Im Rückspiegel sah ich einen Kastenwagen mit deutschem Kennzeichen vor den Mädchen anhalten, zwei großgewachsene junge Männer stiegen aus. »Schweine«, empörte sich der Dozent. Ich schwieg. Voriges Jahr hatte eines der Mädchen für mich auf das Honorar verzichtet, und zwar aus Mitleid. Ich schäme mich heute noch dafür.

Nach Györ verließen wir die Transitroute. Die Straße folgte nun der Donau und führte durch Robinienwälder und abgeerntete Maisfelder. Immer wieder schaute ich zum Fluß, konnte aber keine Schiffe erkennen. Ich öffnete das Fenster und genoß den Fahrtwind. Auf einer Hinweistafel stand: KOMÁROM 30 Kilometer.

»Wenn ich mich nicht irre, stammt Franz Lehár aus Komárom«, sagte der Dozent. »Meine Mama spielt seine Operetten heute noch auf dem Flügel.«

»Ich weiß, daß Sie eine traurige Kindheit hatten, das gibt Ihnen aber noch lange nicht das Recht, Komárom mit Lehár, statt mit dem Kampf gegen die Habsburger zu verknüpfen«, erwiderte ich. »Die Stadt hat sich ein volles Jahr, bis zum Sommer 1849, gegen die Übermacht gehalten.«

»Sie tun ja gerade so, als hätte die Stadt das für Sie getan«, warf der Dozent ein.

»Komárom bedeutet mir viel«, sagte ich und hob mit der Hand meinen rechten Fuß auf das Gaspedal. Anschließend justierte ich das Knie, das nach außen wegzukippen drohte, und regelte auf diese Weise die Geschwindigkeit.

»In jungen Jahren«, fuhr ich fort, »unternahm ich mit meiner damaligen Geliebten und ihrer besten Freundin, die eine starke Aversion gegen den ungarischen Sozialismus hegte, eine Reise durch das *kisalföld*, die kleine Tiefebene. Um die Freundin zu ärgern, blieb ich vor jeder Fabrik stehen und las aus einem von der Botschaft der Volksrepublik Ungarn herausgegebenen Industrieführer die Kenndaten der einzelnen Fabriken vor: Produktpalette, Exportstruktur, sozialistische Auszeichnungen. Auf diese Weise drangen wir in die militärische Sperrzone ein, die in diesem Abschnitt nur mangelhaft gesichert war. Sie müssen wissen, daß die Sowjetarmee die ehemaligen habsburgischen Kasernen übernommen und im Lauf der Jahre zu einem bedeutenden Truppenstützpunkt ausgebaut hatte. Und am Strom lagen die Werften der sowjetischen Donauflotille, jener Flotille, die sich im Mai 1945 während der Schlacht um Wien ausgezeichnet hatte. Ich stieg also aus dem Auto und fotografierte die Werft. Wenig später fuhr eine Militärstreife vor und verlangte die Herausgabe des Films. Bereitwillig kam ich der Aufforderung nach. Anschließend wurden wir zu einem Verhör in die Kaserne geladen. Die Freundin zitterte am ganzen Leib, ich aber war stolz und bewegt, konnte ich ihr doch den bewaffneten Arm der Volksmacht in Aktion vorführen. Die Militärpolizisten begriffen schnell, daß es sich bei uns um harmlose Touristen handelte, und nachdem der Spionageverdacht entkräftet war, ging das Verhör in ein kurzweiliges Gespräch über. Und am Ende gab es sogar frische Astern für die Mädchen und einen Wimpel des Armeesportklubs für mich.

Wenige Monate später starb die Freundin in Rom an einer Überdosis Rauschgift. Die Geschichte ist so traurig wie Ihre von Operetten zerstörte Kindheit«, schloß ich, »und in einem traurigen Land wie Ungarn hasse ich nichts so sehr wie traurige Geschichten.«

Die Finger des Dozenten glitten über die Tasten des Notebooks.

»Wie kommen Sie darauf, daß Ungarn ein trauriges Land ist?« fragte er, ohne aufzusehen. »Ich dachte, die Ungarn seien sinnenfroh und leichtblütig?«

»Das kommt davon, wenn man mit Lehár aufwächst«, erwiderte ich. »Wissen Sie nicht, daß die inoffizielle ungarische Nationalhymne, der ›Traurige Sonntag‹, vor dem Krieg verboten war, weil ihre Radioausstrahlung Massenselbstmorde hervorrief?«

Daran sei wohl die wirtschaftliche Situation schuld gewesen, meinte der Dozent, unter Hórthy habe Ungarn ja als das Land der drei Millionen Bettler gegolten.

»Das also lernt man im Akademischen Gymnasium«, sagte ich, »aber sicherlich haben Sie dort nicht gelernt, daß die drei Millionen nicht um Brot, sondern um die Aufhebung des Verbots bettelten, weil sie sich ohne den ›Traurigen Sonntag‹ um ihre letzte Hoffnung, den Selbstmord, betrogen sahen.«

»Somit war es kein Zufall, daß der Diktator sich mit dem Ehrennamen ›Reichsverweser‹ schmückte«, sagte der Dozent. »Wußten Sie, daß Hórthy vor 1918 Admiral der k.u.k. Marine war?«

Ich nickte. »Er hat das Handwerk der Verwesung von der Pike auf gelernt.«

Es sei eine Schande, daß Hórthy in Ungarn jetzt wieder Rosen gestreut würden, fuhr der Dozent fort, ja, man verkläre ihn sogar zum Beschützer der ungarischen Juden. Dabei habe es unter Hórthy die ersten Rassengesetze in Europa gegeben, noch in den zwanziger Jahren, und in der Nazizeit habe sich Hórthy nur so lange vor die Juden gestellt, bis genug Viehwaggons für die Fahrt nach Auschwitz vorhanden waren.

Ich erkundigte mich, ob der Dozent darüber geforscht habe. Er wisse deshalb Bescheid, sagte er, weil der Bruder seines Vaters als Verbindungsoffizier im Stabe Eichmanns tätig gewesen sei; die Verschleppung der ungarischen Juden habe seinem Onkel eine hohe Auszeichnung eingebracht. Ich fragte nach der weiteren Karriere jenes Mannes, und der Dozent berichtete, daß sein Onkel nach dem Krieg mit Hilfe des Vatikans nach Argentinien geflüchtet sei und dort in den Anden ein Schisportzentrum aufgebaut habe, man lese hin und wieder von diesem Ort, wenn die österreichische Schi-Nationalmannschaft dort ihr Sommertraining abhalte.

»Der Mann war ohne Zweifel ein Organisationstalent«, gab ich zu.

»Er ist es noch«, bestätigte der Dozent. »Die Bergluft hat ihn konserviert. Er fährt heute noch Schi, als Neunzigjähriger, und nie vergißt er, meinem Papa zum 20. April eine Ansichtskarte zu schicken.« Er schlüpfte aus seinem Jackett. »Warum ist es hier so heiß? Haben Sie die Heizung eingeschaltet?«

»In einem Renault 5 mit Automatikgetriebe wird es

auch ohne zu heizen warm«, sagte ich, »denn der Motor stammt vom Renault 9 und ist für den Motorraum zu groß. Würde die Elektrik bei Kälte nicht regelmäßig versagen, wäre das Auto ideal für den Winter.«

Nach Komárom bogen wir von der Bundesstraße ab und nahmen eine am Strom entlangführende Bezirksstraße, die über sanfte Hügel und durch verwahrloste Eichenwälder führte. Hin und wieder begegneten wir einem Radfahrer oder einem langsam fahrenden Lastwagen, wobei die Fahrzeuge sowjetischer Produktion schneller fuhren als die IFA-Lkw aus ostdeutscher Erzeugung, dafür aber stärker rußten. Wenn die ostdeutschen Laster nur vom Fahrer besetzt waren, erkannte man sie schon von weitem an ihrer Schieflage. Ich wies auf den Symbolgehalt dieses Vergleichs hin, aber der Dozent war längst wieder mit seinem Computer beschäftigt.

Nach einigen Minuten fragte er mich, ob ich den »Traurigen Sonntag« schon einmal gehört hätte. Ich rückte den Fuß auf dem Gaspedal zurecht und reduzierte damit die Geschwindigkeit. Dreimal, sagte ich. Die Premiere habe 1982 auf einem rumänischen Kabinenschiff, der »Oltenita«, stattgefunden.

»Erzählen Sie«, bat der Dozent.

»Wie Sie wollen.« Ich lehnte mich zurück und hielt mit der Hand das rechte Knie.

»Es war auf der Talfahrt, kurz nach Smederevo. Ich hatte gerade mit Slivowitz das Brennen nach einer Fischsuppe gelöscht, und bat, vom Alkohol keck geworden, die Musikkapelle um den ›Traurigen Sonntag‹. Ich erinnerte mich daran, daß meine Großmutter zwar oft von diesem Lied gesprochen hatte, aber nie war sie meiner Bitte nachgekommen, die Melodie zu summen. Anfangs zierten sich die Musiker, dann spielten sie eine fröhliche Polka. Ich beharrte auf meinem Wunsch, darauf intonierten sie ein katholisches Meßlied. Ich wurde ungeduldig und legte eine Zehndollarnote auf den Tisch. Als der Primas den Schein sah, wurde er sehr traurig. Er beriet sich kurz mit dem Barkeeper, der schüttelte entsetzt den Kopf. Daraufhin sprach der Primas mit den Musikern, streifte das Geld ein und spielte das Lied.«

»Singen Sie mir die Melodie vor«, forderte der Dozent.

»Ich kann mich nicht erinnern«, sagte ich schnell. »Nach den ersten Takten wurde ich ohnmächtig, die Fischsuppe und der Schnaps waren zuviel gewesen. Ich kam erst am nächsten Morgen zu mir, als ich aufgeregte Stimmen vor dem Kabinenfenster hörte. Wir befanden uns in den Schleusen des Kraftwerks ›Eisernes Tor‹. Ich zog mich zum Bullauge hoch und sah, wie Matrosen mit langen Stangen den leblosen Körper des Barkeepers an der Kaimauer fixierten.«

Der Dozent sah mich ungläubig an. »Vielleicht war es nur ein Unfall?«

Kurz vor Gönyü überholten wir einen Mähdrescher der Marke *Fortschritt E 512*. Ich überlegte, ob ich den Dozenten darauf hinweisen sollte, daß das Gerät einst der Stolz der DDR-Agrarindustrie gewesen war, verwarf den Gedanken aber, weil ich fürchtete, daß er den Namen des Mähdreschers ins Lächerliche ziehen würde.

»Und die anderen beiden Male«, fragte der Dozent. »Sie sagten doch, Sie hätten den ›Traurigen Sonntag‹ dreimal gehört?«

Ich ignorierte die Frage, und der Dozent hatte nicht den Mut, sie zu wiederholen.

Nach Gönyü bog ich in eine Wiese ein, die auf einer

Geländestufe über der Donau lag. Hinter einem Streifen Auwald floß der Strom, er war an dieser Stelle ungewöhnlich schmal. Am slowakischen Ufer lugten die roten Ziegeldächer eines Dorfes hinter dem Hochwasserdamm hervor; ein silbrig glänzender Wasserturm überragte die Häuser, und unter dem Kessel hingen zwei trompetenförmige Lautsprecher.

Auf der Wiese befand sich eine stillgelegte Pumpstation. Nicht weit von dieser stand eine Hütte, deren Schilfwände mit Lehm abgedichtet waren, und vor der Hütte lag ein zottiger schwarzer Hirtenhund, ein Komondor.

»Für die Schiffahrt zählt Gönyü zu den gefürchtetsten Stellen«, sagte ich. »Die Donau fließt hier über eine Felsstufe und verlangsamt ihre Fließgeschwindigkeit um ein Drittel. Schubverbände mit acht oder gar zehn Schubleichtern, wie sie unterhalb Budapests zum Stromalltag zählen, sind hier unbekannt.« Ich zog Josef hinter dem Fahrersitz hervor, klappte die Fußstützen hinunter, legte das Sitzkissen auf, stützte mich auf die Seitenbleche und schwang mich hinüber.

»Eines Tages wird das Blech reißen, dann können Sie Ihre Hände abschreiben, und was das für jemand bedeutet, dessen Hände die Füße ersetzen müssen, können Sie sich ja ausmalen«, sagte der Dozent. Ich verbat mir die Belehrung, worauf der Dozent sich beleidigt trollte und bald hinter der donauseitigen Berme verschwunden war.

Ich umrundete eine glosende Feuerstelle und fuhr zur Hütte. Der Hund warf mir einen traurigen Blick zu und steckte dann den Kopf zwischen die Pfoten, als schäme er sich. Ich kehrte zum Wagen zurück und baute die Campingtoilette auf. Von Gelsen bedrängt kam ich meinem Bedürfnis nach und verstaute die Toilette danach wieder im Kofferraum. Bald darauf sah ich den Dozenten über die Wiese näherkommen, seine Kleider waren voll Sand und Erde, er mußte die Berme zum Fluß hinuntergerutscht sein. Er fuchtelte wild mit den Armen, als könne er so die Stechmücken vertreiben, und näherte sich der Hütte. Als er den Hund sah, blieb er stehen.

»Er beißt nicht«, rief ich.

Der Dozent ging unschlüssig vor der Hütte auf und ab. Ich breitete die Karte auf meinen Oberschenkeln aus und studierte den Flußverlauf. Plötzlich sprang der Hund auf und flüchtete mit eingezogenem Schwanz. Augenblicke später stürzte der Dozent aus der Hütte und rannte auf den Wagen zu.

»Abfahren! Sofort abfahren«, rief er und ließ sich auf den Beifahrersitz fallen. »In der Hütte liegt ein toter Mann!«

»Der Mann ist nicht tot«, sagte ich ruhig. »Er ist nur betrunken. Der Hund hätte geheult, wenn der Mann tot wäre.«

Der Dozent richtete sich keuchend auf und wehrte mit den Händen die Stechmücken ab. Woher ich das wisse?

»Ich kenne den Mann seit zwanzig Jahren; er ist Alkoholiker und völlig harmlos. Immer wenn ich hier Station mache, liegt er in der Hütte und schläft seinen Rausch aus. Gern hätte ich ihn einmal nüchtern angetroffen und mit ihm geplaudert.« Ich startete und fuhr in einer großen Kurve durch die Wiese.

»Ich frage mich, wie ein Mensch die Sauferei so lange durchhalten kann«, sagte der Dozent und verzog angewidert das Gesicht.

»Mich beschäftigt mehr das Schicksal des Hundes«, entgegnete ich. »Er war noch ein verspielter Welpe, als ich ihn das erste Mal sah. Ich fürchte, daß auch er trinkt. Anders kann ich mir nicht erklären, wie ein zwanzig Jahre alter Hund so rüstig bleibt.«

Der Dozent schüttelte nachdenklich den Kopf. Ich hielt an und stellte den Motor ab, weil ein Schiff vorbeizog.

»Die ›Tisza‹«, sagte ich leise vor mich hin, »ein Schubschiff mit zweimal 1120 PS. Erbaut in der Werft in Dunaföldvár im Jahr 1975.« Das Schiff hatte zwei leere Kähne vorgespannt und fuhr mit voller Kraft talwärts.

»Sie kennen wirklich alle Schiffe, die auf der Donau unterwegs sind?«

»Wenn man Augen und Ohren offenhält, ist das keine Kunst.«

»Ich kann es mir dennoch schwer vorstellen.«

»Sie sind doch auch in der Lage, Adorno von Heidegger zu unterscheiden«, entgegnete ich.

»Das schon«, gab der Dozent zu.

»Sehen Sie, und bei der Binnenschiffahrt verhält es sich nicht anders.«

Als wir einige Zeit gefahren waren, wollte der Dozent wissen, ob ich schon auf der Toilette gewesen sei, er würde mir gern beim Aufbau helfen.

»Sie haben doch keine Scheu, mich um Hilfe zu bitten?«

»Keineswegs«, antwortete ich, steigerte die Geschwindigkeit und kurbelte das Fenster herunter. Das Geräusch der Reifen auf dem rohen Asphalt übertönte den Motorlärm, bei meinem Wagen ein seltenes Erlebnis. Der Dozent arbeitete auf dem Notebook.

G. hat Geheimnisse vor mir. Ich werde sie ihm abringen. In mir kommt die Wissenschaft zum Grund allen Seins, zur kalten Neugier. Er wirkt mit den Verhältnissen in diesem Land sehr vertraut. Zu vertraut. Warum war er in der DDR? Was verbindet ihn wirklich mit Ungarn? Offensichtlich hat er abgewartet, bis ich zur Donau gegangen war. Ob er wirklich die Toilette be-

nützt hat? Ich kann mir nicht vorstellen, daß er sie so schnell auf- und abbauen konnte. Lag der Mann schon vorher auf dem Boden? War er wirklich nur betrunken? Welche Art von Recherche führt G. hierher?

Ich hasse Gelsen!

III

Der Dow-Jones-Index und die Börse von Bratislava. Kurze Einführung in die Tätigkeit des »Wasserstraßen- und Schiffahrtsvereins«

Vom langen Autofahren bekomme ich Krämpfe in den Beinen, also plante ich die nächste Rast für Esztergom. Die riesige Kuppel des Doms, der wie eine fette Kröte auf einem Hügel über der Donau hockt, war schon aus großer Entfernung zu sehen. Franz Liszt habe die Eröffnungsmesse für das grandiose Bauwerk komponiert, sagte der Dozent. Ich widersprach: Das Bergkirchlein sei eine jämmerliche Kopie des Wiener Radstadions, ein häßliches Unikum.

»Sie nennen den größten Kuppelbau nördlich der Alpen ein Bergkirchlein?« sagte der Dozent erbost.

»Eine Kapelle«, verbesserte ich mich. »Nein, eine Kapellenwucherung. Schade, daß sie im Krieg nicht gesprengt worden ist.«

Ich hätte keine Ahnung von der Architekturgeschichte, meinte der Dozent, und ich gab ihm recht. Allerdings würde ich mich bei Schnäpsen auskennen. »Unikum« sei der Name eines vorzüglichen Magenbitters, erzeugt von der Firma Zwack, das einzige Industrieprodukt, das die Wende und die mit ihr einhergehende Privatisierung überlebt habe. Überhaupt schienen geistige Getränke historische Verwerfungen besonders gut zu überdauern, es hafte ihnen offensichtlich etwas Epochenübergreifendes an. Er solle nur an Nordhäuser Doppelkorn denken; was sonst sei von der DDR geblieben? Bison-Wodka aus

Polen, Stolichnaja aus der UdSSR, Becherovka aus der ČSSR – überall sei derselbe Zusammenhang am Werk. Wäre ich ein Intellektueller, fuhr ich fort, würde ich mir den Kopf darüber zerbrechen, warum das Bleibende am Realen Sozialismus ausgerechnet jene Produkte seien, deren Bestimmung es ist, den Menschen bei der Verdrängung der Wirklichkeit zu helfen.

Ich reduzierte abrupt die Geschwindigkeit.

»Haben wir eine Panne?« fragte der Dozent erschrokken.

»Keine Angst«, beruhigte ich ihn, »ich will Ihnen nur Gelegenheit geben, die größte Sehenswürdigkeit Esztergoms zu betrachten.«

Der Dozent schaute aufgeregt um sich. »Tut mit leid, aber ich sehe nur eine saure Wiese.«

»Was Sie als saure Wiese bezeichnen«, sagte ich, »ist der ehemalige sowjetische Militärflughafen. Hier standen einst Helikopter, die aussahen wie Riesenameisen.«

»Killerameisen«, korrigierte der Dozent.

»Ich spreche von Transporthelikoptern. Für Tausende in den strengen Wintern der fünfziger Jahre durch Lawinen und Felsstürze eingeschlossene Bergbewohner waren sie die Rettung.«

»Ich wußte nicht, daß es in Ungarn Lawinen gibt.«

»Ganze Talschaften werden jährlich von ihnen hinweggefegt. Besonders schlimm ist es in der Tiefebene. Aber die internationale Presse schweigt.«

Kurz darauf überholte uns mitten in einem unübersichtlichen Kurvengeschlängel ein weißer Kastenwagen mit Münchner Kennzeichen, es war derselbe, der vor den Roma-Mädchen angehalten hatte. Der Transporter schlingerte an uns vorbei, ich stieß mit der rechten Hand den Bremshebel nieder, sodaß der Wagen im letzten Moment vor einem entgegenkommenden Bus einlenken konnte. Bis in die Stadtmitte von Esztergom empörte sich der Dozent über die Rücksichtslosigkeit deutscher Autofahrer.

Als wir an der Donau angelangt waren, blieb der Dozent im Wagen; er sagte, er müsse Notizen zu Papier bringen. Im Zeitalter des Computers sei diese Floskel überholt, erwiderte ich und rollte zum »Hotel Danubius« – ich brauchte dringend einen Kaffee. Das Restaurant war nur über eine Freitreppe ohne Handlauf erreichbar. Ich umrundete den Bau und entdeckte an seiner Rückseite einen ebenerdig gelegenen Lieferanteneingang. Dessen Tür aber war mit einer Kette verschlossen. Also überquerte ich auf einer kleinen Brücke einen Donauarm und fuhr in die Altstadt. Nachdem ich das Erzbischöfliche Palais passiert hatte, bog ich in ein kleines, unter dem Festungsberg liegendes Gäßchen. Bald fand ich ein heruntergekommenes Café, dessen Eingangsstufe eine schäbige, aber funktionstüchtige Rampe aufwies. An der Bar saßen drei halbnackte Mädchen. »Jó napot«, grüßte ich, und die Mädchen grüßten freundlich zurück. Ich fuhr in den Garten und bestellte einen *dupla fekete*, einen doppelten Schwarzen, und bekam einen italienischen Espresso in einer viereckigen Steinguttasse gereicht, die den Aufdruck der Kaffeemarke trug. Ich überlegte, ob ich den Kaffee zurückschicken sollte, ich hatte mich schon auf einen klassischen ungarischen Kaffee, der in schmucklosen Wassergläsern serviert wurde, gefreut. Mit einer Ausgabe der »Népszabadság« in der Hand schmeckte früher selbst dieses Getränk. Mangelnde Sprachkenntnisse taten dem Genuß keinen Abbruch. Die Fotos, ein Kolchosarbeiter vor dem Traktor, ein Lehrer vor der Schulklasse oder die Umarmung eines japanischen Geschäftsmannes durch den Ministerpräsidenten, informierten hinreichend über den Stand des sozialistischen Aufbaus.

Für dieses Mal aber fand ich mich mit dem italienischen Kaffee ab, denn mein Tischnachbar erregte meine Aufmerksamkeit. Er trug einen mächtigen Schnauzbart, einen Doppelknebel, wie ich ihn von alten Aufnahmen der k.u.k. Flußmarine her kannte. Der Mann murmelte knappe Anweisungen in ein Handy, zwischendurch nippte er an einem Glas Whisky. Aus dem Telefon drang eine aufgeregte Frauenstimme. Der Mann legte das Handy auf den Tisch, die Stimme tobte weiter.

Ich goß den Kaffee in eine Blumenschale und kehrte in den Schankraum zurück. Sofort setzten sich die drei Mädchen in Pose. Ich bestellte vier Unikum. Eines der Mädchen fragte, ob ich aus Berlin sei.

»Nein«, sagte ich mit amerikanischem Akzent, »ich komme aus New York.« Sofort rückten die drei näher und verwickelten mich in ein Gespräch über die Unwägbarkeiten des Dow-Jones-Index und die Rolle, die Ivana Trump dabei spielte. Sie ziehe die Börse von Bratislava vor, sagte ein Mädchen und zeigte ihren Strumpfbandgürtel, in dem einige Geldscheine steckten. Ich inspizierte das Bein.

»Dollar und Deutschmark«, sagte das Mädchen, und ich gratulierte ihr zu ihrem Finanzberater. Ich wollte eben eine weitere Runde Unikum bestellen, als der Mann mit dem Doppelknebel einen Befehl in das Lokal brüllte, worauf die drei mir zuwinkten und in den Garten eilten. Obwohl sie hochhackige Schuhe trugen, waren sie auffallend klein.

Ich machte mich auf die Suche nach einer Toilette. Das WC war zwar ohne Stufen erreichbar, aber die Tür war so eng und der Gang so verwinkelt, daß ich zwischen Wand und Türstock steckenblieb. Ich wandte alle möglichen Kniffe an, versuchte es schließlich mit Gewalt, worauf der Lack des Türstocks absplitterte, aber es half nichts, ich saß fest. Im Garten hörte ich den Mann mit dem Doppelknebel auf die Mädchen einbrüllen. Ich rief laut um Hilfe. Sofort waren zwei Mädchen da, sie zogen und zerrten an Josef, und im Handumdrehen waren wir wieder flott.

Der Mann mit dem Doppelknebel war jetzt dazu übergegangen, das verbliebene Mädchen zu schlagen. Ich hörte die Schläge und ihre unterdrückten Schreie und fuhr in den Garten. Der Mann schaute überrascht auf und ließ von seinem Opfer, das die Gelegenheit nutzte und in den Schankraum flüchtete, ab. Ich fuhr dem Mann gegen das Schienbein, kramte in meiner Brieftasche und überreichte ihm eine Visitenkarte: *New York Nautical, Worldwide Maritime Bookstore, 140 West Broadway*. Zuerst klopfte ich ihm freundschaftlich auf die Schulter, dann schwenkte ich den gestreckten Zeigefinger vor seinem Gesicht und sagte drohend: »New York Transit Authority!« Der Mann war sehr verwirrt, als ich das Café verließ.

Ich war erregt und zornig und achtete nicht auf die holprige Straße. Vor dem Erzbischöflichen Palais stolperte Josefs Vorderrad in ein Loch, und ich fiel beinahe vornüber aus dem Rollstuhl. Ich versuchte mich herauszuwinden, aber das Rad rutschte immer tiefer. Ich fluchte laut vor mich hin. Nach einigen Minuten kam ein junger Priester aus dem Palais, er führte eine Steige Birnen auf einem Rad. Er half mir aus der Bedrängnis und machte sich erbötig, mich zu begleiten. Erschrocken lehnte ich ab, so schroff allerdings, daß es mir leid tat. Daraufhin schlug der Priester ein Kreuz vor seiner Brust und überreichte mir zwei Birnen. Ich dankte ihm und legte sie ins Rollstuhlnetz, und als der Priester den Rollstuhl segnen wollte, ergriff ich seine linke Hand und schüttelte sie herzlich.

Ich kehrte zum Wagen zurück. Wenn ich die Treibreifen zu stark antrieb, schlugen mir die Birnen bei jedem

Armstoß ins Kreuz. Also fuhr ich abwechselnd mit der linken und mit der rechten Hand und erreichte bald die stark gewölbte Brückenrampe über den Donauarm. Hier mußte ich wieder beide Arme zugleich einsetzen, und als ich am Scheitelpunkt angekommen war, ruhte ich mich aus und musterte die kleine, hinter der Brücke liegende Marina.

Die an der Kaimauer vertäuten Motorboote unterschieden sich in Größe und Ausstattung durch nichts von den Jachten und Luxusbooten in Wien. Für den Atlantik konzipierte Rennboote fanden sich ebenso wie Dreideck-Motorjachten, die fürs Inselhüpfen auf den Bahamas konzipiert waren, und ich schöpfte geringen Trost aus dem Wissen, daß nur wenige Boote tatsächlich zum Einsatz kommen, weil sie infolge unsachgemäßer Wartung binnen kurzer Zeit fahruntüchtig werden. Auch der Umstand, daß viele Jachten auf Buhnen und Leitwerke auflaufen, mit Schleppkähnen kollidieren oder Feuer fangen, stimmte mich nicht versöhnlich, denn meistens werden diese Havarien nicht ordentlich dokumentiert.

Solch trüben Gedanken nachhängend rollte ich zum Wagen zurück. Schon von weitem erkannte ich die geöffnete Heckklappe und den Dozenten. Er saß auf der Ladekante und schrieb.

An der Toilette gerochen. Kein Hinweis auf eine Benützung. War G. in einem Gasthaus auf einer Toilette? Wer hat ihm dabei geholfen? Ich hätte ihm folgen sollen, unauffällig. Wie leicht kann er auf der Suche nach für ihn zugängigen Toiletten Opfer zwielichtiger Verhältnisse werden! (Gibt es zwielichtige Verhältnisse?) Warum spricht G. manchmal von zugängigen Gebäuden und manchmal von zugänglichen? Ein Mensch kann zugänglich sein, aber ein Gebäude? Vielleicht ist es seine prekäre Lage, die ihm die Personifizierung von Architektur nahelegt?

Handelt es sich hier vielleicht gar um eine historische Parallelaktion? So wie die Menschen des Altertums die Natur vergötzten, weil sie ihr hilflos ausgeliefert waren, vergötzen Rollstuhlfahrer die Bausubstanz, weil sie mit ihr nicht zu Rande kommen. Vielleicht spricht G. deshalb von zugänglichen Gebäuden, als seien die Baulichkeiten freundliche und hilfsbereite Menschen?

Diesem Zusammenhang in einem theoretischen Kapitel nachgehen. Vorläufiger Arbeitstitel: »Rollstuhlalltag und Fruchtbarkeitszauber. Über den Zusammenhang von Naturborniertheit und Technikvergötzung.«

Wenige Kilometer nach Esztergom nahmen wir die Fähre nach Szób. Als wir auf die Plätte fuhren, ersuchte ich den Dozenten auszusteigen. Er aber erwiderte, er sehe keinen Grund dazu. Hinter uns bildete sich eine lange Schlange wartender Autos. Mir blieb nichts anderes übrig, als grob zu werden und den Dozenten vor allen Leuten anzuschreien. Wütend warf er die Beifahrertür ins Schloß.

Während der Überfahrt blieb ich im Wagen sitzen, der Dozent hatte sich ans andere Ende der Fähre begeben. Gebannt verfolgte ich die Manöver des Fährschiffes. Die »Dömös« machte einen traurigen Eindruck, der Lack war abgesplittert, die Seitenwand verbeult, und der Motor spie Ruß und Öl. Dennoch brachte er die Plätte zügig in den Strom. Die Donau führte Niederwasser, kein Schiff, nicht einmal ein Fischerboot war zu sehen.

»Wollen Sie mich loswerden? Sie brauchen es nur zu sagen!« Der Dozent sprach durchs offene Fenster. »Fühlen Sie sich durch mich bedrängt?«

»Keineswegs. Ich will Sie auch nicht loswerden. Nur ist aus Sicherheitsgründen das Verweilen der Fahrgäste im Wagen während der Überfahrt verboten.«

»Das wußte ich nicht«, sagte der Dozent. »Tut mir leid, wenn ich Sie behindert habe.«

»Sie haben nicht mich, Sie haben die ›Dömös‹ behindert.«

»Soll ich mich vielleicht bei der Fähre entschuldigen?«

»Eine gute Idee«, erwiderte ich, »die ›Dömös‹ ist nicht nachtragend.«

Der Dozent schaute mich spöttisch an, ergriff mit beiden Händen die Reling und sprach feierlich: »Entschuldigung, werte Fähre! Der Grund meines Verhaltens war Unwissen, nicht Bosheit. Keinesfalls wollte ich dir, teure Brücke zwischen verfeindeten Ufern, zu nahe treten. Möge die in vielen Hochwassern gesammelte Erfahrung es dir erlauben, über meinen Fehltritt hinwegzusehen.« Er verbeugte sich, spuckte ins Wasser und fragte dann, ob ich jetzt zufrieden sei.

»Nicht um mich geht es hier, sondern um die Fähre«, sagte ich. »Ich glaube, Sie akzeptiert Ihre Entschuldigung, und sie drückt die Hoffnung aus, daß Sie in Zukunft im Einklang mit den Erfordernissen des Fährverkehrs handeln und von diskriminierenden Vergleichen absehen.«

»Womit habe ich sie diskriminiert?« rief der Dozent.

»Mit dem Brückenvergleich. Nichts trifft eine Fähre härter. Aber sie vergibt Ihnen, sie weiß, daß Dummheit, nicht böser Vorsatz Ihre Zunge führte.«

»Sagen Sie ihr, ich werde mich bemühen«, sagte der Dozent und lehnte sich über die Reling.

Sie danke und wünsche eine gute Überfahrt, erwiderte ich und wies darauf hin, daß die »Dömös« jetzt nicht nur runder lief und mehr Fahrt machte, sondern daß auch ihre Krängung zurückgegangen sei.

»So sensibel ist die Fähre?« fragte der Dozent mit geheuchelter Sorge.

»Sparen Sie sich Ihr Mitleid. Die ›Dömös‹ war nicht

gekränkt, sie krängte. In der Sprache der Schiffahrt meint man damit die seitliche Neigung eines Schiffes um die Längsachse.«

Der Dozent dankte für die Belehrung und beobachtete die Steuermanöver des Fährmannes. »Der Fluß ist hier erstaunlich breit«, sagte er nach einer Weile, »er wirkt wie ein See. Von dem einen Ufer grüßen die grünen Hügel Ungarns –«

»Aber die slowakischen erwidern den Gruß nicht«, fiel ich ihm ins Wort.

»Wenigstens gibt es hier keine Gelsen«, sagte der Dozent und schwieg beleidigt.

»In der Mitte eines Stroms gibt es nie Gelsen, das unterscheidet einen Strom von einem Fluß«, pflichtete ich ihm bei.

Mehrere Schotterinseln ragten aus dem Wasser, auf den größeren wuchsen Weiden und Jungpappeln, und zwischen den Inseln hatten sich Schotterzungen und Tümpel gebildet. Der Dozent wollte wissen, ob die Inseln zu Ungarn oder zur Slowakei gehörten. Weder noch, sagte ich, sie befänden sich im Niemandsland. Auf der größten Insel waren zwei rote Zelte zu erkennen, und neben den Zelten lagen blaue Kunststoffkanus. Auf der slowakischen Seite kam jetzt die Einmündung der Ipoly in Sicht. Das dunkle Wasser aus den Bergen vermischte sich nicht mit dem hellgrauen Wasser der Donau, es wurde von der Strömung erfaßt und floß am Ufer entlang. Das schwarze Band erinnerte mich an den Trauerrand eines Partezettels.

Ich nahm mir vor, Mister Giordano zu informieren, sollten auf den Inseln Stacheldrahtverhaue und Wachtürme aufgestellt werden. Als Kriegsberichterstatter würde ich ein Vielfaches des üblichen Zeilenhonorars verlangen.

Der Dozent hatte mich die ganze Zeit über aufmerksam beobachtet. »Ihre Liebe zur Donau ist wohl sehr groß?« fragte er.

»Liebe ist nicht das richtige Wort«, erwiderte ich, »es ist Respekt, wie er jedem Strom zusteht, gepaart mit Bewunderung und ergänzt um ein wenig Mitgefühl. Und seit dreiundzwanzig Jahren bin ich Mitglied des Wasserstraßen- und Schiffahrtsvereins, beziehe dessen Vierteljahresschrift ›Schiffahrt und Strom‹ und besuche jede Versammlung des Vereins, dem sonst nur leitende Angestellte der Donaukraftwerke, Spediteure und Beamte des Verkehrsministeriums angehören. Ich bin sozusagen die einzige zivile Säule des Vereins. Hin und wieder bringe ich meinen Namen durch sachkundige Leserbriefe an die Redaktion von ›Schiffahrt und Strom‹ in Erinnerung. So wies ich dem verantwortlichen Redakteur gleich zwei grobe Fehler in einer einzigen Ausgabe nach. Einem seriösen Blatt dürfen derlei schwerwiegende Fehler nicht unterlaufen, schloß ich meinen Brief, den ich in Kopie an alle Mitglieder des Vorstands geschickt hatte. Und zuguterletzt forderte ich den Vorstand auf, alles zu unternehmen, um einen weiteren Niveauverlust des Wasserstraßen- und Schiffahrtsvereins hintanzuhalten, und unter den zu ergreifenden Sofortmaßnahmen führte ich die Kooptierung neuer Vorstandsmitglieder an erster Stelle an.«

Der Dozent lachte und fragte, ob ich eine Antwort erhalten hätte.

»Ja, der Redakteur übermittelte mir Kopien seines Gehaltszettels und seiner Blutfettwerte.«

»Und wie haben Sie darauf reagiert?«

»Ich wartete, bis der Redakteur anrief. Es dauerte keine Woche. Er nannte mich einen aufrechten Donauösterreicher und lud mich zum Meinungsaustausch in seine Fischerhütte.«

»Sie sind der Einladung selbstverständlich gefolgt!«

»Wo denken Sie hin! Ich verlangte eine Entschuldigung.«

»Wofür?«

»Für den Ausdruck ›aufrechter Donauösterreicher‹«, sagte ich. Er sei eine Beleidigung für den Strom, der grundsätzlich antinational eingestellt ist, außerdem sei der Ausdruck behindertenfeindlich, denn er schließe bucklige Menschen aus. Der Ausdruck sei doch im übertragenen Sinn gemeint, rief der Dozent. Übertragen sei höchstens seine Hose, erwiderte ich und forderte ihn auf, sich eine neue zu kaufen, eine noble graue. Er überging die Bemerkung und wollte wissen, ob ich mich dennoch mit dem Redakteur getroffen hätte.

»Selbstverständlich. Seither bin ich über alle Interna des Vereins informiert. Manchmal liefere ich ihm sogar Texte über den Donaualltag, welche unter seinem Namen veröffentlicht werden. Er leidet nämlich seit seiner Kindheit an hartnäckiger Schreibhemmung und stand deshalb auch schon vor der Kündigung, und das, obwohl er nur mehr zwei Jahre bis zur Pensionierung hat. Zwei Jahre, die wir auch noch durchstehen werden.«

»Und dann nehmen Sie seine Stelle ein!«

»Leider nein. Ich darf zu meiner Rente nichts hinzuverdienen, jeder Schilling Honorar kürzt meine Rente um drei Schilling. Es handelt sich dabei um eines meiner vielen Scharmützel mit dem Sozialstaat. Der verbietet behinderten Menschen, sich ein Zubrot zu verschaffen, und ich räche mich an ihm, indem ich meine Honorare unversteuert in New York belasse. Alle paar Monate fliege ich dann hinüber und mache mir mit dem Geld ein paar schöne Stunden.«

»Stunden?«

»Die Honorare sind nicht sehr hoch. Außerdem spende ich einen nicht unerheblichen Teil für einen guten Zweck.«

»Sie üben Charity! Alles hätte ich von Ihnen gedacht, nur das nicht. Wofür, um Himmels willen, spenden Sie denn?«

»Für den Unterstützungsfonds der notleidenden amerikanischen Rüstungsindustrie«, sagte ich stolz. »Der Fonds wurde von Überlebenden des Holocaust nach der größten Massendemonstration in der Geschichte New Yorks gegründet.«

»Und wann hat diese Kundgebung stattgefunden?«

»Im Spätherbst des Jahres 1989 auf dem Times Square. Die Kundgebung war spontan, sie richtete sich gegen die deutsche Einheit. Mister Giordano hatte mich damals mitgenommen, ich trug ein Schild um den Hals: ›Nicht demonstrieren: Rüsten!‹ Mister Giordano war damals sehr aufgebracht.«

IV

Ildiko aus Kóspallag. Der Dozent macht Bekanntschaft mit der ungarischen Küche und bittet um die Campingtoilette. Wir nehmen eine Abkürzung und verirren uns in einer Schlucht

Die Fähre wurde am Ufer vertäut. Die Fußgänger, unter ihnen der Dozent, verließen die Plätte zuerst. Vor dem Fährbuffet wollte ich ihn wieder zusteigen lassen, aber er bestand darauf, etwas zu essen. Da ich auf Weiterfahrt drängte, kaufte er ein Dutzend Grammelpogatschen, die er in sich hineinstopfte, während wir uns auf einer kurvenreichen Straße dem Börzsöny-Gebirge näherten.

Kurz vor Maria Nosztra begann er über Bauchschmerzen zu klagen. Auf seiner Stirn stand Schweiß, und er atmete flach. Ich war nicht überrascht, die Küche der Fährstation in Szób ist ihres ranzigen Fetts wegen berüchtigt; böse Zungen behaupten sogar, daß im Fährbuffet mit Diesel- statt mit Speiseöl fritiert wird.

In Maria Nosztra nahm ich die Straße zum ehemaligen Kloster im Ortskern. Ich stellte den Wagen im Schlagschatten der Mauer ab, lud Josef aus, schwang mich auf ihn, fuhr ein paar Schritt zurück und winkte in Richtung der Fenster.

»Sitzt da ein Freund von Ihnen?« fragte der Dozent, der ebenfalls ausgestiegen war.

»Ich habe viele Bekannte in diesem Gebäude«, erwiderte ich, »es ist das größte Frauengefängnis Ungarns. Immer wenn ich in dieser Gegend bin, mache ich einen

Abstecher hierher, um den Ärmsten ein wenig Kurzweil zu bringen.«

Aus einem Fenster ertönte ein schriller Pfiff. Eine Frauenstimme rief ein paar obszöne Worte, worauf ein kurzes Auflachen und erneute Pfiffe folgten. Ich winkte, und wieder setzte es Pfiffe und Zurufe.

»Verbeugen Sie sich«, sagte ich zum Dozenten. »Machen Sie Ihre Aufwartung.«

Er schaute mich unschlüssig an.

»Kommen Sie! Die Frauen fressen Sie nicht auf.«

Er verbeugte sich steif und erntete frenetisches Johlen und neuerliche Pfiffe. Nochmals verbeugte sich der Dozent, von neuem ertönten anfeuernde Pfiffe.

»Sie können aufhören. Man hat Sie gesehen, mehr ist nicht beabsichtigt.«

»Da fahren Sie den weiten Weg ins Gebirge, nur damit ich vor Klostermauern den Diener mache«, sagte der Dozent. »Es muß doch einen anderen Grund geben, der Sie hierher geführt hat?«

»Sie haben recht. Der wahre Grund ist, daß die Frau meines Lebens hinter diesen Mauern festgehalten wird.«

»Erzählen Sie«, bat der Dozent und hockte sich neben mich. Diese selbstverständliche Geste nahm mich jedesmal für ihn ein. Ich habe sie ihm nicht beigebracht, von allem Anfang an hockte er sich gerne nieder, wenn er mit mir sprach. Ich glaube sogar, daß diese Geste der Kern meiner Freundschaft zu ihm ist. Es gibt einem Rollstuhlfahrer gegenüber keine größere Höflichkeit, als sich auf seine Ebene zu begeben, sei es mittels eines Stuhls oder eben durch das Niederhocken. Dem Gegenüber während eines Gesprächs in die Augen schauen zu können und nicht mit steifem Genick auf den Adamsapfel starren zu müssen, während eine Stimme weit oben ewige Wahrheiten verkündet, ist eine Voraussetzung zivilisierter Verhältnisse.

Meine Herzensdame sei eine Schweinehirtin aus Kóspallag, begann ich. Sie heiße Ildiko, und ich würde jede Nacht von ihr träumen. Sie sei so schön, daß sie sich der ständigen Nachstellungen der Männer nur mit Gewalt habe erwehren können.

»Unter Männern hat Ildiko die Hölle erlebt, nur unter Schweinen durfte sie Mensch sein«, sagte ich leise und schaute nach den vergitterten Fenstern.

Der Dozent fragte, welcher Art die von ihr ausgeübte Gewalt gewesen sei, und klappte sein Notizbuch auf. Sie habe die Männer des Geschlechts beraubt und dieses in einem entlegenen Bergkirchlein der heiligen Agnes geopfert, antwortete ich. Der Dozent sah erschrocken auf. Ob die Männer überlebt hätten?

»Wen interessiert schon, wo die Borsten geblieben sind, wenn der Braten auf den Tisch kommt«, sagte ich. »Ildikos Schönheit steht über solchen Fragen.«

Der Dozent ließ nicht locker, und ich gab zu, daß einer der Freier, der letzte, überlebt habe, was insofern ein großes Unglück gewesen sei, als es sich bei ihm um den Komitatssekretär der Arbeiterpartei gehandelt habe, einen schönrednerischen und nachtragenden Menschen. Waldarbeiter hätten ihn gefunden und vor dem Verbluten bewahrt. Anstatt jedoch seine Behinderung mannhaft zu ertragen, sei er nicht davor zurückgeschreckt, Ildiko zu denunzieren, und seither sitze sie hinter diesen Mauern.

Er könne die Geschichte kaum glauben, sagte der Dozent und erkundigte sich, wann die beschriebenen Ereignisse sich zugetragen hätten.

Im September 1977, antwortete ich. Wochenlang seien die Zeitungen mit nichts anderem beschäftigt gewesen. Alle hätten über Ildiko berichtet, und überall seien ihre alles überstrahlende Schönheit und die Reinheit ihres Herzens gerühmt worden. Ob ich ein Bild von ihr hätte, fragte der Dozent. Er könne sich besser in die Sache finden, würde er ein Bild von Ildiko sehen. Ich tippte an meinen Kopf.

»Hier drin trage ich ihr Bild bis an das Ende meiner Tage.«

»Was macht Sie so sicher, daß Ildiko, falls sie doch einmal freikommt –«

»Ildiko wird frei sein, oder die Donau wird ihren Lauf ändern«, fiel ich ihm ins Wort.

»Entschuldigung, es ist nur, weil ich das für meine Studien brauche«, sagte der Dozent und schrieb. »Sie möchten also Ildiko den Glauben an das Gute im Mann zurückgeben?«

»Keineswegs, ich möchte sie in ihrer Haltung bestärken. Der einzige Mann, der gut für sie ist, bin ich.«

»Und was macht Sie so sicher, daß Ildiko gerade Sie erhören wird?«

»Ganz einfach. Die Tatsache, daß mein Phallus sie nie belästigen wird. Ich bin der einzige Mann, vor dem sie sich nicht zu fürchten braucht. Sie weiß das, und sie liebt mich dafür. Ich bin der einzige, dem sie sich ohne Furcht zuwenden kann, und ich werde sie so verwöhnen, wie noch nie ein Mann eine Frau verwöhnt hat. Seit zwanzig Jahren warte ich auf den Augenblick, da sie vor mir steht, und seit zwanzig Jahren male ich mir aus, was ich zu ihr sagen werde, wenn das Kerkertor sich öffnet und sie den Mann ihres Lebens schaut.«

»Sie treiben doch nicht Ihren Schabernack mit mir?« Der Dozent schaute mich skeptisch an.

»Kein Mann, der Ildiko je begegnet ist, wird über sie scherzen«, erwiderte ich.

Der Dozent suchte die vergitterten Fenster nach einem Lebenszeichen ab. »Was werden Sie ihr denn sagen, wenn die Kerkertore sich eines Tages für sie öffnen?«

Ich starrte die Mauer an und schwieg.

»Habe ich Sie verletzt?« fragte der Dozent, stöhnte auf und lockerte den Gürtel seiner Hose.

»Wie kommen Sie darauf? Nein.«

»Sie haben meine Frage nicht beantwortet.«

Leise, die Hände auf den Oberschenkeln zur Faust geballt, sagte ich: »Komm auf mein Schiff, werde ich zu ihr sagen. Es liegt im Tal, und die Maschinen stehen unter Dampf. Laß uns diesen ungastlichen Kontinent verlassen und in der Neuen Welt von vorn anfangen. Und dann werde ich meine Hände ausbreiten, und eine mädchenhafte Scheu wird ihren Liebreiz ins Unermeßliche steigern, und sie wird sich zieren wie ein Firmling beim ersten Kuß; ihre Wangen werden erglühen, und ich werde sie aufheben wie eine Feder und mit ihr zu Tal fahren zu meinem Boot, das an der Lände liegen wird, herausgeputzt und stolz, eine herrliche Schiffsbraut, und das ganze Donauknie wird widerhallen von den Salutschüssen der Marine.«

Der Dozent schrieb emsig. »Sie wollen sie also auf dem Rollstuhl transportieren. Wie schwer ist Ihre Ildiko denn?«

»Ich habe zwanzig Jahre damit zugebracht, auf sie zu warten«, sagte ich. »Da werde ich am Tag der Erlösung nicht um Pfunde feilschen. Das wäre schäbig.«

»In der Tat, das wäre es«, pflichtete der Dozent mir bei, und ohne vom Computer aufzusehen, fragte er: »Haben Sie denn noch nie daran gedacht, sie zu befreien?«

»Seit Jahren denke ich an nichts anderes. Keine Stufe wäre mir zu hoch, kein Fluß zu tief. Aber Ildiko will nicht, daß ich mich in Gefahr bringe.«

»So groß ist also ihre Liebe«, staunte der Dozent.

»Meine ist es nicht minder«, erwiderte ich. »Vorige Weihnachten habe ich ihr sogar ein Abonnement von ›Schiffahrt und Strom‹ geschenkt. Ildiko liest für ihr Leben gern.«

Ich war stolz auf die Wirkung meiner Erzählung, als der Dozent über dem Notebook zusammensackte. Dann aber sah ich, daß er sich vor Schmerzen krümmte. »Das Dieselöl«, rief ich. Der Dozent wankte zum Wagen, öffnete die Tür und ließ sich auf den Beifahrersitz fallen.

»Tut mir leid, daß ich Ihnen zur Last falle«, stammelte er, »gerade jetzt, wo Sie von Ihrer Liebe sprechen, ist mir das sehr peinlich.«

»Wichtig ist nur, daß Sie das Maschinenöl aus dem Körper bringen,« sagte ich und schob Josef hinter den Fahrersitz. »Wir müssen ohnehin weiter, Ildiko hat mich sicherlich schon gesehen. Auf dem Rückweg können wir ihr ja noch einmal unsere Aufwartung machen.«

»Unbedingt«, sagte der Dozent und stöhnte. »Ich bin jedenfalls froh, daß ich sie kennenlernen durfte.«

Ich warf einen Blick auf die Karte und verließ, nachdem ich Kußhände in Richtung Mauer geschickt hatte, den Platz vor dem Kloster. An einem Torbogen an der Klostereinfahrt hielt ich kurz an und spuckte auf eine goldglänzende Wandtafel. »Was war das?« fragte der Dozent. »Eine Verlautbarung der Gefängnisleitung?«

»Eine Gedenktafel aus Anlaß des Besuches von Kardinal Mindszénty. Er hat es abgelehnt, sich für Ildikos Begnadigung einzusetzen.«

Die Straße wand sich in Serpentinen einen Berg empor und tauchte dann in ein dichtes Waldgebiet ein. In der letzten Kehre hielt ich kurz an und warf einen sehnsüchtigen Blick auf das im Tal liegende Gefängnis.

»An den Fenstern in der obersten Reihe bewegt sich etwas«, rief der Dozent. »Ich glaube, man schwenkt Taschentücher.«

»Ich kann nichts erkennen«, erwiderte ich traurig und gab Gas. Ich stellte den Wählhebel der Automatik auf die Position 1, und so krochen wir im Schrittempo bergauf. Versuchte ich schneller zu fahren, begann der Motor zu klingeln. Der Dozent wimmerte vor sich hin und entschuldigte sich in einem fort für sein Mißgeschick. Wir passierten ein Hochtal, und ich versuchte den Zeitverlust durch forsche Fahrweise auszugleichen. Als ich durch eine rasche Lenkbewegung einem knietiefen Schlagloch auswich, schrie der Dozent auf. Ich stieß den Bremshebel nieder, der Wagen schlingerte und kam in der Straßenmitte zu stehen. Der Dozent benötigte dringend eine Toilette, getraute sich aber nicht aufzustehen. Er flehte mich an, nur dieses eine Mal die Campingtoilette für ihn aufzubauen. Ich kam seiner Bitte nach und stellte die Toilette neben die geöffnete Beifahrertür, sodaß er sich mit einem Ruck auf die Klobrille schwingen konnte. Ich zog mich währenddessen in einen Waldweg zurück. Der Dozent stöhnte und jammerte, und sein Darm entlud sich unter schrecklichen Geräuschen.

Plötzlich näherte sich ein altersschwacher, blauer Pritschenwagen. Auf der Ladefläche standen zwei Männer, ihre nackten Oberkörper glänzten in der Nachmittagssonne. Die Männer schaufelten dampfenden Asphalt auf die Straße. Mein Auto und der Dozent wurden mit einem waghalsigen Lenkmanöver umfahren, die linksseitigen Rädern des Lkw pflügten durch das Erdreich, und der Asphalt klatschte auf die Wiese. Als die Männer den Dozenten sahen, ließen sie die Schaufeln fallen und klammerten sich an die Bordwand.

Der Dozent hatte aufgehört zu jammern, ich rollte langsam zum Wagen zurück. Penetranter Dieselgestank kündete davon, daß das Schlimmste überstanden war. Das Gesicht des Dozenten war blutleer, und seine Unterlippe zitterte vor Schwäche, dennoch lächelte er mir tapfer zu. Ich half ihm in den Wagen und hob die Toilette in den Kofferraum.

Es dauerte nicht lange, und wir hatten den Pritschenwagen eingeholt. Ungerührt schaufelten die Männer Asphalt auf die Straße, und ich war gezwungen, zwischen den dampfenden Haufen Slalom zu fahren. »Eine primitive Methode der Straßenpflege«, sagte der Dozent mit schwacher Stimme. Ich hupte, der Pritschenwagen schlug einen Haken, worauf die Männer auf der Ladefläche zu Boden geschleudert wurden und wir passieren konnten.

Über endlose Kurven gelangten wir ins Königstal, nach Király Rét. Der Dozent drohte einzuschlafen. Um ihn wachzuhalten, erwähnte ich, daß in früheren Zeiten die magyarischen Könige im Király Rét zu jagen pflegten, was im übrigen aber für jeden halbwegs naturbelassenen Landstrich in Ungarn gelte, die Jagd sei den ungarischen Königen wichtiger gewesen als alles andere. Die Habsburger hätten es genauso gehalten, warf der Dozent ein.

»Nicht alle«, erwiderte ich, froh über die Ablenkung des Gesprächs. »Kronprinz Rudolf zum Beispiel haßte die Jagd.«

»Aus eben diesem Grund hat man ihn auch erschossen.«

»Die Historiker behaupten, es sei Selbstmord gewesen«, wandte ich ein.

»Unsinn«, sagte der Dozent. »In der Nähe des Jagdschlosses Mayerling wurden zum Zeitpunkt der Tat mehrere Jäger gesehen; einer gab an, sie hätten sich versammelt, um bei Tagesanbruch eine kapitale Sau zu schießen, ein anderer sprach von einem Prachthirschen, den zu erlegen sie zusammengekommen seien. Ich bin im Historischen Archiv der Stadt Wien auf die Quellen gestoßen, sie steckten zwischen den Sprengelergebnissen der Gemeinderatswahlen von 1932.«

Ich öffnete das Fenster und sog in tiefen Zügen die würzige Luft ein. »Wurden sie absichtlich dort verborgen?«

»Mit Sicherheit wird man das nie sagen können«, erwiderte der Dozent. »Das Historische Archiv der Stadt Wien ist eine Welt für sich. Die Faszikel über die Arisierung jüdischer Geschäfte zum Beispiel befinden sich unter den Jahresberichten des Stadtgartenamtes, und die Gauakten der NSDAP dürfen nicht einmal von Historikern eingesehen werden, die über eine Sondererlaubnis verfügen. Ich wollte einmal zu dieser Frage arbeiten, man hat mir aber infolge der angespannten Archivlage einen anderen Stoff ans Herz gelegt.«

»Welchen?«

»Die Architekten der habsburgischen Jagdschlösser. Eine vergleichende Darstellung unter Einbeziehung von Quellen aus dem Hof- und Staatsarchiv.« Er dehnte sich und streckte seine Arme gegen die Innenseite des Stoffdachs.

»Haben Sie die Studie durchgeführt?«

»Wo denken Sie hin! Mein wissenschaftliches Ethos hätte das nie zugelassen. Stattdessen forschte ich über die städtische Feuerwehr zur Zeit Maria Theresias. Die Studie wäre auch beinahe publiziert worden, wenn nicht der Kleinverlag, der das Manuskript schon angenommen hatte, einem Zimmerbrand zum Opfer gefallen wäre.«

»Das ist tragisch«, sagte ich und warf dem Dozenten einen mitfühlenden Blick zu.

»Es war eine gute Arbeit«, murmelte er traurig.

»Ich wünschte wirklich, ich hätte sie gelesen.«

Der Dozent seufzte, gab sich aber dann einen Ruck: »Sie werden bald eine andere Arbeit von mir in Händen halten«, sagte er und klappte das Notebook auf.

G. auf Freiersfüßen! Aber was ist das für eine Liebe? Er weiß, daß seine Angebetete bis an ihr Lebensende hinter Kerkermauern schmachten muß. Die Liebe wird sich also nie erfüllen, denn die Erfüllung der Liebe, das betont G. sonst bei jeder Gelegenheit, ist der körperliche Akt und sonst nichts. Ich hatte dazu immer schon eine grundsätzlich andere Einstellung, aber das gehört nicht hierher. Daß gerade G., dessen Behinderung ihn zu einer Überbetonung der körperlichen Liebe veranlaßt, plötzlich die andere, die geistige Liebe entdeckt, ist schwer verständlich.

Vielleicht ist der Grund aber genau darin zu suchen, daß G. behindert ist. Bei Ildiko braucht er keine Angst vor dem Versagen zu haben. G. hat sich in Ildiko verliebt, weil sie ihn für voll nimmt. Insofern führt er mit ihr tatsächlich eine perfekte Liebesbeziehung. Werde dem in einem Kapitel nachgehen. Titelvorschlag: »Der prekäre Traum von der Erfüllung. Über die Bedeutung des Nichterreichbaren in der Liebe mit speziellen Bedürfnissen.«

Nachtrag: Fährbuffets und Grammelpogatschen meiden.

Während wir, dem Lauf eines Baches folgend, langsam in das Hochtal vordrangen, schrieb der Dozent, ohne auch nur einmal aufzusehen. Vor einer verfallenen Kapelle hielt ich an und warf einen Blick in die Karte.

»Haben wir uns verfahren?« fragte der Dozent weiterschreibend.

»Keine Angst, wir sind genau auf Kurs«, antwortete ich. »Wenn wir zwei Kilometer lang einen Güterweg nehmen, haben wir den Bergrücken hinter uns und sind nach ein paar Kilometern in Töröklak. Andernfalls müssen wir zurück bis zur Donau und auf einer Bundesstraße hinter Vác wieder in die Berge. Ein Umweg von gut achtzig Kilometern.«

Nach ein paar hundert Metern endete die Asphaltstraße, nach einem weiteren Kilometer verengte die Straße sich zu einem Feldweg, und kurz darauf wurde aus dem Feldweg ein Saumpfad, der einem schäumenden Gebirgsbach folgte. Unverdrossen lenkte ich den Wagen über ausgewaschene Baumwurzeln und Felstrümmer bergwärts.

»Ich fürchte, wir sind hier falsch«, sagte der Dozent, als ich einer mächtigen Wurzel auswich.

»Kümmern Sie sich um Ihre Angelegenheiten«, rief ich und steuerte den Wagen auf den Pfad zurück.

»Was sind denn Ihrer Ansicht nach meine Angelegenheiten?«

»Arbeiten Sie an Ihrer Studie.«

»Bei diesen Straßenverhältnissen ist das unmöglich.»

»Halten Sie ein Schläfchen. Ich wecke Sie dann in Töröklak.«

»Ich denke nicht daran.«

Ich konzentrierte mich auf den Weg. »Wie finden Sie die Eichen?« fragte ich nach einer Weile.

»Das sind Eschen«, sagte der Dozent.

»Irrtum, das sind Eichen.«

»Sie werden mich nicht dazu bringen, daß ich nordungarische Stieleichen für irgendwelches Unkraut anschaue. Die Esche ist eine Gattung der Ölbaumgewächse mit sechzig baumförmigen Arten, die in gemäßigten nördlichen Gebieten gedeihen«, erklärte der Dozent. »Im alten Griechenland war die Esche der wichtigste Nutzbaum, und aus der nordischen Mythologie kennt man die Weltesche Yggdrasil.«

»Um Welteschen dürfte es sich hier aber nicht handeln«, wandte ich ein, »denn sonst müßten auch verkrüppelte unter ihnen sein.«

»Sie sind nicht einmal in der Lage, einen Laubbaum von einem Nadelbaum zu unterscheiden«, sagte der Dozent, »wie wollen Sie da einen Mißwuchs erkennen?«

»Als verwachsener Mensch ertrage ich die derben Scherze meiner Mitmenschen wie das Rauschen der Blätter«, erwiderte ich und versuchte, gekränkt zu lächeln.

»Das war nicht persönlich gemeint«, rief der Dozent.

»Dazu sind Sie zu feige, ich weiß. Ich halte es lieber mit den Weiden, lateinisch salix salix«, fuhr ich fort, »die infolge häufiger Überschwemmungen durch die Donau allesamt verkrüppelt sind.«

»Müssen Sie denn alles mit der Donau in Zusammenhang bringen?« jammerte der Dozent.

»Die Donau«, sagte ich ruhig, »ist der Quell, daraus das Leben fließt.« Von einem Freund, Vogelkundler von Beruf, wußte ich, daß es in Mitteleuropa vierunddreißig Weidenarten gibt. »Haben Sie überhaupt eine Ahnung davon, daß es an der Donau zweihundertvierunddreißig Arten von Eichen gibt?« fragte ich den Dozenten. Der schaute zum Fenster hinaus und studierte die Bäume. »Manche Eichen tarnen sich auch als Eschen«, fügte ich hinzu.

Der Dozent schwieg.

Der Pfad wurde immer steiler, und ich fragte mich insgeheim, wie lange ich den Wagen noch auf dem Weg würde halten können. Der Dozent hielt mit beiden Händen den Sicherheitsgurt umklammert, und ich hütete mich, ihn darüber aufzuklären, daß die Verankerungen der Gurte in meinem Wagen sich bei holprigen Straßen manchmal von selbst aus der Bodenplatte lösten. Nach einer scharfen Kurve standen wir vor einer Holzbrücke; die war so eng, daß auf ihr nicht einmal zwei Personen aneinander vorbeigekommen wären.

»Ich habe es geahnt«, sagte der Dozent und seufzte. »Was soll jetzt aus uns werden, hier, mitten in der Wildnis?«

»Ganz einfach«, sagte ich. »Wir drehen um und fahren zurück.«

»Da bin ich aber neugierig, wie Sie hier wenden wollen«, schrie der Dozent mich plötzlich an.

Es gibt Dinge, die ich nicht vertrage, und es gibt Dinge, die mich in Wut bringen. Angebrüllt zu werden macht mich rasend. Mit einer Hand riß ich den Wahlhebel der Automatik in die Position »Retour«, mit der anderen drückte ich den Gasring auf Vollgas. Der Wagen machte einen Satz zurück, kam mit den Rädern auf die Böschung und kippte, halb über dem Bach hängend, zur Seite. Der Dozent geriet in Panik, öffnete die Wagentür und stürzte in den Bach, der einen Meter tiefer floß. Der Gewichtsverlust ließ den Wagen zurückkippen, er landete auf allen vier Rädern. Ich zog die Handbremse, rutschte auf den Nebensitz und rief nach dem Dozenten. Er antwortete nicht. Das Wasser war zwar nur knietief, aber ich befürchtete, daß er mit dem Kopf auf einem Stein aufgeschlagen und abgetrieben worden sei. Mehrmals rief ich in die Schlucht.

»Warum schreien Sie so?« Der Dozent stand an der Fahrertür und war über und über mit Schlamm und Blattwerk bedeckt. »Jetzt macht es sich bezahlt, daß Sie mich mitgenommen haben«, sagte er und lächelte verklärt. »Ich werde Sie retten.«

Ich ließ ihn reden und studierte die Karte. Unmittelbar hinter der Brücke mußte die Straße nach Töröklak beginnen. Dort könnte der Dozent Hilfe finden.

»Zeigen Sie her«, verlangte er und breitete die Karte auf dem Wagendach aus. »Tatsächlich, da ist die Brücke, es kann sich nur um ein paar hundert Meter handeln. Warum sind denn die Ortsnamen hier alle auf deutsch angegeben? Wie alt ist denn die Karte? Da steht es ja – aus dem Jahr 1907! Mein Lieber, mit einer Straßenkarte aus der Monarchie auf die Reise zu gehen ist eine grobe Fahrlässigkeit!«

»Die Karte stammt vom Generalstab der k.u.k. Armee, sie galt einst als Pionierleistung, darüber hinaus hat sie sich auf meinen Reisen bewährt«, erwiderte ich. Das war etwas übertrieben. Tatsächlich hatte ich die Karte vor Jahren in einem Antiquariat gestohlen. Eine Verkäuferin verpfiff mich beim Besitzer des Ladens. Der stellte mich zur Rede, ein Wort gab das andere, und schließlich rief der hinfällige Mann die Polizei. Eine ins Geschäft strömende Schulklasse lenkte ihn aber ab, und ich konnte flüchten, bevor die Polizei eintraf.

Der Dozent und ich stritten uns über die weitere Vorgangsweise. Ich wollte ihn um Hilfe ausschicken, er aber weigerte sich, mich in der einbrechenden Dunkelheit allein zu lassen. Er ziehe es vor zu warten, bis ein Wanderer auf uns aufmerksam werde. Das könne tagelang dauern, erwiderte ich, in diese verlassene Gegend würden sich selten Wanderer verirren. Anschließend stritten wir darüber, welche Jahreszeit für Wanderungen am besten geeignet sei und ob die Jahreszeiten in Ostungarn sich von jenen in Österreich unterschieden, was ich bejahte, der Dozent aber verneinte. Später drängte ich ihn, trockene Kleider anzuziehen, und schließlich, es war längst dunkel geworden, nahmen wir den Streit über die Eichen wieder auf.

Am nächsten Morgen hatte ich einen Alptraum. Ich stand mit Josef zwischen den Schienen eines Bahngleises. Mit großer Geschwindigkeit ratterte ein Viehwaggon auf uns zu. Ich versuchte, Josefs Vorderräder über die Schiene zu wuchten, aber sie prallten an der Innenseite des Stahls ab. Der Waggon kam immer näher. Ich wollte mich aus dem Rollstuhl fallen lassen, aber als ich mich abstützte, um auf das Gleis zu rutschen, spürte ich, daß Josef mich mit einem Strick an sich gefesselt hatte. Entweder gemeinsam untergehen oder gemeinsam überleben, schien er mir damit sagen zu wollen, und ich verstand ihn und war beschämt. Das Rattern des Waggons ging in ein infernalisches Dröhnen über; ich versuchte zu schreien, aber meine Stimme versagte. Die Puffer des Waggons waren jetzt zum Greifen nah.

Ich schreckte aus dem Schlaf hoch. Ein Uniformierter stand neben dem Wagen und traktierte das Stoffdach mit den Fäusten.

»Was will der Mann?« rief der Dozent vom Rücksitz.

Der Uniformierte prügelte weiter auf das Dach ein. Ich öffnete das Fenster und brüllte den Rasenden an, gleichzeitig schwenkte ich den Ausweis für behinderte Kraftfahrer. Der Mann ließ vom Dach ab und beugte sich zum Fenster. Ich registrierte strengen Knoblauchgeruch. Der Mann starrte mich haßerfüllt an, riß den Ausweis an sich und hielt ihn mit gestreckten Fingern wie ein exotisches Obst, von dem man nicht weiß, wie es zu essen ist. Während er das Papier prüfte, rutschte ich mit dem Fahrersitz vor, öffnete die Tür und zog den Rollstuhl halb aus dem Wagen. Der Uniformierte glotzte zuerst Josefs Vorderräder und dann mich an. Schließlich eilte er mit großen Schritten davon.

»Ihren Ausweis können Sie abschreiben«, meinte der Dozent und kletterte aus dem Wagen.

»Keine Angst«, sagte ich. »Wer einem Behindertenausweis Respekt zollt, kehrt zurück.«

Der Dozent tastete das Stoffdach nach Beschädigungen ab. »Was haben Sie denn dem Mann zugerufen, ich konnte kein Wort verstehen.«

»Ich habe ihm erklärt, daß der Ausweis von der Magistratsabteilung 46 ausgestellt wurde und daher ein amtliches Dokument ist, ein Papier, an dem kein Zweifel haftet. Wer dennoch zweifle, verhöhne den Rechtsstaat, und wer den Rechtsstaat verhöhne, sei entweder Faschist oder Bolschewik; der Mann solle sagen, welcher Gruppierung er angehöre. In dem einen Fall würde ich ihn erschießen, im anderen würde ich auf Rote Hilfe zählen.«

»Seltsam«, sagte der Dozent, »Ihre Worte hatten nur eine entfernte Ähnlichkeit mit der deutschen Sprache. Übrigens sind die Klebestellen auf dem Stoffdach aufgegangen.«

Ich hätte donauschwäbisch gesprochen, sagte ich. Das Donauschwäbische unterscheide sich grundlegend vom Hochdeutschen, die Beziehung der beiden Sprachen zueinander sei grade so wie jene zwischen Eschen und Eichen. Beides seien zwar Laubbäume, aber darüber hinaus bestünden keinerlei Gemeinsamkeiten. Wir nahmen den Disput vom Vortag wieder auf, kamen jedoch in der Sache nicht weiter. Immerhin zankten wir uns so heftig, daß der Dozent sich, wie er sagte, »abreagieren« mußte. Er tat dies, indem er den Fäkaltank der Campingtoilette in die Schlucht schüttete, was zu einem neuerlichen Streit führte. Dieselöl habe in einem naturbelassenen Bach nichts verloren, hielt ich ihm vor.

Gegen Mittag kam der Waldarbeiter mit einem kleinen Traktor angefahren. Er schleppte meinen Wagen auf die Straße zurück und schenkte uns zum Abschied eine Kiste Äpfel. Und obenauf lag der Behindertenausweis.

Auf der Straße nach Vác klappte der Dozent seinen Computer auf. Ich vertrieb mir die Zeit, indem ich via Autoradio einer katholischen Messe lauschte. So kamen wir schließlich nach Töröklak.

Die längste Zeit schon plagten mich Beinkrämpfe. Um mich abzulenken, fragte ich den Dozenten, wie ihm die Ruine gefalle. Von der Burg stand nur mehr ein Rest des Bergfrieds; eine Steinnadel ragte wie ein ausgestreckter Finger in den Himmel.

»Ein Zeugnis vergangener Größe«, antwortete der Dozent. »Wenn man bedenkt, daß die Ruine nur einen kleinen Teil der einstigen Anlage ausmacht und wenn man sich vorstellt, wie mächtig die Burg einst gewesen sein muß, dann –«

»Wundert man sich, wieso die Habsburger nicht gleich auch den Rest geschleift haben«, vollendete ich den Satz.

Die Kooperation mit G. funktioniert gut. Ich muß jedoch aufpassen, daß er nicht den Eindruck bekommt, ich wolle ihn bevormunden. G. hat einen Blick für Details. Ich vermute einen Zusammenhang zwischen seiner eingeschränkten Welt und dem geschärften Blick. Dieser Frage nachgehen.

Kann man einer Frage nachgehen? Verbirgt sich hinter der Kombination von abstrakten Begriffen und Tätigkeitswörtern in einer Redewendung nicht ein philosophisches Problem? Der Liebe das Wasser abgraben, dem Haß freie Bahn lassen, vor Zorn in die Luft gehen, Amok laufen – bei all diesen Beispielen handelt es sich um nicht zusammengehörende Bilder, um Katachresen.

Wenn nun ein bewegungsbehinderter Mensch, für den Ortsveränderungen nur durch genaue Planung und den Einsatz von Hilfsmitteln möglich sind, diese Phrasen verwendet, hebt sich dann für ihn nicht eine Seite, die praktisch-tätige, innerhalb der Katachrese auf? Büßt ein Mensch durch die Lähmung seiner Glieder nicht auch die Möglichkeit der sprachlichen Beschreibung eines Teils seiner Wirklichkeit ein, weil Wörter der Aktivität, des Konkreten, für ihn abstrakt sind?

Es scheint, daß Behinderte ihr Leben in der Sprache der Nichtbehinderten ausdrücken, sie beschreiben ihre Wirklichkeit mit fremden Bildern, und sie entwickeln keine eigenen, weil die fremden an jeder Straßenecke über sie herfallen. Andererseits ist aber auch der Rückzug in die eigene Befindlichkeit eine Sackgasse. Also bleiben behinderte Menschen in einem gewissen Sinn sprachlos. Die Distanz, die sie in ihren Äußerungen ihrer Lage gegenüber durchklingen lassen, wird von vielen als Ironie oder Sarkasmus mißverstanden, in Wahrheit aber scheinen derlei Aussagen einer Fremdheit zu entspringen, welche die Behinderten ihrer Wirklichkeit gegenüber empfinden.

Nachtrag:

G. bricht mit völlig veralteten Landkarten in eine abgelegene Gegend auf. In einer Schlucht konnte ich ihn vor dem Bergtod bewahren. Es ist, als kompensierte ich seine Mängel. Solcherart mache ich ihn zu einem ganzen Menschen, denn ich bin das Andere, das er in sich nicht produzieren kann. Ich bin gleichsam seine Entäußerung; ich bewahre ihn vor dem Rückfall in sich selbst.

V

Die Führung durch das Behindertenheim. János oder die Liebe zur Feuerwehr. Kritik des Praktischen

Wir durchquerten den Ort und näherten uns dem Heim für geistig und mehrfach Behinderte, das am Abhang einer Bergkuppe lag. Schon von weitem waren über den Hang verstreut liegende zweistöckige Anstaltspavillons zu erkennen. Hinter einer Kurve versperrte eine Schranke den Weg. Ich hupte und wartete, daß ein Portier aus dem kleinen Häuschen am Straßenrand treten würde. Als nach abermaligem Hupen niemand auftauchte, fragte der Dozent, ob er Nachschau halten solle.

»Sie bleiben hier«, sagte ich, setzte zurück, zog Josef aus dem Wagen und rollte zur Schranke vor.

Der Portier, ein kleiner Mann mit einer riesigen Schirmmütze auf dem Kopf, saß auf einem Stuhl vor dem Fenster und starrte vor sich hin. Ich grüßte auf ungarisch. Der Mann reagierte nicht. Ich wiederholte den Gruß auf donauschwäbisch. Wieder nichts.

»Sind Sie schwerhörig?« rief ich und war im selben Moment froh, daß der Dozent mich nicht gehört hatte; er hätte mich sicherlich ermahnt, daß »hörbehindert« das korrekte Wort gewesen wäre. Ich kippte die Vorderräder auf eine kleine Stufe und zog mich am Türrahmen in den Raum. Der Portier saß unbewegt auf seinem Hokker, er roch nach Schweiß und Kirschenschnaps.

Da hörte ich einen Wagen näherkommen, ich flüchtete mich in einen Nebenraum. Der Wagen hielt, und eine

Männerstimme fragte: »Jancsi?« Der Portier reagierte nicht. Ich hörte einen Mann in bayrischem Dialekt fluchen. Durch ein Fenster sah ich die Schranke hochgehen; der Wagen fuhr auf das Anstaltsgelände. Kaum hatte ich das Häuschen verlassen, kam mir auch schon der Dozent entgegen.

»Der Münchner Kastenwagen, der vor den Prostituierten gehalten und uns vor Esztergom rücksichtslos überholt hat, ist in die Anstalt gefahren«, sagte er aufgeregt.

Ich fragte ihn, ob er sich die Gesichter der Verbrecher eingeprägt habe.

»Wie kommen Sie darauf, daß die Mitarbeiter des Colanushilfswerks Verbrecher sind?« fragte der Dozent erstaunt.

»Woher wissen Sie, wer die Leute sind?« fragte ich zurück.

»Es stand auf dem Auto.«

»Waren die Verbrecher bewaffnet?«

»Sie sehen Gespenster«, meinte der Dozent. »Im Bus saßen zwei junge Männer, der eine hat mir sogar freundlich zugewinkt. Wahrscheinlich hat er sich an unseren Wagen erinnert. Einen Renault 5 Automatic mit geflicktem Stoffdach und selbstgemalten Rollstuhlaufklebern sieht man ja nicht alle Tage.«

»Wir müssen ins Dorf zurück«, erklärte ich. »Es ist klüger, wenn wir uns von dort telefonisch anmelden, die Verbrecher sollen sich in Sicherheit wiegen.«

»Sie phantasieren«, rief der Dozent.

»Ich möchte, daß Sie eine Botschaft absetzen, hier ist die Nummer.« Ich reichte ihm einen Zettel mit Giordanos Internet-Adresse.

»Dazu brauche ich einen Telefonanschluß«, sagte der Dozent.

»Sie werden einen bekommen.«

»Was soll ich denn schreiben?« fragte der Dozent eilfertig. »Den Text kann ich jetzt schon eintippen.«

»Schreiben Sie: in T. angekommen – stop – bin einer großen Sache auf der Spur – stop – bestehe auf vierzigtausend Zeichen – stop – Gruß, G.«

Der Dozent machte sich an die Arbeit. Kaum hatte er den Text eingegeben, setzte er zu einer Frage an, doch ich unterband diese mit einer energischen Handbewegung.

Wir kehrten ins Dorf zurück. Am Fuß der Ruine lag eine Gaststätte. Von dort rief ich im Heim an. Eine Frau war am Apparat, sie war höflich und zuvorkommend. Ich erklärte, mit meinem Assistenten auf der Durchreise zu sein, mein Rollstuhl sei havariert, und mir sei zu Ohren gekommen, daß die Behindertenwerkstatt in Töröklak hervorragende Arbeit leiste. Ob ich kurz vorbeikommen könne? Das war zwar ein jämmerlicher Vorwand, aber ich hatte keine Ahnung, wie ich sonst auf das Gelände vordringen sollte. Selbstverständlich, sagte die Stimme nach einer kurzen Pause, man werde uns um zwölf Uhr erwarten. Ich solle mir aber auch Zeit nehmen, mich in der Anstalt ein wenig umzusehen. Ich dankte und sagte zu.

Der Dozent hatte meine Botschaft abgeschickt und fand Minuten später auch schon eine Antwort vor: »Arbeiten, nicht feilschen. Zehntausend fix. Giordano«, las er laut.

»Ich werde es morgen wieder versuchen«, sagte ich. Giordano ist hartnäckig, ich bin stur.

Vor der Gaststätte verlief ein gut befestigter Fußweg, den ein trübes Rinnsal begleitete. An den Ufern standen Holzbänke. Ich beschloß, mit den Krücken zu trainieren. Der Dozent nahm auf einer Bank Platz und tat, als schreibe er. In Wahrheit musterte er mich verstohlen. Vor langer Zeit hatte ich ihm eingeschärft, er müsse sich absolut ruhig verhalten, wenn ich trainiere. Ich habe keine Ahnung, wo ich die Beine aufsetze. Wenn ich beim Gehen mit den Krücken gestört werde, ist ein Sturz unausweichlich. Der Dozent wußte darum, und er bemühte sich, ruhig sitzen zu bleiben; dennoch konnte er seine Neugier nicht zähmen.

Ich war drei Dutzend Schritte entfernt, als zwei Mädchen den Rollstuhl lachend in Beschlag nahmen. Sie setzten sich nebeneinander auf das Sitzkissen und versuchten wegzufahren. Ihre kurzen Arme reichten aber nicht bis zu den Treibreifen, auch konnten sie sich nicht auf eine Richtung einigen. Sie fuhren einige Meter im Zickzack und kippten dann unter fürchterlichem Gekreische aus dem Stuhl. Ich tobte innerlich, zwang mich aber dazu, konzentriert weiterzugehen, weil ich wußte, daß jede Ablenkung die Sturzgefahr erhöhte. Besonders ärgerte ich mich über den Dozenten, der die Mädchen nicht verscheuchte. Endlich kam eine Frau gelaufen und verjagte die Gören. Kurze Zeit später waren sie wieder da und belagerten den Dozenten. Nach abgezählten zweihundert Doppelschritten ließ ich mich schweißüberströmt in den Rollstuhl fallen.

»Die Kinder betteln um Schokolade«, klagte der Dozent, »ich habe aber keine. Meine Mama hat mir Schokolade schon im Kindesalter verboten.«

Auf dem Weg zum Heim klärte ich den Dozenten darüber auf, daß die Mädchen nicht um Schokolade, sondern um seine Aufmerksamkeit gebuhlt hätten, »csokolom« heiße nämlich »Küß die Hand«. Ein Offizier der k.u.k. Armee wäre angesichts einer derartigen Verwechslung unehrenhaft entlassen worden. Er hätte, wie die Donauschwaben zu sagen pflegten, seinen »Abschiedosch« nehmen müssen, ergänzte ich.

Manche Eltern sind seltsam erpicht darauf, ihre Kinder von Rollstühlen fernzuhalten. Diese jedoch finden Gefallen an dem beweglichen Spielzeug. Man sollte diesen Umstand für weiterreichende zivilisatorische Schulungen nützen.

Das Behindertenheim gefunden. G. verweigert Recherche, hat aber sofort eine Verschwörungstheorie parat. Purer Verfolgungswahn oder nur eine List, um mehr Honorar herauszuschlagen?

Pünktlich um zwölf Uhr standen wir an der hochgeklappten Schranke. Der Portier hielt eine Fotografie in den Händen, er verglich mein Gesicht mit jenem auf dem Bild, grinste und rief: »Csokolom! Gyere, gyere, kommt«! Wir passierten die Schranke, und der Portier lief, sich immer wieder nach uns umdrehend, vor dem Wagen her. Er lotste uns zu einem Parkplatz, auf dem der weiße Transporter aus München stand. Neben dem Fahrzeug warteten ein Mann mit schlohweißem Haar und eine wasserstoffblonde Frau in einem weißen Ärztekittel. Der Mann trug einen eleganten beigen Zweireiher. Ich parkte meinen Wagen neben dem Transporter.

Der Weißhaarige trat näher. Seine Krawatte war aus feinem englischem Tuch, und auf der Krawattennadel blitzte ein Edelstein. »Willkommen in unserer Anstalt«, sagte er und deutete eine Verbeugung an. »Hat Gabor Sie gut geführt? Verabschiede dich von den Herren, Gabor!« Der Portier verbeugte sich und hielt mir die Fotografie vor die Augen, sie zeigte ihn stolz vor seinem Häuschen stehend. Ich dankte ihm, und Gabor lief, die Fotografie schwenkend, zu seinem Posten zurück.

»Gabor ist schon seit zwei Monaten im offenen Vollzug«, erklärte der Weißhaarige. »Er macht schöne Fortschritte. Wir freuen uns, daß Sie wegen der Reparatur Ihres Rollstuhls an uns dachten. Soll ich Sie gleich in unsere Werkstatt bringen, oder machen wir vorher einen Rundgang?«

»Die Reparatur hat sich erübrigt«, sagte ich, »mein Begleiter ist handwerklich sehr versiert, er konnte das Problem beheben.«

»Wie Sie meinen«, erwiderte der Weißhaarige. »Wir freuen uns, daß Sie den weiten Weg in die Wälder Nordungarns nicht gescheut haben.« Er deutete wieder eine Verbeugung an. »Ich bin hier so etwas wie der Majordomus«, fuhr er fort. »Sie wissen ja, welche Aufgaben einem Majordomus in einer römischen Villa zukommen, er ist nicht nur für das Haus und dessen Gesinde, sondern auch für die Darstellung des Hauses in der Öffentlichkeit verantwortlich. Und der Ruf unseres Hauses reicht weit, sogar bis nach Wien, wie ich Ihrem Kennzeichen entnehme. Pressebesuche sind eine willkommene Abwechslung im Rehabilitationsalltag. Sicher haben Sie Verständnis dafür, daß wir Sie am Vormittag nicht mehr empfangen konnten. Presseführungen finden bei uns grundsätzlich nachmittags statt.«

»Woher wissen Sie, daß wir Journalisten sind?« fragte der Dozent erstaunt.

»Woher wissen Sie, daß Sie ein Journalist sind?« fragte ich den Dozenten.

»Wenn irgend möglich, versuchen wir, auf die Wünsche unserer Besucher einzugehen«, sagte der Weißhaarige verbindlich. »Für welche Zeitung arbeiten Sie denn?«

»Mein Freund arbeitet für eine New Yorker Behindertenzeitschrift, und ich arbeite privat, als Soziologe«, antwortete der Dozent.

Mir blieb nur, meinen Zorn hinunterzuschlucken. Insgeheim schwor ich, das Plappermaul nie wieder auf eine Recherche mitzunehmen. Ich zog Josef aus dem Wagen, legte den Polster auf die Sitzfläche, befestigte die Räder und schwang mich auf den Stuhl.

»Ich wollte nicht unhöflich sein«, sagte der Majordomus. »Ich hatte erwartet, daß Sie im Zusammenbauen des Rollstuhls geübt sind, und ich sehe meine Erwartungen übertroffen. Es wäre lächerlich gewesen, Ihnen meine Hilfe aufzudrängen.«

Ich deutete eine Verbeugung an.

»Wenn Sie Hilfe benötigten, würden Sie es sagen.« Jetzt verneigte sich der Majordomus.

»Ich würde es sagen«, bestätigte ich.

»Sie würden nicht zögern«, sagte er und verneigte sich neuerlich.

»Ich würde nicht zögern«, bekräftigte ich.

Der Majordomus reichte mir die Hand. »Nennen Sie mich einfach Imre.« Ich schüttelte die Hand, dabei fiel mein Blick auf seine Schuhe. Sie waren handgenäht und von einer Façon, wie ich sie von der Auslage eines Schuhsalons in der Fifth Avenue kannte.

»Darf ich Sie nun bitten, mit mir zu kommen?«

Ich fragte, ob der Dozent sich der Besichtigung anschließen dürfe. Er sei willkommen, sagte Imre. Die ärztliche Leiterin, Frau Klara, freue sich schon darauf, ihn zu führen. Die Frau hakte sich beim Dozenten unter. Ihr prachtvoller Roßschweif wurde von einem pinkfarbenen Seidenband zusammengehalten. Die Anstalt beherberge einige Akademiker, die sich über einen Besuch freuen würden, beteuerte sie. Wir sollten aber nicht zu lange bleiben, denn Besuche aus dem Ausland würden die Doktoren zu sehr erregen. Der Dozent beeilte sich, Doktor Klara zu versichern, er werde selbstverständlich ihren Anordnungen Folge leisten.

Imre übernahm die Führung. Ich folgte ihm. Ich wollte den Rundgang möglichst schnell hinter mich bringen, da ich damit rechnete, daß man uns ein Potemkinsches Dorf vorsetzen würde.

Wir durchschritten eine elektronische Sperre; ich

zählte drei Kameras, die den Eingang überwachten. »Wir haben zwar die Hierarchien im Heim abgeschafft«, sagte Imre, dem mein Blick nach den Kameras nicht entgangen war, »leider aber ist die Gesellschaft noch nicht so weit, daß wir die Barrieren zu ihr niederreißen könnten. Die Sicherheitsvorkehrungen dienen dem Schutz, nicht der Disziplinierung unserer Insassen. Die meiste Zeit über sind die Kameras außer Betrieb.«

Ein asphaltierter Weg schlängelte sich zu einem unansehnlichen Verwaltungsgebäude. Dorthin führte Doktor Klara den Dozenten, der sich noch einige Male nach mir umdrehte.

Wider Erwarten versetzte der Rundgang mich in Erstaunen. Mister Giordano würde eine interessante Story bekommen, so viel war mir bald klar, und ich überschlug im Kopf, wie viele Zeichen ich verlangen sollte. Besonders angetan war ich vom Erfindungsreichtum der Bewohner. So war man in der Gärtnerei, die auf einem kleinen Hügel lag, auf die Idee gekommen, das Regenwasser in großen Tanks aufzufangen und mittels eines ausgeklügelten Leitungssystems als Duschwasser durch das gesamte Areal zu schicken.

»Diese Duschen sind ein Segen«, sagte Imre, »im Sommer ist es hier drückend heiß.«

Die Wege waren mit außergewöhnlich präzise verfugten Waschbetonplatten ausgelegt. Auf ihnen zu rollen sei das reine Vergnügen, lobte ich. Die Steigungen erreichten selten mehr als drei oder vier Prozent, blieben aber in jedem Fall unter den international höchstzulässigen sechs Prozent; Geländestufen wurden in großartigen Serpentinen, italienischen Paßstraßen gleich, genommen. Nach fünfundzwanzig Metern wies jede Steigung eine Plattform zum Rasten auf, und zwischen den Plattformen erteilten Tafeln Auskunft darüber, wie weit der nächste Rastplatz entfernt war. Jede dritte Plattform war mit einer Stange versehen, auf der ein Blechgong mit Klöppel hing; auf diese Weise konnte jederzeit Hilfe herbeigerufen werden. Zusätzlich war jede Plattform mit einer Bahnhofsuhr bestückt. In der Zeitmessung stimmten die Uhren exakt überein.

»Die Sanierung der Wege war unser erstes Gemeinschaftsprojekt«, erklärte Imre. »Zuvor war es vielen unserer Patienten nicht möglich gewesen, sich in der Anlage frei zu bewegen. Erst die politische Wende brachte es mit sich, daß viele Heiminsassen nach Jahrzehnten des Eingesperrtseins ihren Pavillon verlassen konnten.«

Ich wollte wissen, warum die Pavillons auf einem Berghang und nicht auf einem flachen Grundstück errichtet worden seien. Die Anlage sei um die Jahrhundertwende erbaut worden, erklärte Imre, damals hätten geistliche Schwestern in der Anstalt das Regiment geführt. Meine Beine begannen wieder zu zucken, und ich bremste Josef ein. Imre blieb stehen.

»Wünschen Sie, daß wir den Rundgang unterbrechen?« fragte er besorgt.

»Keinesfalls. Erzählen Sie bitte weiter«, erwiderte ich und löste die Bremse, wodurch der Rollstuhl wieder Fahrt aufnahm.

Verbindlich lächelnd fuhr Imre fort: »Der reichste Bauer der Gegend, ein Deutsch-Ungar namens Emmerich Niederhauser, vererbte dem Komitat den Hang – mit der Auflage, nach seinem Tod ein Siechenheim darauf zu errichten. Niederhausers Frau war durch einen Jagdunfall, den ihr Mann verschuldet hatte, gelähmt. Der Bauer ließ sich dadurch aber nicht von der Ausübung seiner ehelichen Rechte abbringen, im Gegenteil, er nahm die Ärmste mit Gewalt, und das mehrmals täglich. Von seinen Besuchen in Budapest brachte er eine Geschlechtskrankheit mit, sodaß die Frau für den Rest ihrer Tage unter immer wieder aufbrechenden Geschwüren litt. Eines Tages wurde Niederhauser von Reue ergriffen, und er gelobte Besserung. Bald darauf unterzeichnete er zugunsten eines karitativen Ordens einen Schenkungsvertrag für das Gelände des späteren Siechenheimes. Zur Feier lud er seine Freunde in ein Wirtshaus an der Budapester Straße. Schwer berauscht machte er sich nächtens auf den Heimweg, er schlug auf sein Pferd ein und raste die steile Straße in den Ort hinunter. Im Dorf kam sein Wagen ins Schleudern, Niederhauser stürzte vom Kutschbock, und sein Schädel zerschellte an der Mauer der Pfarrkirche. Noch im selben Jahr begannen die Planungsarbeiten, und 1902 wurde die Anlage dem Orden übergeben.«

Ich erkundigte mich nach dem Schicksal der Witwe. Sie sei vor den Ordensschwestern geflüchtet, nach Budapest, antwortete Imre. Angeblich hatte die Oberin sie verflucht, weil sie von dem Krankenhaus nichts wissen wollte. Jede darauf abzielende Frage sei von ihr mit dem Verweis, daß sie für die Schandtaten ihres Mannes nicht verantwortlich sei, abgeschmettert worden. Wie es der Gelähmten später ergangen sei, wisse er nicht.

Auf unserem Rundgang begegneten wir Patienten, die sich in plumpen Elektrogefährten fortbewegten. Es handelte sich dabei aber nicht um Elektrorollstühle, sondern um quaderförmige Wagen, die über einen seitwärts drehbaren Sitz zu besteigen waren.

»Die Wagen stammen vom Münchner Hauptbahnhof«, erklärte Imre, »es sind ehemalige Postwagen, sogenannte Lastböcke, wir haben sie vor zwei Jahren gegen eine Jahresproduktion Schnaps eingetauscht. Das Canisiuswerk hatte uns dieses Geschäft vorgeschlagen, seither sind wir so etwas wie die armen Patenkinder der Münchner. Zwar bedurften die Gefährte einer Generalsanierung, für unsere technische Werkstatt war das aber eine Kleinigkeit.«

Wir begegneten einem seltsamen Paar. Ein dürrer, alter Mann in Feuerwehruniform schob ein im Rollstuhl sitzendes zierliches Mädchen mit langen schwarzen Haaren. Die beiden grüßten höflich und setzten ihren Weg fort.

»János und Corinna«, sagte Imre, »unser schönstes Paar.« Ich erkundigte mich, ob János Corinnas Vater oder ihr Großvater sei. »Weder noch«, antwortete Imre, »ihr Bräutigam. Die Verlobung fand voriges Wochenende statt, wir haben die ganze Nacht gefeiert.« Ich fragte nach János' Alter. »Sechsundachtzig«, sagte Imre, »er ist genau siebzig Jahre älter als Corinna.«

»Wie lange sitzt sie denn schon im Rollstuhl?«

Imre blieb stehen und zündete sich eine Zigarette an, eine Marke, die ich bisher nur in Italien gesehen hatte. »Seit einem Jahr«, sagte er, »sie hatte einen Autounfall, ihre Großeltern kamen dabei ums Leben.«

Ich zog die Bremsen fest und fragte, warum sie im Heim lebe und ob sie eine Schule besuche. Ihre Eltern seien arm, sagte Imre, sie könnten sich das Studiengeld nicht leisten. Ich gab mich damit nicht zufrieden und wollte wissen, warum das Heim nicht in der Stadt Übergangswohnungen für junge Behinderte einrichte, das Mädchen brauche doch eine Ausbildung und den Kontakt zu Gleichaltrigen. Als Jugendliche habe sie hier nichts verloren.

»So reden Sie über alte Menschen«, bemerkte Imre traurig, »so gering ist also die Solidarität zwischen Behinderten und Alten in Ihrem Land.«

Ich löste die Bremsen, und er schob mich, ohne zu fragen. Ich ließ ihn gewähren. Der Weg stieg nur leicht an, aber ich spürte, daß er Mühe hatte.

»János liebt das Mädchen«, sagte er schwer atmend.

»Er hilft ihr, wo er nur kann, und Corinna genießt seine Fürsorge. Es geht ihr jetzt besser als vor ihrem Unfall. Daheim wurde sie nur angebrüllt und wegen jeder Kleinigkeit verprügelt.«

Ich unterstützte Imre mit kräftigen Armstößen, dennoch fiel ihm das Schieben immer schwerer, ich hatte fast den Eindruck, daß er sich an Josef festhielt. Ich erkundigte mich nach János' Behinderung, aber Imre wich der Antwort aus. Im Grunde genommen sei János' Besessenheit für das Feuerwehrwesen harmlos, sagte er, man müsse nur ein Auge auf ihn haben. Er blieb stehen. Ob ich etwas dagegen hätte, wenn wir eine kleine Pause einlegten?

»Keineswegs«, sagte ich und wendete den Rollstuhl. Imre keuchte, und sein Adamsapfel hüpfte dabei auf und ab.

»Offiziell wissen wir natürlich nie, wann und wo es brennen wird«, sagte er, »aber da János von nichts lieber spricht als von seinen Brandstiftungen, weiß Corinna immer im voraus, was geschehen wird. Wichtig ist vor allem, daß János als erster am Brandort auftaucht und als erster mit den Löscharbeiten beginnt. Seine Brandstiftungen sind völlig harmlos und verursachen höchstens kleinere Sachschäden.« Er zündete sich eine weitere Zigarette an und reichte mir das Päckchen, doch ich lehnte ab.

»Er tut es ja nur, um uns zu zeigen, wie wachsam er ist«, fuhr Imre fort und tat einen tiefen Zug. »Der arme Teufel hat seiner Neigung wegen viele Jahre im Gefängnis in Vác verbracht, und das nur, weil er in der Höllen-Csárda Feuer gelegt hatte und dabei erwischt wurde.«

»Ist denn die Csárda abgebrannt? Gab es Opfer?« fragte ich.

»Wo denken Sie hin! Ich sagte ja, daß János bei seinen Brandstiftungen umsichtig zu Werke geht. Er wäre völlig unbehelligt geblieben, hätten nicht die Insassen eines deutschen Reisebusses Feuerwehr und Polizei gerufen, und zwar als der Brand schon längst gelöscht war. Und so mußte János auf seine alten Tage noch ins Gefängnis.«

Wir fuhren weiter. Ich entlastete Imre so gut es ging durch den Einsatz meiner Arme. Wir erreichten die Hügelkuppe und sahen einen großen, stattlichen Straßenkehrer in einer gelben Uniform mit schwarzen Streifen, der gerade dabei war, seinen Besen auszuklopfen.

»Wie fühlen Sie sich heute, Exzellenz?« fragte Imre.

»Danke der Nachfrage, großartig. Morgen fahre ich wieder zu Bruno«, antwortete der Mann. »Kompliment an Frau Klara!« Imre schaute dem Uniformierten, der pfeifend den Hügel hinunterschritt, nach. Ich erkundigte mich nach dem Straßenfeger, und Imre erzählte, der Mann sei ein ehemaliger Diplomat, der aus ärmsten Verhältnissen stamme; dank seiner raschen Auffassungsgabe, seines gewinnenden Wesens und seiner blendenden Erscheinung habe er eine schwindelerregende Karriere gemacht, zuletzt sei er Botschafter in Madrid gewesen. Während eines Banketts für den spanischen König habe ihn die Nachricht vom Tod seines Bruders, eines Fliegermajors, der mit seiner Maschine in der Tiefebene abgestürzt war, ereilt.

Imre lief jetzt neben dem Rollstuhl, es ging leicht bergab, und wir näherten uns einem weiteren Pavillon.

»Der Diplomat, der seinen Bruder abgöttisch liebte, wurde zum Alkoholiker«, fuhr Imre fort. »Sein gesellschaftlicher Abstieg war rasant, binnen weniger Jahre verlor er Stellung, Haus und Familie, und zuletzt arbeitete er als Straßenfeger in Vác. Nach der Wende wurde er endgültig auf die Straße gesetzt. Erst Bruno hat ihm wieder Halt gegeben.«

»Und wer«, fragte ich, »ist Bruno?«

»Bruno ist der beste Freund des Diplomaten, ein Fährhund, der an der Fähre zwischen Vác und Táhitót Dienst tut. Mit einem kühnen Satz springt Bruno als erster von der Fähre an Land, und er ist der letzte, der auf die Plätte aufspringt. Er kontrolliert den Zustand der Seile, verbellt Wassersportler, die der Fähre zu nahe kommen, und er hat ein Auge auf den Fährmann, der während der Arbeit trinkt. Abends besucht Bruno die umliegenden Restaurants und Weinstuben, wo er sich Verpflegung erbettelt, und in der Nacht treibt er sich auf der Straße herum. Er schläft unter dem Vorbau der Fährkassa; die Fuhrleute behandeln ihn als einen der ihren. Der Diplomat freundete sich mit Bruno an, und die beiden tauschten sich über völkerrechtliche Streitfälle aus – ein Steckenpferd des Diplomaten. Was Fragen des Völkerrechts angeht, kann kein Hund der Welt Bruno das Wasser reichen. Zwei- oder dreimal pro Woche stattet der Diplomat ihm einen Besuch ab. Bruno kann ja die Fähre nicht im Stich lassen.«

»Eine beispielhafte Pflichtauffassung«, sagte ich und glaubte dem Mann kein Wort.

»Ja, wir alle hegen große Hochachtung vor Bruno«, bekräftigte Imre. »Der Diplomat hat sich gut bei uns eingelebt, er kommt hier besser mit seiner Sucht zu Rande als in Vác, er spürt, daß er beliebt ist, und seine Vorträge über berühmte Streitfälle der Diplomatie werden von den Bewohnern unserer Anstalt regelrecht gestürmt.«

Wir waren vor dem Pavillon angelangt. Aus einem geöffneten Fenster drang ein heftiger Streit unter Männern. Das Durcheinander der Stimmen wurde immer lauter und aggressiver, als würde im nächsten Moment eine Schlägerei ausbrechen.

Imre trat ans Fenster und grüßte auf ungarisch. Ich konnte nicht sehen, was im Raum vor sich ging, das Fenster lag zu hoch. Immerhin wirkte Imres Erscheinen beruhigend auf die Streithähne. Als wir den Rundgang fortsetzten, hörten wir aber, daß der Streit weiterging. Imre schüttelte betrübt den Kopf.

»Gyula und Laci«, sagte er, »unsere Historiker. Sie arbeiten an einem Langzeitprojekt: Die Lösung der Nationalitätenprobleme in Mitteleuropa. Dabei geraten sie immer wieder in Streit.«

Ich fragte, warum die beiden einander nicht aus dem Weg gingen.

»Sie wollen nicht«, sagte Imre, »es wäre auch gar nicht so einfach, denn Laci ist blind, und Gyula leidet an Muskellähmung und sitzt wie Sie im Rollstuhl. Die beiden sind ein gut eingespieltes Team, der eine wäre ohne den anderen ärmer.«

Wir verließen das verbaute Gelände und näherten uns dem tiefer liegenden Teil des Parks. Imre erzählte von der Verkommenheit der Heimverwaltung in der kommunistischen Zeit und bat mich, etwaige Mängel nicht allzu streng zu beurteilen, er wisse selber sehr gut, was alles noch getan werden müsse. Schließlich fragte er, ob ich meinem Artikel einen Spendenaufruf anschließen könne.

»Ich werde mit der Redaktion Rücksprache halten«, sagte ich ausweichend. Ein Mitarbeiter des »Manhattan Wheeling Courier« war ausschließlich für Spenden zuständig. Giordano legte Wert darauf, den redaktionellen Teil von bezahlten Einschaltungen und Aufrufen für Kollekten zu trennen. Ihm persönlich könne das Mitleidsgetue gestohlen bleiben, sagte er immer, für das Überleben der Zeitung aber waren Zuwendungen von Gönnern und Konzernen unverzichtbar.

Wir näherten uns dem tiefer gelegenen Teil des Geländes. Ich fragte Imre, woher er von der New Yorker Zeitung wisse. Die Mitarbeiter des Colanuswerks hätten Roeblings Computer durchgesehen, sagte Imre, und dabei seien sie auf seine wirren Hilferufe gestoßen; es seien auch schon mehrere Journalisten vorstellig geworden: ungarische, deutsche und – seltsamerweise – russische. Alle seien sie auf der Suche nach einer Gruselstory, einem Jahrhundertskandal, gewesen, aber er habe sie enttäuschen müssen. Immerhin hätten zwei ungarische und der russische Journalist aber wahrheitsgetreue Reportagen über das Heim veröffentlicht. Auf diese Weise habe der arme Roebling dem Heim einen letzten Dienst erwiesen. Er durchsuchte die Taschen seines Jacketts, nahm eine neue Packung Zigaretten heraus, riß das Päckchen auf und zündete sich eine Zigarette an.

»Wieso sprechen Sie in der Vergangenheit?« fragte ich.

»Weil Herr Roebling zu unser aller Leidwesen gestern verstorben ist.«

Ich bremste den Rollstuhl ein. Auch Imre blieb stehen. »Tut mir leid für Sie, daß Sie die weite Reise umsonst gemacht haben.« Und dann sagte er, wie um mich zu trösten: »Roebling hat sich schon als Opfer einer Verschwörung gesehen, wenn das Frühstück um fünf Minuten zu spät gekommen ist. Ein armer Mann, er litt unter Verfolgungswahn. Angesichts seiner elenden körperlichen Verfassung war der Tod eine Erlösung für ihn.«

»Woher wollen Sie das wissen? An welcher Krankheit litt Roebling denn?«

»An einer besonders aggressiven Form der Polyarthritis«, erwiderte Imre, »seine Gelenke waren entstellt und versteift, er mußte schwere Analgetika nehmen. Schließlich hat dann das Herz nicht mehr mitgemacht.«

»Ich würde gern das Zimmer von Herrn Roebling besichtigen«, sagte ich.

Das sei leider unmöglich, entgegnete Imre, in Roeblings Zimmer liege jetzt ein anderer todkranker Mann. Man könne diesem keine Aufregung zumuten.

Wir gelangten zu einer Senke, die zur Hälfte von einem schilfbestandenen Teich ausgefüllt wurde. Auf einer Bank am Rande des Wassers saß Frau Klara und beobachtete den Dozenten, der bis zu den Knöcheln im Wasser stand und nach einer Seerose fischte. Ich ließ Josef die letzten Meter über eine kühn geschwungene Rampe bergab rollen. Der Dozent wurde auf mich aufmerksam; sei es, daß er meinte, mir helfen zu müssen, sei es, daß er abrutschte, er streckte die Hände in die Luft und war einen Augenblick später verschwunden. In konzentrischen Kreisen breiteten sich Blasen auf der Wasseroberfläche aus. Ich beschleunigte, Frau Klara sprang auf, aber da streckte der Dozent den Kopf auch schon aus dem Wasser und kroch auf das Ufer zu. Er stieg aus dem Teich und überreichte Frau Klara eine Seerose. Die Ärztin war mehr belustigt als erfreut; und ich vermeinte, beim Dozenten erste Anzeichen von Verliebtheit zu erkennen. Imre und Doktor Klara zogen sich bald darauf zurück, in einer Stunde sollte eine Versammlung stattfinden, erklärten sie. Wir waren als Gäste geladen.

»Sie können sich ausziehen und in der Sonne trocknen«, sagte ich zum Dozenten. »Hier sind wir ungestört.« Der Dozent schlüpfte aus seinen triefenden Kleidern, hängte sie über die Bank und begann mit Dehnungsübungen. Währenddessen berichtete er von seinen Eindrücken.

Kurz nach der Wende seien Ärzte, Pfleger und Patienten übereingekommen, das Heim als offene Anstalt weiterzuführen, erzählte er. Da die Gesundheitsbehörden dies aber nicht erlaubt hätten, mußte Frau Klaras Aussage zufolge der offene Vollzug sich auf das Leben in der Anstalt beschränken.

»Haben Sie den Diplomaten gesehen?«

»Ja.«

»Und den greisen Feuerwehrmann?«

»Auch den.«

»Ist es nicht vorbildlich, wie man hier mit psychisch kranken Menschen umgeht?«

»Reden Sie weiter«, sagte ich. »Aber hören Sie mit den Verrenkungen auf. Mir wird schon vom Zuschauen schwindlig.«

Der Dozent hielt in seinen Übungen inne. »Doktor Klara ist eine reizende Person«, sagte er. »Und sie ist, wie meine Mama, Neurologin.«

»Liebreiz kann ich an Doktor Klara keinen erkennen«, widersprach ich. »Allenfalls würde ich ihr kühle Strenge bescheinigen. Das allerdings verbindet sie mit Ihrer Mutter.«

»Sie sind ungerecht«, rief der Dozent. »Klara ist warmherzig und konsequent. Seit Jahren studiert sie dieses soziale Experiment. Anfangs dachte sie noch, der offene Vollzug werde nach wenigen Tagen ein Ende haben, sehr bald aber sind die Dinge ins Lot gekommen. Die Hälfte der Ärzte und des Pflegepersonals ist gegangen, der Umstand, daß viele unter ihnen Alkoholiker waren, hat die Sache begünstigt.«

Nachdem ich die Socken abgestreift hatte, begann ich meine Zehen zu massieren. Es sei unwahrscheinlich, sagte ich, daß die Behörden die Anstalt sich selbst überließen. Diese Frage habe er Klara auch gestellt, räumte der Dozent ein. Die Visiten der Behörde würden so wie ehedem nach langfristiger Vorankündigung erfolgen, und so wie ehedem würden sie sich in einem Besäufnis und der Entgegennahme von Bestechungsgeschenken erschöpfen.

»Klara befürchtet nur, daß eines Tages ein junger, tatendurstiger Inspektor auftaucht, der seine Arbeit ernst nimmt. Aus diesem Grund wird das Heim auch bewacht. So bewährt sich die Taktik des alten Regimes, behinderte Menschen durch hohe Mauern vor der Welt zu verstecken.«

Ich fragte, ob dieser Satz von ihm oder von Doktor Klara stamme. »Von ihr«, gestand der Dozent und schwärmte weiter von der Anstalt.

»Wußten Sie, daß die Patienten Obst und Gemüse anbauen«, rief er begeistert aus. »Sie halten Hühner, Schweine, Schafe und Ziegen. Laut Klara wird der Ziegenkäse in ganz Nordungarn geschätzt. Übrigens spricht Klara immer von ›unserem Heim‹. Ich frage mich, ob das Verwischen der Grenzen zwischen Arzt und Patient nicht ein Anzeichen für ein Hospitalisierungstrauma ist. Ich werde dieser Frage in meiner Studie nachgehen.«

»Eine gute Idee«, sagte ich. Ich förderte die Arbeit des Dozenten, wo ich nur konnte. Ich wußte, daß er ein fleißiger Materialsammler war und darüber hinaus über ein hohes wissenschaftliches Ethos verfügte. Nur mit dem Schreiben kam er nicht klar, weil seine Mutter darauf bestand, seine Texte zu korrigieren.

Mit den Händen dehnte ich die verkürzten Kniesehnen meines rechten Beins. Der Dozent hatte sich mittlerweile auf der Bank niedergelassen.

»Solange Budapest wegschaut und die Löhne für das Personal überweist«, fuhr er fort, »kann der ›verdeckte offene Vollzug‹ weiterlaufen. Eine rasche Änderung der Verhältnisse befürchtet Klara nicht; schon im Sozialismus hätten die Behörden sich kaum um die Behinderten gekümmert, und jetzt, nach der Wende, hätten die ehemaligen Funktionäre genug damit zu tun, sich am herrenlos gewordenen Staatseigentum zu bereichern. Gefahr drohe nur von unangemeldeten Eiferern.«

»Oder von Journalisten, die ihren Mund nicht halten können«, ergänzte ich.

»Das ist dasselbe«, beschied der Dozent und räkelte sich in der Sonne. »Frau Klara will jedenfalls noch einige Zeit in der Anstalt ausharren. Sie führt ein wissenschaftliches Tagebuch, das dereinst den Grundstock für eine bedeutende Feldstudie bilden soll. Sie möchte die Studie in einem deutschen Verlag publizieren und so eine Berufung an die Münchner Universität erreichen. Sie träumt von einem Häuschen am Chiemsee oder in den Alpen, sie ist da nicht wählerisch.«

»Eine sympathische Frau«, erklärte ich.

Er nickte und lächelte. »Unser wissenschaftlicher Austausch war sehr anregend«, sagte er und seufzte.

»Sie sollten den Kontakt zu Frau Klara vertiefen«, riet ich.

»Meinen Sie wirklich?« rief der Dozent erfreut.

»Ihre Mama hätte sicher nichts dagegen.«

»Das war jetzt aber nicht notwendig«, sagte er gekränkt. Nach einer Weile fragte er, wie denn mir die Anstalt gefalle.

»Gut«, sagte ich, »ich habe nur ein Problem.«

Er richtete sich auf und schaute mich neugierig an. »Welcher Art?«

»Ich habe bislang nur schlechte Schauspieler und einige Patienten gesehen. Und der, dessentwegen ich gekommen bin, ist tot.«

Die Vollversammlung erwies sich als kurze Rede Imres vor einigen Patienten und Angehörigen des Pflegepersonals. Unter den Anwesenden erkannte ich Corinna und János sowie den Diplomaten. Die Männer vom Colanuswerk hielten sich im Hintergrund. Zwei geistig behinderte Mädchen reichten Erfrischungen. Die Mädchen wirkten nicht, wie geistig Behinderte sonst, auf die Arbeit konzentriert und bestrebt, keinen Fehler zu machen, sondern sie bewegten sich wie ferngesteuert; selbst wenn jemand ihnen ein Glas abnahm, hielten sie den Kopf gesenkt. Mißtrauisch beobachtete ich die beiden, und als ich es schaffte, mit einer abrupten Bewegung des

Rollstuhls die Aufmerksamkeit eines der Mädchen zu erregen, erschrak ich: die Pupillen waren unnatürlich geweitet.

Imre hielt die Ansprache auf ungarisch; ich verstand nur Wortfetzen und verließ auf der Suche nach einer Toilette den Saal. Auch hoffte ich, irgendwelche Hinweise auf Roebling zu finden. Ich fuhr durch einen endlos scheinenden Gang. Der Boden war mit weißen und schwarzen Terrazzosteinen ausgelegt, und von der Decke hingen mächtige Kugellampen, die ein stumpfes Licht gaben.

Ich öffnete eine Tür und befand mich in einem Badezimmer. Neben einer Duschtasse stand ein dunkelblauer Kunsttoffsarg. Ich fuhr näher und schob den Deckel zur Seite, er war überraschend leicht. Im Sarg lag ein zugeschnürter Leinensack, der an einigen Stellen eingetrocknete Blutspuren aufwies. Seltsamerweise zeichneten sich unter dem Leinen nicht die Konturen eines menschlichen Körpers ab, weder war ein Kopf erkennbar, noch waren Ausbuchtungen, wie sie auf Beine hindeuten, zu erkennen. Wenn in dem Sack eine Leiche war, mußte sie zerstückelt sein.

Bevor ich darangehen konnte, den Leinensack zu öffnen, hörte ich in einiger Entfernung Schritte und – zu meiner Überraschung – die Stimme des Dozenten.

Ich schob den Sargdeckel zu und verließ den Raum. Die Schritte kamen näher, und als ich um eine Gangecke bog, stieß ich beinahe mit Imre und dem Dozenten zusammen.

»Da sind Sie ja«, rief Imre. »Wir haben Sie schon vermißt!«

»Haben Sie sich verlaufen?« fragte der Dozent teilnahmsvoll.

»Das ist mir nicht möglich«, entgegnete ich. »Gibt es denn hier kein Behinderten-WC?«

»Leider nein«, sagte Imre, »früher dachte man nicht soweit. Und ein Umbau ist teuer. Wir haben nicht einmal das Geld, die Kugellampen zu erneuern, die meisten stammen noch aus der Gründerzeit.«

Imre führte uns in die Aula zurück. Der Dozent sei in Sorge gewesen, weil ich so lange ausblieb, da habe er sich an ihn gewandt, erzählte Imre, und der Dozent nickte eilfertig. Auf dem Gang konnte ich noch einen Blick aus dem Fenster werfen; ich sah, wie der weiße Transporter zu dem am Waldrand gelegenen Pavillon fuhr. Zurück in der Aula fragte ich, wo die übrigen Patienten seien, für eine Vollversammlung seien erstaunlich wenige Insassen erschienen. Um diese Zeit würden die meisten schlafen, erwiderte Imre, ich hätte wohl Verständnis dafür, daß er ihnen ein Mittagsschläfchen gönne. Und die schweren Fälle kämen ohnehin nie zu Versammlungen. Ich fragte, wo die schweren Fälle untergebracht seien.

Die Bettlägerigen und Autoaggressiven versorge man in einem Pavillon am Waldrand, antwortete Imre. Dort sei es im Sommer am kühlsten, und die Patienten könnten die Geräusche des Waldes hören. Ich würde verstehen, daß er in diesem Bereich keine Führung zulasse, die Kranken würden sich zu sehr aufregen. Ob er mich noch zu einem Imbiß in sein Büro einladen dürfe?

»Wir werden noch heute abend in Wien zurück erwartet«, log ich.

Der Dozent und Doktor Klara unterhielten sich angeregt in der Vorhalle der Aula. Auch Corinna und János hatten sich eingefunden. Dem Dozenten fiel der Abschied von Doktor Klara sichtlich schwer, er lud die Ärztin nach Wien ein und versprach, ihr seine Studie zu schicken.

Ich dankte für die Führung und wünschte dem Haus und seinen Bewohnern Glück. Sollte ich einen Text schreiben, würde ich Imre ein Belegexemplar zukommen lassen. Corinna reichte mir die Hand, ihr Händedruck war überaus kräftig. Als sie die Hand zurückzog, rutschte sie ab und stützte sich, um nicht aus ihrem Rollstuhl zu fallen, für einen Moment an Josef ab. Ich wunderte mich über ihre Ungeschicklichkeit.

Wir verließen Töröklak und fuhren einige Kilometer auf der Schnellstraße Richtung Budapest. An einer Raststation machten wir Halt, tankten und versuchten, mit Giordano Kontakt aufzunehmen. Er bekomme keine Verbindung, sagte der Dozent und schüttelte den Kopf. Ich müsse Giordano aber erreichen, drängte ich. Die Geschichte sei mehr wert als zehntausend Zeichen.

»Zweifeln Sie an dem, was man uns erzählte?« fragte der Dozent.

»Nein. Es ist offensichtlich, daß man uns etwas vorgespielt hat. Der Diplomat und der Fährhund! Die beiden Historiker, die man nicht zu Gesicht bekommt! Der Greis und die Halbwüchsige! Ich werde noch einmal hinfahren und Nachschau halten. Wenn Sie wollen, können Sie hierbleiben, ich hole Sie in ein paar Stunden ab.«

Der Dozent schaute mich betrübt an. »Sie sind auf der Suche nach einer Story, das sehe ich. Seien Sie dabei aber nicht ungerecht. Ich für meinen Teil bewundere Menschen, die ihr halbes Leben mit Behinderten zubringen.«

»Sehr geehrter Herr Dozent! Wie lange kennen Sie mich?«

»Das ist etwas anderes«, sagte er schnell.

Die Toilette auf der Raststätte war unbenützbar, die Klobrille fehlte, und die Muschel war verdreckt. Ich beschwerte mich beim Pächter. Der zuckte die Achseln und meinte, türkische Fernfahrer seien schuld. Sie seien es gewohnt, im Stehen zu scheißen und würden daher einfach auf die Muschel steigen, er könne nicht jeden

Tag eine neue Klobrille anbringen. Ich erzählte das dem Dozenten, der sich sofort Notizen machte.

»Sie glauben dem Rassisten doch nicht etwa«, empörte er sich.

»Warum nicht? Schon Hegel unterstellt den Vorderasiaten zivilisatorische Rückstände. Aber wem bescheinigt er die nicht.«

»Seit wann kennen Sie Hegel?« fragte der Dozent erstaunt.

Auf Karrenwegen kehrten wir nach Töröklak zurück. Anfangs orientierten wir uns an der Ruine, später griffen wir zur Karte und erkannten zu unserer Verblüffung, daß die Manöverkarte, was Treppelwege und Steige anlangte, sehr genau war.

In einem Waldstück baute ich die Campingtoilette auf, der Dozent machte unterdessen Notizen. Als ich wieder im Wagen saß, wollte er von mir wissen, was mich dazu gebracht habe, die Toilette anzuschaffen.

»Meine Haushälterin«, sagte ich. »Sie war es leid, nach jeder Schiffsbeobachtung verschmutzte Hosen zu waschen und in mein versteinertes Gesicht zu schauen.«

»Eine praktische Frau«, sagte der Dozent.

»Das ist ihr größter Vorzug, gleichzeitig aber auch ihre größte Schwäche«, erwiderte ich. »Ich hasse praktische Frauen, wie ich überhaupt alles hasse, was praktisch ist. Seit ich denken kann, verfolgt mich das Wort ›praktisch‹. Dies und das sei praktisch, wird behauptet, als stelle das schon eine eigene Qualität dar. Und seit ich behindert bin, wird mir jedes vertrottelte Hilfsmittel als ungeheuer praktisch angepriesen. Ungeheuer sind die Sachen tatsächlich, ungeheuer teuer und ungeheuer kompliziert. Neunundneunzig Prozent der ›praktischen‹ Hilfsmittel, jener Vielzahl von Greif-, Stütz-, Geh- und Inkontinenzhilfen, gehören in den Müll, aber nicht in den Industriemüll, sondern zu dessen schmutzigem Bruder, dem Gewerbemüll, denn der Hilfsmittelmarkt ist von industriellen Verhältnissen noch weit entfernt, diese nämlich sind funktionell und nicht praktisch. Das Praktische ist nichts anderes als die Religion des Funktionellen, die Metaphysik des Geschäfts, ein Widerspruch in sich. Das Praktische ist der Tod der Funktion.«

Wir passierten eine verfallene Waldkapelle und bogen dann in einen steil bergwärts führenden Waldweg ein. Das Heim mußte hinter dem Hügel liegen.

»Die Campingtoilette ist also nicht praktisch«, sagte der Dozent und schrieb, »sondern funktionell.«

»Gewonnen! Rücken Sie drei Felder vor.«

Aus G. spricht der Trotz eines verwöhnten Kindes, ich habe den Verdacht, er fühlt sich von der Geschichte betrogen. Er läßt jegliches Verständnis für die Funktionsweise der Marktwirtschaft vermissen. Insofern ist G., der sonst immer darauf besteht, sich von anderen Behinderten abzugrenzen, doch ein typischer Vertreter einer Randgruppe. Canetti hat recht: Nur in der Masse gibt es eine Masse zu holen. An den Rändern der Gesellschaft verlieren sich auch die Randgruppen.

Wir erreichten die Hügelkuppe und standen vor dem Drahtzaun der Anstalt. Ich parkte den Wagen seitlich in den Büschen und holte Josef hervor. Der Zaun war am Waldrand so löchrig, daß es uns nicht schwer fiel, die Maschen hochzudrehen. Der Dozent wollte unbedingt mitkommen, aber es gelang mir, ihm einzureden, er müsse den Fluchtweg freihalten. Dann rollte ich auf einem Weg, der mit Waschbetonplatten ausgelegt war, zu jenem Pavillon am Waldrand, den ich vom Gangfenster aus gesehen hatte. Bevor ich mich dem Gebäude näherte, wartete ich einige Zeit hinter einem Busch. Die Umsicht machte sich bezahlt, denn plötzlich tauchten die beiden Deutschen auf, sie schleppten eine längliche Kiste und stießen damit gegen die Hausmauer. Einer der Männer lachte kurz auf, der zweite wies ihn mürrisch zurecht, danach verschwanden sie im Pavillon. Ich fuhr näher und untersuchte die Kellerfenster, konnte aber kein offenes finden. Langsam bewegte ich mich am Haus entlang, und als ich es schon fast umrundet hatte, hörte ich gedämpfte Stimmen. Ein Kellerfenster war nur angelehnt, ich öffnete es einen Spalt weit und bemerkte einen Lichtschein. Langsam und darauf bedacht, keinen Lärm zu machen, zog ich die Bremsen an, hielt mich mit einer Hand an Josefs Gestänge fest und beugte mich vor. Das Fenster gehörte zu einem dunklen Raum, das Licht drang aus einem Nebenzimmer. Ich hörte eine weibliche und eine männliche Stimme, die Stimme der Frau kam mir sofort bekannt vor – es war jene von Doktor Klara. Das Gespräch verebbte, ich hörte Schritte, bald darauf wurde eine Tür geschlossen. Ich öffnete das Kellerfenster zur Hälfte und erkannte ein Büro, das zu einem größeren Raum hin offen war. Von dort schimmerte bläuliches Licht, als sei ein Monitor eingeschaltet. Um mehr sehen zu können, mußte ich auf den Boden. Ich ließ mich aus dem Rollstuhl gleiten und legte mich auf den Bauch.

An der Rückwand des großen Raumes stand ein Krankenbett, und in dem Bett lag ein glatzköpfiger Greis. Über den Backenknochen spannte sich ledrige Haut, die Augen starrten ins Leere, der Mund war zu einem kreisrunden Loch geöffnet, und der Unterkiefer war zurückgefallen. Staunend sterben, dachte ich, was gibt es Schöneres? Was aber, wenn das Gesicht eines Menschen, den das körperliche Leben verläßt, nicht mehr der Spiegel seines Inneren ist? Vielleicht verlieren die Gesichtszüge irgendwann die Verbindung zum vergangenen Leben, sodaß es müßig ist, aus dem Gesichtsausdruck Sterbender auf ihre Gemütsverfassung zu schließen? Vielleicht tobt hinter dem verfallenden Gesicht ein entsetzlicher Kampf?

»Herr Roebling«, wisperte ich. Der Mann reagierte nicht. »Sind Sie Herr Roebling?« probierte ich es noch einmal, erhielt aber wieder keine Antwort. Plötzlich standen Doktor Klara und einer der Deutschen in der Tür. Der Mann trug einen Stoß Papier unter dem Arm, Doktor Klara zog eine Spritze auf. Vorsichtig robbte ich zur Seite.

»Wo soll ich die so schnell hernehmen«, hörte ich Doktor Klara fragen.

»Das ist dem Kunden egal, er zahlt jeden Preis«, antwortete der Mann.

»Für diesen Zweck eignen sich am besten rumänische, die sind widerstandsfähiger«, sagte Klara.

»Aber rumänische sind immer schwerer zu bekommen.« Die Stimmen kamen näher.

»Setzen Sie sich«, sagte Doktor Klara. »Ich mache nur das Fenster zu, es zieht.«

Ich duckte mich, das Fenster wurde von innen geschlossen. Dann zog ich Josef zur Seite und stemmte mich hoch. Dabei stieß ein Treibreifen an den Fensterrahmen, was ein metallisches Geräusch gab. So schnell ich konnte, fuhr ich zwischen die Büsche und wartete ab. Schon trat einer der Münchner aus der Eingangstür, er schaute unschlüssig um sich und verschwand wieder im Pavillon. Unter großer Kraftanstrengung, der Weg führte steil bergauf, gelangte ich wieder zum Zaun. Ich kämpfte mich durch das Loch, da verfing sich ein Bremshebel in den Maschen. Ich versuchte, Josef zu befreien, verhedderte mich aber jetzt mit einer Fußstütze. Ich saß fest und erschrak fast zu Tode, als ein Busch sich teilte und der Dozent heraustrat.

»Keine Angst«, sagte er, »das haben wir gleich.« Mit ein paar Handgriffen befreite er mich aus dem Maschengeflecht und bog den ausgeschnittenen Teil des Zaunes zurück. Als wir einige Zeit hinter dem Haselnußstrauch ausgeruht hatten, ging die Tür des Pavillons wieder auf und wir sahen, wie die beiden Deutschen eine Kiste zu ihrem Transporter schleppten. Die Kiste schien sehr schwer zu sein, die Männer mußten sie mehrmals niederstellen. Nachdem sie abgefahren waren, kehrten wir zum Wagen zurück.

»Hat Ihre Verschwörungstheorie sich endlich in Luft aufgelöst«, fragte der Dozent, als Josef verstaut war.

»Im Gegenteil, aber ich weiß nicht, wonach ich suchen soll. Vielleicht sollte ich in den Pavillon einsteigen.«

»Mit dem Rollstuhl wird das nicht einfach sein«, meinte der Dozent.

Ich schwieg und warf das Rollstuhlkissen auf die Rücksitzbank. Dabei löste sich ein Stück Papier, es war am Klettverschluß gehangen; ich hob es auf und las ein hingekritzeltes Wort: »SÓLYOM«.

»Haben Sie davon schon einmal gehört?« fragte der Dozent, nachdem ich ihm den Zettel gereicht hatte. Er zumindest könne damit nichts anfangen. Sólyom sei das ungarische Wort für Falke, sagte ich. Unterhalb des Donauknies gebe es eine Sólyom-Insel, ein bekanntes Wassersportzentrum.

»Von wem der Zettel wohl stammt?« rätselte der Dozent. »Von Imre wohl nicht. Sicher ist das nur irgendein Spaß der Geisteskranken; pardon, ich vergaß, daß Sie die Insassen des Heimes ja nicht für krank halten.«

»Von Corinna«, sagte ich, »sie muß ihn mir in den Rollstuhl gesteckt haben, als sie so tat, als rutsche sie ab.«

»Wie weit ist denn die Insel entfernt?«

»Eine Stunde mit dem Wagen, eher weniger.«

»Fahren wir.« Der Dozent klappte sein Notebook auf.

Ohne mich wäre G. in der Schlucht verschollen oder würde im Zaun hängen. Er glaubt, er habe alles unter Kontrolle. Ich lasse ihm die Freude. Seine Verschwörungstheorie führt uns wieder zur Donau. Immerhin ist Budapest nicht weit entfernt; dort bekomme ich sicher wieder eine Internet-Verbindung mit New York.

Nicht vergessen: Ansichtskarte für Mama besorgen.

Ich sehne mich nach einer Dusche.

VI

Nachforschungen auf der Sólyom-Insel

Am späten Nachmittag kamen wir im Donauknie, wie das Durchbruchstal des Stroms oberhalb von Budapest genannt wird, an. Nach einigem Umherirren fand ich die Zufahrt zum Wassersportklub oberhalb der Sólyom-Insel. Wenig später saßen wir in einsitzigen Kajaks und paddelten aus dem Schutz einer Buhne in die Strömung der Donau hinaus. Ich wollte mich von ihr auf die Sólyom-Insel tragen lassen, die infolge leichten Hochwassers nur ein paar hundert Meter lang war. Ich kannte die Insel im zehnfachen Umfang, bei Niederwasser wurde sie zu einer Halbinsel, auf die man bequem zu Fuß gelangen konnte. Zu jeder Zeit aber war sie ein Treffpunkt für Liebespärchen, Fischer und Sonnenanbeter.

Josef und ich waren mit der Insel vertraut. Vor Jahren hatten wir an einem klirrend kalten wolkenlosen Wintertag den Versuch unternommen, die Insel zu befahren. Zu meiner großen Verblüffung war der Sand zwischen den locker verstreuten Rundkieseln so hart gewesen, daß man problemlos darauf fahren konnte. Wir waren bis an die Spitze der Insel gelangt, die damals, es herrschte extremes Niederwasser, mitten im Strom lag. Die Fahrrinne führte hart an der Insel vorüber. Nie werde ich das entgeisterte Gesicht jenes sowjetischen Kapitäns vergessen, der die »Grosny« an uns vorbei bergwärts steuerte. Ein freundlich grüßender Rollstuhlfahrer inmitten der Fahrrinne – so entstehen die großen Stromlegenden, dachte ich damals.

Auf der Höhe der Insel rief ich dem Dozenten zu, er solle hart am Ufer bleiben, doch er hatte einen Schiffsverband entdeckt, der oberhalb der Flußbiegung von Vác Kurs auf die Sólyom-Insel nahm. Ich kannte den Schiffstyp, es handelte sich um eine Einheit aus der »Zorinsk«-Klasse der UdSSR. Obwohl diese Schiffe zu den stärksten auf der Donau zählten, würde es noch eine gute halbe Stunde dauern, bis der Schubverband die Insel erreichte, es bestand kein Grund zur Panik. Der Dozent sah das anders. Er paddelte von der Insel weg, offensichtlich hatte er Angst, die Wellen des Schiffes würden ihn auf die Ufersteine werfen. Aber so wurde er von der Strömung erfaßt und trieb ab.

»Fahren Sie Richtung Ausstieg«, rief ich ihm zu.

»Was heißt ›Ausstieg‹«, rief der Dozent zurück. »Steuer- oder Backbord?«

Der Dozent hatte einen Segelschein, beherrschte sohin die Segelsprache, aber hier waren wir nicht auf einem See, sondern auf der Donau, und da heißt steuerbord »Ausstieg«.

»Fahren Sie ein Rondeau«, rief ich ihm nach.

»Was heißt Rondeau?« brüllte er.

»Wende«, schrie ich zurück. »Wenden Sie!« Aber er hörte mich nicht mehr, er paddelte verzweifelt und kam immer tiefer in die Strömung. Ich hatte jetzt selbst zu kämpfen, um nicht an der Insel vorbeizutreiben. Schließlich schaffte ich es doch, ins ruhige Kehrwasser überzusetzen und anzulegen. Vom Dozenten war nichts mehr zu sehen. Aussteigen konnte ich allerdings nicht, da ich Josef am Ufer hatte zurücklassen müssen. Mir blieb nichts anderes übrig, als das ostseitige Ufer der Insel im ruhigen Wasser langsam hochzupaddeln und die Augen aufzusperren. Die Insel trug mannshohen Weidenbestand, da und dort fanden sich auch Jungpappeln und Büschel von Schilfgras. Ich sah mehrere Feuerstellen und

Fischerplätze mit in den Sand gesteckten Holzgabeln zum Auflegen der Angelruten. An einer Stelle war der Bewuchs niedriger, und das Blechdach einer Hütte schimmerte durch das Schilf. Ich legte an und ließ mich, auf das Ruder gestützt, seitlich ins Wasser gleiten. Mit der Bootsschnur im Mund kroch ich auf allen vieren an Land, zog das Boot ans Ufer und schaute mich um. Weit und breit war kein Mensch zu sehen. Ich verspürte einen fordernden Harndrang und streifte die Hose ab, und nach einigem Pressen schaffte ich mehrere Strahlen. Mein Schweiß lockte Gelsen an; sie umschwirrten mich so zahlreich, daß ich meine Position verließ und auf allen vieren zur Hütte weiterkroch. Diese erwies sich als Notunterkunft für Fischer – ein alter Autositz stand vor dem Eingang, unter ihm stapelten sich leere Bierflaschen und zerknüllte Zigarettenpäckchen. In einer Ecke der Hütte stieß ich auf eine Matratze und eine alte Tageszeitung. Ich blätterte die Zeitung durch, fand aber nichts, was mir weiterhalf. Beim Ausgang der Hütte tappte ich mit der Hand in ein gebrauchtes Präservativ, und als ich mich voll Ekel zur Seite wandte, sah ich zwei weitere Präservative und einen schmutzigen Tampon.

Ich robbte zum Wasser zurück, wusch mir die Hände, und als ich mich ins Boot hieven wollte, merkte ich, daß ich aus einer Kniewunde blutete. Ich hoffte, daß die Wunde nur vom Schilf herrührte und nicht von den vielen rostigen Konservendosen, die vor der Hütte im Sand gesteckt waren. Es wäre gut, auf die Wunde zu pinkeln, dachte ich, das würde sie desinfizieren, aber woher sollte ich den Urin nehmen?

Gerade als ich lospaddeln wollte, sank der Wasserspiegel in der Bucht, ein Zeichen dafür, daß ein Schiff in hohem Tempo talwärts rauschte, und wirklich hörte ich auch schon das gleichmäßige Stampfen eines Schiffsdiesels. Ich spitzte die Ohren, und bald war klar, daß es sich nur um einen schnellaufenden Selbstfahrer, wahrscheinlich einen holländischen oder deutschen Partikulierer, handeln konnte. Das Wasser lief aus der Bucht wie aus einer Badewanne, bei der man den Stöpsel gezogen hat. Aber wenig später kam es zurück, zuerst unscheinbar, als kleine, gekräuselte Welle, gleich darauf aber mit großer Wucht, als stolzer Brecher, der mein Boot mit sich riß und in den Strom hinauszog. Jetzt erkannte ich auch das Schiff, es war die deutsche »Rheintank 9«, sie eilte eben am ukrainischen Schubverband vorbei.

Inselseitig war die Strömung so stark, daß ich es vorzog, den Fluß zu queren und an der Gleithangseite bergwärts zu paddeln. Die Übersetzung gelang gut, ich verlor nur wenige hundert Meter. Für die zwei Kilometer Bergfahrt brauchte ich allerdings ermüdend lange, so lange, daß sogar der bergwärts fahrende Schubverband der »Zelenodolsk« mich einholte. Verschwitzt und erschöpft querte ich im Kielwasser des Schiffes wieder den Strom und paddelte zur Bootsanlegestelle.

Josef stand einsam auf seinem Platz. Der Bootsverleiher half mir aus dem Kajak und erkundigte sich nach dem zweiten Boot. Ich berichtete, was vorgefallen war. Der Mann lachte und zündete sich eine Pfeife an. Er werde das Boot schon zurückbekommen, sagte er. »Die Boote kriege ich immer zurück. Menschen ertrinken, meine Boote nicht. Außerdem habe ich ja Ihre Kaution.«

Als ich in den Wagen kletterte, hörte ich lautes Motorgeräusch, das sich zu einem Brüllen steigerte. Ich wendete den Wagen und fuhr, die Rufe des Bootsverleihers mißachtend, auf einen hölzernen Steg und sah die Ursache des Lärms: Den Bug hochgereckt zog ein rußspeiendes Tragflügelboot in Richtung Budapest vorbei. Es war die »Sólyom«.

Die »Sólyom«, die »Vöcsök« und die »Bibic« bedienten seit zwanzig Jahren den Schnellverkehr zwischen Budapest und Wien; ich hatte die »Sólyom« viele hundert Mal gesehen, ich besaß mehrere Dutzend Fotografien des Bootes, die an allen nur erdenklichen Orten der dreihundertzweiundzwanzig Kilometer langen Flußstrecke zwischen Wien-Reichsbrücke und Budapest-Kettenbrücke aufgenommen worden waren. Darüber hinaus besaß ich mehrere Tonbandaufzeichnungen vom Motorgeräusch der »Sólyom«; ich spielte die Aufnahmen nicht nur, wenn ich mich an meinen Nachbarn für deren schlafraubende Eheschlachten rächen wollte; ich spielte die Schiffsmusik auch im Winter, wenn ich eingeschneit war, Eisblumen an den Fenstern glänzten und der Beginn der Schiffahrtssaison noch Monate entfernt war. Ich kannte die »Sólyom« besser als die meisten anderen Donauschiffe. Dennoch war sie mir nicht in den Sinn gekommen, als ich über Corinnas Botschaft nachdachte. Ich war von meinem Versagen schockiert.

Der Bootsverleiher riß mich aus meinen Gedanken; das Befahren des morschen Stegs mit dem Auto sei unverantwortlich, rief er, ich solle verschwinden, sonst rufe er die Polizei.

Ich setzte zurück, und als ich vom Steg auf den Parkplatz fuhr, fiel mein Blick auf das Donauknie. Die Sonne ging gerade hinter dem Hegyes-tetö, dem Hausberg von Nagymaros, unter, und ihre Strahlen tauchten die gegenüberliegende Bergfestung von Visegrád in ein helles, warmes Licht.

Es galt jetzt, den Dozenten zu finden und der »Sólyom« nach Budapest zu folgen. Ich wußte, wo sie des Nachts vor Anker liegen würde; und ich wußte auch, daß es nicht schwierig war, unter einem Vorwand auf das Schiff zu gelangen. Gegen ein paar Dollar Trinkgeld würde der Kapitän gerne bereit sein, das Schiff zu zeigen. Ich hatte diese Möglichkeit schon mehrmals in Anspruch genommen, denn zur Fahrt zwischen Budapest und Wien, die ich gern unternommen hätte, fehlte mir der Mut. Anders gesagt: die Toilette war zu eng. Und sechs Stunden ohne Toilette konnte ich meiner Blase nicht zumuten.

Kurz nach dem Ortsausgang von Veröcemaros kam mir mit federnden Schritten ein Läufer entgegen. Der Mann trug sein Leibchen in der Hand und war auf der falschen Straßenseite unterwegs.

»Gottseidank«, sagte der Dozent erleichtert, als ich das Fenster öffnete. »Ich dachte schon, Ihnen sei etwas zugestoßen.«

»Dasselbe habe ich für Sie befürchtet«, sagte ich und öffnete die Beifahrertür. »Steigen Sie ein.«

VII

Budapest. Kampf um einen Behindertenparkplatz. Das Problem der gleichen Höhe oder: Rollstuhlfahrer und Brüste

Es war schon dunkel, als wir nach Budapest kamen. Ich wollte unbedingt einen Parkplatz in der Nähe der Kettenbrücke ergattern, von dort könnten wir die Innenstadt am schnellsten verlassen. Indes erwies mein Plan sich als undurchführbar; erst hinter dem Stadtwäldchen, weit vom Fluß entfernt, winkte ein Parkplatzwächter uns zu. Zwar konnte auch er keinen freien Stellplatz anbieten, aber es gab zwei Behindertenparkplätze, die allerdings von Nichtbehinderten verparkt waren. Ich schickte den Dozenten zur Kontrolle der Ausweise vor – wie erwartet lag in keinem der Wagen eine Berechtigungskarte hinter der Windschutzscheibe. Das schwerere der beiden Fahrzeuge, ein dunkelblauer BMW mit Sportfelgen und tiefergelegtem Fahrwerk, hatte ein Salzburger Kennzeichen. Ich parkte vor dem BMW und lud Josef aus. Im Fond des Wagens hing ein Wimpel der Heeressport- und Nahkampfschule des österreichischen Bundesheers. Der Platzwächter wollte uns vertreiben, aber ich fuhr den Mann an, er solle den Mund halten, sonst geschehe ein Unglück. Um meine Drohung zu unterstreichen, holte ich eine vom Rost zerfressene Gaspistole aus dem Kofferraum hervor, die ich vor Zeiten gekauft hatte, um mich freilaufender Hunde zu erwehren.

Unterdessen waren drei betrunkene Österreicher aufgetaucht, sie grölten, sie hätten einen Puff und keine

Konditorei gesucht. Als sie sahen, daß ihre Ausfahrt blockiert war, gerieten sie in Rage. Ich wollte die Gaspistole aus dem Rollstuhlnetz ziehen, aber die drei waren schneller. Der Dozent wollte dazwischentreten, wurde aber durch einen Schlag in den Magen niedergestreckt. Der Schläger schrie auf und schüttelte mit schmerzverzerrter Miene seine Hand. Wahrscheinlich hatte er das Dokumententäschchen des Dozenten getroffen, das dieser immer um den Hals trug, seit er in der Salzburger Getreidegasse von einem als Polizisten verkleideten Straßenräuber überfallen worden war. Und in diesem Täschchen bewahrte der Dozent nicht nur seine Papiere, sondern auch Bleistift, Spitzer und Nagelschere auf.

Ich sah, daß hier nichts zu gewinnen war und bot an, den Wagen zur Seite zu fahren. So geschah es auch. Als ich ausstieg, brachten die Männer mir den Rollstuhl an die Fahrertür und baten um Entschuldigung. Der Schläger weinte und klopfte mir mit der unversehrten Hand fortwährend auf die Schulter. Sein Bruder sitze nach einem Bergunfall auch im Rollstuhl, schluchzte er, für ihn sei der Anblick jedesmal fürchterlich, es zerreiße ihm geradezu das Herz. Ich tröstete ihn mit der Versicherung, daß heutzutage jedermann eine Querschnittlähmung erwerben könne, es brauche dazu weder Vorbildung noch Verwandtschaftsbeziehungen.

Bevor die drei abfuhren, erkundigten sie sich nach einem guten Bordell. Ich empfahl ihnen die »Határcsárda« in Szentendre. Das Lokal war dafür bekannt, daß ungarische Neonazis dort ihre Saufgelage veranstalteten. Nicht nur ausländische Gäste werden dort krankenhausreif geprügelt.

»Wir müssen zum Lenin-Ring«, sagte ich, nachdem ich mich davon überzeugt hatte, daß der Dozent nicht verletzt war. »Von dort nehmen wir dann die Béla-Kun-Straße bis zur Donau.«

»Wir sind doch schon am Ring«, sagte der Dozent. »Da steht es ja: Erzsébet-Korut, Elisabeth-Ring.«

»Kenne ich nicht«, sagte ich und fuhr weiter. »Wir jedenfalls müssen zum Lenin-Ring.«

Nach der Wende seien doch alle Straßen umbenannt worden, rief der Dozent mir nach. Deshalb würde ich ja den Lenin-Ring suchen, rief ich über die Schulter zurück, der sei sicher nicht verschandelt worden.

»Gerade der«, sagte der Dozent, hinter mir herlaufend.

Wir waren an einer Radialstraße angelangt; ich bezeichnete sie als Attila-Jószef-Straße, der Dozent hatte sie als Andrássy-Straße identifiziert. Wir überlegten, wie wir auf die andere Straßenseite gelangen sollten – die Unterführung wies weder Rampe noch Lift auf, und ich weigerte mich, die vielen Stufen zu überwinden. In Wahrheit hatte ich Angst, mit dem Dozenten in meinem Kreuz zu stürzen. Und eine Überquerung verbot sich von selbst, denn die Straße war vierspurig und der Verkehr so dicht, daß jeder Querungsversuch in ein Rennen auf Leben und Tod ausgeartet wäre.

Der Dozent sah das anders. Ohne mich zu fragen, versuchte er Josef zu kippen, worauf ich fast aus dem Rollstuhl rutschte. Inmitten des Straßenlärms und der Abgaswolken entspann sich ein heftiger Streit über unverlangte Hilfe, ein Streit, der damit endete, daß der Dozent, ohne auf den Verkehr zu achten, über die Straße lief. Zu seinem Glück zeigte die Ampel gerade Rot, sodaß er unversehrt auf der anderen Seite ankam. Triumphierend schüttelte er die Faust und rief Schmähungen über den Ring.

Vom Streit und den Abgasen durstig geworden, kaufte ich an einem Burger-Stand eine Flasche Mineralwasser. Ich hatte gerade die Geldbörse aus dem Rollstuhlnetz hervorgeholt, da erhielt ich von einem neben mir stehenden Mädchen einen Schlag gegen die Schulter. Im ersten Moment dachte ich, das Mädchen sei gestolpert, und stützte mich mit einer Hand am Treibreifen ab, während ich mit der anderen die Börse festhielt. Da versetzte ein zweites Mädchen, das an meine andere Seite getreten war, Josef einen kräftigen Tritt, durch den ich auf den Bürgersteig gefallen wäre, hätte ich mich nicht auch mit der zweiten Hand am Treibreifen abgestützt. Die Börse fiel auf meine Oberschenkel, und blitzschnell hatte eines der Mädchen zugegriffen und rannte, gefolgt von ihrer Gefährtin, davon. Ich wendete und versuchte, den Diebinnen zu folgen, kollidierte aber mit einem Kinderwagen und wurde von einer rundlichen Mutter mit der Handtasche bedroht. Ich tobte und brüllte und bespuckte wahllos Passanten. Die anflutende Menschenmenge teilte sich vor und schloß sich hinter mir; die Fußgänger schauten mich erschrocken an, tuschelten und schüttelten angewidert den Kopf. In einer letzten Aufwallung von Zorn warf ich mehrere Plastikfiguren der Jungfrau Maria, die eine schwarz gekleidete Alte auf einem Pult feilbot, den längst verschwundenen Mädchen nach und erging mich in obszönen Verwünschungen. Die Alte bekreuzigte sich in einem fort.

Plötzlich stand der Dozent vor mir, er mußte über die Straße gesprintet sein. Er sammelte die Figuren ein und legte sie der Frau auf den Tisch.

»Kommen Sie, lassen Sie uns zur Polizei gehen«, sagte er. »Ich habe alles gesehen und kann eine genaue Beschreibung der beiden geben.«

»Zwecklos«, sagte ich. »Was glauben Sie, was die Polizei tun wird? Budapest zernieren? Außerdem dürfen wir keine Zeit verlieren.«

Der Dozent wollte etwas erwidern, doch mit einer Handbewegung schnitt ich ihm das Wort ab. Wir kehrten zum Burger-Stand zurück. Ich ereiferte mich darüber, daß man nirgendwo Lángos kaufen könne, stattdessen aber an jeder Ecke über amerikanisches Plastikessen stolpere.

Von der Verkäuferin erfuhren wir, daß ich Opfer des bereits dritten Überfalls in dieser Woche geworden war. Die beiden Mädchen seien Profis gewesen, versuchte die Frau mich zu trösten, Zigeunerinnen oder Rumäninnen, möglicherweise sogar beides. Ich solle nicht traurig sein, es gebe nichts, was ich hätte besser machen können, ich brauchte mir nichts vorzuwerfen, und das sei in diesem Fall das wichtigste. Sie spreche aus Erfahrung, auch sie sei schon mehrmals beraubt worden. Sie reichte mir die Flasche Mineralwasser und verlangte einen horrenden Preis, den der Dozent ohne zu murren zahlte.

»Haben Sie viel verloren?« fragte er mich wenig später, als wir die Andrássy-Straße stadteinwärts liefen.

»Fünfzig US-Dollar und Forint im Wert von ein paar hundert Schilling«, sagte ich. »Was mich aber am meisten schmerzt, ist der Verlust des Mitgliedsausweises.«

»Was für ein Ausweis«, keuchte der Dozent, denn er hielt nur schwer mit meinem Tempo Schritt.

»Der Mitgliedsausweis des ›Wasserstraßen- und Schiffahrtsvereins‹«, sagte ich.

Man werde mir sicherlich ein Duplikat ausstellen, versuchte er mich zu beruhigen. Daran würde ich auch nicht zweifeln, sagte ich, das Duplikat werde aber nicht mehr die Unterschriften des alten Präsidiums tragen, dessen Mitglieder seien nämlich bereits verstorben. »Mein Ruf im Verein wird leiden«, sagte ich, »und was das für meine Vorstandsambitionen bedeutet, können Sie sich ja vorstellen.«

»Einen Rückschlag«, gab der Dozent zu, »aber keine Katastrophe.«

»Einen Rückschlag um Jahre«, widersprach ich. »Das ist eine Katastrophe.«

Wie erhofft, lag die »Sólyom« an der Mole der ungarischen Personenschiffahrt unterhalb der Kettenbrücke.

»Ein großartiges Panorama«, sagte der Dozent und genoß die Aussicht auf den Burgberg und die hell erleuchtete Friedensstatue auf dem Gellérthügel. »Ich wußte nicht, wie schön Budapest bei Nacht sein kann.«

»Reden Sie keinen Unsinn«, sagte ich. »Wissen Sie denn nicht, wo Sie stehen?«

»Unterhalb der Kettenbrücke, am Pester Donauufer.«

»Im Winter 1944 ermordeten ungarische Pfeilkreuzler hier Tausende Juden«, sagte ich. »Die Leute mußten sich nebeneinander aufstellen und wurden mit Draht aneinander gefesselt. Der Kräftigste wurde von hinten in den Kopf geschossen, und als er fiel, riß er die ganze Reihe mit sich in den eistreibenden Fluß. So sparten die Pfeilkreuzler Munition.«

Auf der »Sólyom« brannte kein Licht, auch sonst wies nichts darauf hin, daß jemand an Bord war. Ich schlüpfte unter einer Kette durch und fuhr die Anlegerampe hinunter. Das Boot schaukelte leicht auf den Wellen, die von einem vorbeigeschleppten Casinoschiff herrührten. Es war ausgemacht, daß der Dozent mich warnen würde, falls jemand sich nähern sollte.

Ohne Schwierigkeit gelangte ich aufs Boot; ich wechselte von Josef auf einen Sitzplatz und begutachtete den Innenraum. Vom bugseitig gelegenen Buffet her hörte ich das unterdrückte Stöhnen eines Mannes und erschrak. Ich hatte nicht damit gerechnet, jemanden anzutreffen. Das Stöhnen wurde stärker. Ich schwang mich von Sitz zu Sitz bis in den Bug des Schiffes vor. In einem Fenster des Buffets, das von den Scheinwerfern unterhalb der Kettenbrücke angestrahlt wurde, sah ich, woher die Geräusche rührten: Ein Mann lag rücklings über einem Sitz, sein Gesicht wurde von der Lehne verdeckt. Vor ihm kniete ein anderer Mann, er hatte den Kopf zwischen den Beinen des Liegenden; der Kopf hob und senkte sich und gab immer wieder den Blick auf einen großen, weißen, zitternden Bauch frei. Unvermittelt hörte das Stöhnen auf – ich wagte nicht, mich zu rühren. Der Liegende stieß ärgerliche Worte aus, daraufhin bewegte sich der Kopf des Knieenden schneller. Wieder ein ärgerliches Wort. Der Kopf warf sich jetzt mit voller Wucht gegen den massigen Bauch. Das muß ihm den Schwanz abreißen, dachte ich, doch nun begann der Liegende zustimmend zu grunzen, rhythmisch und aus tiefer Kehle. Er machte genug Lärm, daß ich mich ungefährdet zurückziehen konnte.

»Alles in Ordnung?« fragte der Dozent, als er die Absperrungskette für mich hob.

»Bei mir schon«, sagte ich. »Aber gefunden habe ich nichts.«

Wir warteten, bis die beiden Männer das Schiff verlassen hatten, dann schickte ich den Dozenten vor, er sollte das Boot noch einmal gründlich durchsuchen. Ich blieb einstweilen hinter der Kette. Nach einer halben Stunde zeigte der Dozent sich an Deck. An seinen hängenden Schultern und dem schwerfälligen Gang, in dem er den Anlegesteg heraufkam, sah ich, daß auch er erfolglos geblieben war. Wir beschlossen, etwas zu essen. Nicht weit entfernt wußte ich ein gutes Restaurant, das »Százéves«. Bei einem Glas Rotwein, hoffte ich, würde uns das Denken leichter fallen. Außerdem gab es dort die besten Hortobágy-Palatschinken von ganz Budapest.

Auf dem Weg fiel dem Dozenten auf, daß ich vorübereilenden Frauen auf die Oberweite schaute. »Müssen Sie denn jeder Frau auf die Brüste starren«, sagte er ungehalten. »An Ihrer Seite muß man sich ja genieren!«

Ich verriegelte die Bremsen und verschränkte die Arme. »Geschätzter Freund«, sagte ich, »hören Sie gut zu; Sie erfahren jetzt etwas fürs Leben.«

Der Dozent hockte sich auf die Fersen. »Ich höre«, versetzte er spöttisch.

»Sie sollten sich einmal die Zeit nehmen und im Rollstuhl durch die Stadt fahren. Ich kann Ihnen Josef für ein paar Stunden borgen, er hat schon Schlimmeres überstanden. Rollen Sie zwanglos durch eine belebte Stadt«, fuhr ich fort, »und ich garantiere Ihnen, Sie werden sich in einem Meer von Brüsten wiederfinden, Brüste, die wenige Zentimeter von Ihrem Mund, Ihren Augen, Ihrer Nase entfernt sind. Und Sie werden feststellen, daß es, wo immer Sie unter Menschen sind, unmittelbar vor Ihrem Gesicht knospt, steht, hängt und welkt, und das alles in Augenhöhe. Sie werden keck aufgerichtete Brüstchen sehen, schwere, wohlgeformte Kugeln, aber auch zerfließende Fladen und abgeschnürte Fleischgebirge; Sie werden Brüste sehen, die auseinandertriften wie die Kontinentalschalen, und Sie werden konkav und konvex geformte und konkav-konvex gewölbte Brüste sehen, Sie werden so vieler verschiedener Formen von Brüsten ansichtig werden, daß eine Ahnung von der Unendlichkeit der Natur in Ihnen aufsteigen wird, und Sie werden sich des stetigen Stroms von Brüsten nicht erwehren können, denn von Ihrer Sitzposition aus lautet die Frage: Wegschauen oder Hinsehen? Ich habe mich nach langem Nachdenken für letzteres entschieden, denn das zweifellos höflichere Wegschauen würde nur zu einer weiteren Verstümmelung meiner Sexualität führen, und ich sehe nicht ein, daß ich Brüste, denen ich immer schon wohlwollend gegenübergestanden bin, diskriminieren soll. Und seit ich mich zu dieser Haltung durchgerungen habe, kann ich Menschenansammlungen, die mich rollenden Zwerg vorher fast erdrückten, wieder etwas abgewinnen. Ich gehe gern dorthin, wo Menschen eng gedrängt stehen; zu Demonstrationen, Prozessionen, Wahlversammlungen, ich frequentiere Stehplätze, Stehbuffets und Botschaftsempfänge, und ich fahre gern mit öffentlichen Verkehrsmitteln. In New York zum Beispiel könnte ich stundenlang mit dem Autobus – Sie wissen ja, die grandiosen Hublifte! – fahren. Was einem da vor die Nase gehalten wird, ist atemberaubend. Allein die Brüste der New Yorkerinnen sind eine Reise wert. Besonders in Harlem –«

»Jetzt werden Sie rassistisch«, sagte der Dozent.

»Unsinn! Die New Yorker sind stolze Menschen. Sie sind stolz auf ihre Stadt, sie sind stolz auf ihre U-Bahn, sie sind stolz auf die Hublifte ihrer Busse, und sie sind stolz auf ihre Brüste. Und jeden, der den Gegenständen ihres Stolzes Respekt erweist, achten Sie als einen der ihren. In einer Stadt, in der es für jede sexuelle Spezialität einen Markt gibt, hat die Art, wie Frauen ihre Brüste inszenieren, etwas zu bedeuten. Genauso, wie die Wahl der Jeans, der Bartmode und der Sonnenbrille bei Männern den Markterfordernissen innerhalb des Sexmarktes gerecht werden muß, handelt es sich auch bei der Inszenierung der Brüste um Marktverhalten, und zwar um ein äußerst fortschrittliches, denn es ist frei von ideologischen Überformungen, und es ist das menschlichste, freundlichste und offenste, was einem zum Ende dieses Jahrtausends auf diesem Planeten widerfahren kann. So verhält sich die Sache, verehrter Dozent. Die Brüste der Frauen haben mich ins Zentrum der Menschheit zurückgeführt, aus dem ich mich durch meine Behinderung schon verdrängt wähnte. Und das Schöne daran ist: Ich hege keine Vorlieben; ich mag sie alle, ob groß oder klein, alt oder jung, mit großen oder kleinen Brustwarzen, mit oder ohne Büstenhalter, stolz hervorgereckt oder schamhaft verborgen. Mein Herz ist weiter geworden, seit ich jenem der Frauen näher bin. Ja, ich wage zu sagen, daß ich, seit ich gelernt habe, dieses Folgegeschenk der Behinderung anzunehmen, ein besserer, ein freundlicherer Mensch geworden bin. Meine Weltoffenheit ist eine Funktion der weiblichen Brust.«

Ich kann es nicht anders formulieren: G. nimmt sich Freiheiten heraus, die sonst keinem Menschen zustehen; er entwirft eine Welt nach seinem Gutdünken, eine ungeheuerliche Welt, in der die Menschen auf ihren Verkehrswert reduziert werden und in der humanistische Werte obsolet sind. Hinter der Maske des Zivilisierten zeichnet sich ein kleinbürgerlicher, ressentimentgeladener Despot ab, dessen Selbstsicherheit nur die Kehrseite seiner angstbeladenen Existenz darstellt. Irgendwann ist er auf den Trick gekommen, seine Schwäche umzukehren und der Welt als Stärke vorzuspielen, aber ich weiß, daß das Eis, auf dem er tanzt, dünn ist. (Tanzen natürlich im übertragenen Sinn.)

Die »Sólyom« entpuppt sich als Windmühle, metaphorisch gesprochen. Aber G., statt mit eingelegter Lanze dagegen anzurennen, wirft mit der Jungfrau Maria um sich.

P.S. Bei Kant nachlesen, welche Kriterien das selbstbestimmte Individuum zu erfüllen hat.

»Und Sie sind wirklich der Meinung, daß die Männer hier alle Parteigänger der Russenmafia sind?« fragte der Dozent nach dem Essen leise.

»Und die Frauen sind ihre Mätressen«, bekräftigte ich und leerte ein Glas Rotwein in einem Zug.

»Alle?«

Ich nickte. »Kein durchschnittlicher Lohnempfänger kann sich diese Preise leisten, von Rentnern ganz abgesehen. Würden Sie mich auf die Toilette begleiten? Ich benötige dort Ihre Hilfe.«

»Mit Vergnügen«, sagte der Dozent beflissen.

»Das ist nicht nötig«, sagte ich. »Es genügt, wenn Sie helfen.«

»Stört es Sie, wenn ich Vergnügen daran habe?«

»Ja.«

Auf dem Weg durch die weiten Säle des Restaurants wollte der Dozent von mir wissen, wie mir der Wein geschmeckt hätte. Er sei eine Frechheit gewesen, sagte ich, die Farbe habe mich an den Wiener Donaukanal erinnert, der Geruch an die Kantine des Heeresspitals und der Geschmack an das Weihwasser im Stephansdom, das seit eh und je mit einem Spülmittel versetzt werde. Er habe den Wein ganz annehmbar gefunden, sagte der Dozent, er sei leicht, fruchtig und süffig gewesen. Mit einem Ruck zog ich die Bremsen an, der Dozent lief auf Josef auf und stürzte fast über mich.

»Süffig«, sagte ich so laut, daß die Umsitzenden auf uns aufmerksam wurden. »Der Wein war süffig! Wissen Sie denn nicht, daß unter allen Erniedrigungen, denen der Wein heutzutage ausgesetzt ist, die Bezeichnung ›süffig‹ die bodenloseste ist? Mit süffigen Weinen in den Offiziersmessen sind die Deutschen in Polen eingefallen. Wenn Sie einen Wein ›süffig‹ schimpfen, können Sie ihn gleich auch ›schön‹ nennen, so bezeichnen ihn nämlich die ehemaligen SSler, die sich seit Jahrzehnten sommers am Neusiedlersee betrinken. Gehen Sie einmal zur Lesezeit in einen Weingarten und verkünden Sie den Reben, daß sie einen süffigen Wein hervorbringen werden; ich garantiere Ihnen, jede Traube, die auf sich hält, fällt auf der Stelle vom Stock ab. Ein Wein, der süffig ist, taugt nicht einmal als Putzmittel! Keinen Wurf Katzen würde ich in süffigem Wein ersäufen. Einem Verdurstenden in der Wüste würde ich keinen süffigen Wein reichen, besser in Würde sterben, als besudelt überleben. Es gibt Grenzen dessen, was der Kreatur zugemutet werden kann, und süffiger Wein kommt nicht einmal in die Nähe dieser zivilisatorischen Schwelle.«

Die Gäste, die Zeugen meines Ausbruchs geworden waren, hoben ihre Gläser und betrachteten mißtrauisch deren Inhalt. Ich fuhr weiter, der Dozent lief hinter mir drein.

Unter dem Etikett »Erlauer Stierblut«, setzte ich fort, werde alles verkauft, was sich jemals einen Millimeter über den Boden gewagt habe. Wenn ein altersschwaches Hausschwein seinen Urin in die Maische abschlagen würde, käme wenigstens etwas Natur in diese chemische Brühe, die dem Westbier, das neuerdings aus Streusalz, Hausmüll und Lysoform in Ungarn gebraut werde, um nichts nachstehe, gar nicht zu reden vom original ungarischen Paprika, in dem vor nicht langer Zeit ukrainische Rostfarbe entdeckt worden sei.

»Jetzt weiß ich, warum die Männer hier alle Barack trinken«, sagte der Dozent.

Die Stufen zur Toilette waren nicht allzu hoch, allerdings erhob sich in der Sanitäranlage, die seit meinem letzten Besuch vor fünfzehn Jahren umgebaut worden war, ein schwer zu lösendes Problem: Der Weg zu den Kabinen war so eng, daß ich trotz tatkräftiger Hilfe des Dozenten nicht durchkam. »Ich dachte, Sie hätten Ihren Rollstuhl schmäler machen lassen«, sagte der Dozent.

»Achtundfünfzigkommafünf Zentimeter«, gab ich zurück, »und diese Tür hat sechzig. Der Anschlag der geöffneten Tür allerdings verringert die Breite auf fünfundfünfzig Zentimeter, ganze dreieinhalb zuwenig.«

»Was schlagen Sie vor?«

»Ganz einfach«, sagte ich. »Wir hängen die Tür aus.«

Mit meinem Schweizer Armeemesser, auf das ich große Stücke hielt, nachdem ich es im Züricher Hauptbahnhof von einem Offizier im Austausch für eine Klebeetikette des Wasserstraßen- und Schiffahrtsvereins bekommen hatte, kratzte ich den Lack von den Türangeln, und mit einem kräftigen Ruck hoben wir die Tür auf, hängten sie aus und lehnten sie an die Wand.

Als wir kurze Zeit später die Toilette verlassen wollten, torkelte uns ein volltrunkener Ungar entgegen, er grunzte eine Melodie aus der »Lustigen Witwe«, hatte aber gleichzeitig das Bedürfnis, sich zu übergeben, und stützte sich zu diesem Zweck mit beiden Händen an der Wand ab. Dort aber stand die angelehnte Tür. Der Sänger glitt aus und fiel der Länge nach in das Pissoir, die Tür krachte auf ihn. Wir flüchteten aus der Toilette. Ich ärgerte mich, daß mir ein alter Fehler – in unzugänglichen WC-Anlagen nicht von vornherein die meist besser gelegene Damentoilette zu benützen – immer wieder unterlief.

Plötzlich hielt der Dozent an. »Sehen Sie nur!« rief er.

Im Vorraum der Toilette warb ein Plakat für eine neu eröffnete Peep-Show. Der Name des Etablissements: »SÓLYOM«. Der untere Teil des Plakats war abgetrennt worden; schon vor uns hatte sich jemand für die Adresse interessiert.

»Wie können wir den Ort ausfindig machen?« fragte der Dozent, während wir das Lokal in Richtung Ausgang durchquerten.

»Ganz einfach«, antwortete ich. »Sie lassen sich von einem Taxi hinbringen, ich folge mit dem Wagen.«

In einem Eilmarsch kehrten wir zum Parkplatz zurück. Zwischen Scheibe und Wischerblatt steckte eine Einladung zum Sommerball der Heeressport- und Nahkampfschule in Kuchl bei Salzburg.

Der Dozent winkte ein Taxi herbei und stieg ein. Ich drehte den Zündschlüssel, und der Wagen sprang an. Nach wenigen Sekunden starb der Motor aber wieder ab, er war noch zu heiß. Ich startete erneut, dieses Mal mit Vollgas. Der Dozent verhandelte unterdessen mit dem Taxifahrer, der plötzlich ausstieg, dem Kofferraum eine Kühltasche entnahm und dem Dozenten eine Dose in den Fond reichte. Nachdem der Fahrer umständlich einen Stadtplan studiert hatte, fuhr er endlich los. Ich reihte mich hinter dem Taxi in den Verkehr ein.

Das Taxi fuhr aufreizend langsam und scheinbar ohne Orientierung. Manche Straßen nahm es mehrmals. Ich begann um den Benzinvorrat meines Wagens zu bangen. Mehr als knappe dreihundert Kilometer konnte ich mit einer Tankfüllung nicht zurücklegen, der größere Motor und die Automatik fraßen enorme Mengen Treibstoff, und Stadtverkehr reduzierte die Reichweite um die Hälfte. Ich sah, daß der Dozent sich über die Lehnen der Vordersitze gebeugt hatte und in eine intensive Diskussion mit dem dunkelhäutigen Fahrer vertieft war, der einen Arm lässig im Fenster liegen hatte und mit dem anderen immer wieder seine Ausführungen unterstrich.

Leichter Regen hatte eingesetzt, wir verließen das Stadtzentrum und fuhren auf der Margaretenbrücke über die Donau. Ich hielt nach Schiffen Ausschau, aber trotz der langsamen Fahrt des Taxis, die mir ausreichend Beobachtungszeit ließ, konnte ich in der Dunkelheit kein einziges Begrenzungslicht ausmachen. Einzig eine schlecht beleuchtete Selbstfahrschute tuckerte am budaseitigen Ufer bergwärts.

Das Taxi nahm die Ausfallstraße am südseitigen Donauufer, wir kamen in den Vorort Békasmégyer, eine übel beleumundete Neubausiedlung. Kurz vor dem Stadtende bog das Taxi in eine Querstraße ein und umrundete einen Häuserblock. Die Peep-Show war in einem aufgelassenen Supermarkt untergebracht, Neonröhren tauchten den Vorplatz in blaues Licht. Das Taxi hielt aber nicht an, sondern umrundete den Block noch zweimal. Ich verlor die Geduld und betätigte die Lichthupe, woraufhin das Taxi abrupt stehenblieb. Als ich knapp dahinter anhielt, gingen auch noch dessen Lichter aus. Ich wartete darauf, daß der Dozent aussteigen würde, aber der war so sehr in das Gespräch mit dem Fahrer vertieft, daß ich zweimal hupen mußte, bis er endlich den Wagen verließ und dem Fahrer, der plötzlich Gas gab und mit durchdrehenden Reifen davonfuhr, hinterherwinkte.

Ich fragte den Dozenten, wieso er sich im Kreis fahren lasse. Ob er denn das »Sólyom« nicht gesehen habe?

»Selbstverständlich habe ich das Lokal gesehen«, erwiderte der Dozent, »aber der Fahrer weigerte sich stehenzubleiben, er glaubte sich von der Mafia verfolgt, weil er es ablehnt, Schutzgeld zu zahlen. Deshalb ist er auch so langsam gefahren, er wollte die vermeintlichen Verfolger zu einer unüberlegten Handlung verleiten. Gut, daß Sie nicht ausgestiegen sind, in der Kühltasche lag ein Revolver.«

»Haben Sie dem Mann denn nicht gesagt, daß ich zu Ihnen gehöre?«

»Doch, aber er glaubte mir nicht. Stellen Sie sich nur vor: Der Mann kommt aus Angola, er hat in Debrecen Wasserbau studiert, noch unter den Kommunisten. Nach der Wende wurde er von der Universität relegiert; und seither bringt er sich und seine Familie mit Taxifahren durch. Obwohl er ein schweres Leben führt, entwickelt er Verständnis für die Regeln der Marktwirtschaft. So tüftelt er bereits an der nächsten Verbesserung seiner Dienstleistung; neben Getränken möchte er in Zukunft auch Sandwiches und Mehlspeisen anbieten, obwohl das im Taxigeschäft illegal ist.«

Wichtig sei nur, daß er sich in die Marktwirtschaft einfüge, sagte ich. Das sehe er auch so, meinte der Dozent und schaute mich verwundert an.

VIII

In der Peep-Show. Die Kunst des Treppensteigens mit dem Rollstuhl. Neues vom Pornobusineß

»Eine normgerechte Rampe, wie fortschrittlich!« meinte der Dozent, als wir den Eintritt passierten. Das war übertrieben; normgerecht war die Rampe nicht, aber sie war brauchbar. Im Foyer kreisten einige Männer um die Kabinen, andere standen in Gruppen beisammen, rauchten und unterhielten sich leise. Mir fiel auf, daß die meisten gesetzteren Alters waren. Hinter der Kassa saß ein Koloß; seine langen schwarzen Haare fielen in schweren Locken auf seine Schultern. Im Vorbeifahren sah ich seine Augen und war verblüfft; sie waren so starr wie die Augen eines Leguans.

»Was jetzt?« fragte der Dozent, der gar nicht erst versuchte, seine Nervosität zu verbergen.

»Jetzt sehen wir uns die Mädchen an«, sagte ich und fuhr zu einer beleuchteten Tafel, auf der die Tänzerinnen durch Farbfotos vorgestellt wurden.

»Sehen Sie die Nummern am Oberarm der Mädchen?«

»Entsetzlich«, stöhnte der Dozent und schüttelte angewidert den Kopf.

»Was heißt entsetzlich, das ist funktionell«, korrigierte ich ihn. »Wenn Sie sich umdrehen, sehen Sie über jeder Kabine eine Leuchtnummer, die anzeigt, welches Mädchen gerade tanzt. So können Sie wählen, wem Sie Ihr Geld opfern. Mir gefällt die Nummer vier am besten. Welche ist Ihre Favoritin?«

»Ich habe keine«, sagte der Dozent. »Ich finde die Fleischbeschau widerlich, eine Entwürdigung der Frau.«

»Waren Sie schon einmal in einer Vorarlberger Textilfabrik? Oder in einer Kohlebürstenfabrik, in der hundert Arbeiterinnen im Akkord rackern?«

Der Dozent verneinte.

»Dann reden Sie nicht von der Entwürdigung der Frau.«

»Aber die Würde des Individuums wird hier mit Füßen getreten. Menschen mit Nummern auf dem Arm! Das hatten wir doch schon einmal!«

»Die Würde kann man nicht treten, man kann sie nur verlieren. Am Arbeitsamt sind Sie auch nur eine Nummer. Und am Landesinvalidenamt sind Sie nicht einmal das.«

Dennoch hätten auch jene Mädchen, die auf den Fotos abgebildet und mit Nummern gebrandmarkt seien wie ein Stück Zuchtvieh, ihre Würde, die Würde des freien Individuums, beharrte der Dozent. Die Mädchen seien aber keine Individuen, sondern Personen, sagte ich. Das Zeitalter der Individuen sei längst vorbei, wenn es denn je eines gegeben habe. Uns beide würde ich von diesem Befund nicht ausnehmen.

»Sie sprechen mir meine Individualität ab?« rief der Dozent.

»Vollständig, ja.«

»Sie scherzen nicht?«

Ich schaute auf die Uhr an der Wand, es war kurz vor elf. »Nicht um diese Zeit.«

»Den Unterschied zwischen Person und Individuum müssen Sie mir näher erklären«, sagte der Dozent erbost.

»Bei Gelegenheit gern.« Ich suchte nach einem Kaugummi. Die Fülle der Hortobágy-Palatschinke hatte überwiegend aus Flechsen bestanden, die nun meine Zähne verklebten.

»Jetzt wäre eine Gelegenheit«, beharrte der Dozent streitlustig.

»Das glaube ich nicht, wir müssen in die Kabinen –«

»Sie entscheiden nicht darüber, wann wir beide uns streiten!«

»Das tue ich, seit wir uns kennen«, sagte ich und nahm den Dozenten an der Hand. »Und ausgerechnet jetzt fällt Ihnen das auf? Sie haben doch nur Angst vor den Mädchen. Kommen Sie, wir sind nicht zum Vergnügen hier.«

An der Kasse ließen wir Scheine in Münzen wechseln. Bedächtig zählte der Koloß die Münzen ab und schob sie mir zu. Ich zog den Dozenten zu mir herab.

»Es wird jetzt schwer für Sie werden, aber ich bitte Sie: Reißen Sie sich zusammen. Wir werden jetzt die Kabinen aufsuchen. Sie werfen eine Münze ein und warten, bis der Sehschlitz sich öffnet. Sie werden Frauen sehen, nackte Frauen in schamlosen Stellungen. Die Frauen bewegen sich auf einer Drehbühne, Sie brauchen also keine Angst zu haben, daß Ihnen etwas entgeht. Denken Sie immer daran, daß die freizügige Zurschaustellung von Körperöffnungen als Tanzfigur gilt, und ein Tanz ist es, den die Frauen hier präsentieren. Sie tanzen immer eine Musiknummer lang, und sie werden für die Anzahl der geöffneten Sehschlitze bezahlt, seien Sie sich dessen bewußt, wenn Sie in die Versuchung geraten sollten zu knausern. Stellen Sie sich einfach vor, die Mädchen seien Verkäuferinnen und brauchten das Geld, um die hungrigen Mäuler daheim zu stopfen. Und seien Sie in der Beurteilung nicht allzu streng, Sie haben es nur zum Teil mit Profis zu tun.«

»Ist das alles?« Der Dozent richtete sich auf und wippte auf die Fersen zurück. Ich nickte und steckte ihm eine Rolle Münzen zu.

»Da fällt mir noch etwas ein«, sagte ich. »Haben Sie keine Angst, wenn der Sehschlitz zuklappt. Sie brauchen nur eine Münze nachzuwerfen, und Sie haben wieder freie Sicht.«

Der Dozent schaute mich ungläubig an.

»Sie können gehen«, sagte ich. »Nehmen Sie Kabine zwei.«

»Und was machen Sie?«

»Ich hole die Schienen und die Krücken aus dem Auto. Mit dem Rollstuhl komme ich nicht in die Kabine hinein. Ich nehme die Kabine rechts neben Ihnen.«

Ich wartete, bis der Dozent in der Kabine verschwunden war, und rollte zum Wagen. Dort schnallte ich die Stützschienen an und legte die Krücken in Josefs Gestänge. So ausgerüstet kehrte ich ins »Sólyom« zurück. Selbst wenn die Kabine breit genug für den Rollstuhl gewesen wäre, hätte ich nichts gesehen, denn die Sehschlitze befanden sich in Augenhöhe eines Stehenden. Ich stellte Josef vor der Kabine ab und schwang mich auf die Krücken hoch, mit den Armstützen drückte ich die Tür auf und stakste vorsichtig ins Dunkel. Dann lehnte ich mich an die Wand und zog Josef mit dem Griff einer Krücke so weit es ging in die Kabine. Die Tür blieb offen. Ich mußte das in Kauf nehmen, seit mir vor Jahren in einer Brüsseler Peep-Show der Rollstuhl entwendet worden war. Ein marokkanischer Kassier war auf die Diebe, zwei Ukrainer, aufmerksam geworden, als sie Josef, dessen Bremsen verriegelt waren, aus dem Laden tragen wollten. Sie brauchten den Rollstuhl für einen gelähmten Verwandten, hatten sie gesagt, in Kiew seien moderne Rollstühle nicht zu bekommen. Ersteres hatte ich den Männern nicht abgenommen, letzteres schien mir einleuchtend, weshalb ich darauf verzichtete, die Polizei zu rufen. Ich kramte in meiner Hosentasche nach den Münzen.

»Sind Sie das?« meldete sich der Dozent aus der Nachbarkabine.

»Haben Sie etwas gefunden?«

»Bis jetzt nicht. Aber neben mir stöhnt ein Mann schon die längste Zeit auf das Erbärmlichste. Vielleicht sollten wir einen Arzt rufen?«

»Dem Mann ist nicht schlecht«, sagte ich, »lassen Sie ihn in Ruhe.« In der Kabine war es unerträglich heiß, es stank nach Schweiß, Urin und Sperma. Von der eintönig hämmernden Musik bekam ich nach wenigen Augenblicken Kopfschmerzen. Ich spreizte die Kabinentür weiter auf, um Luft hereinzulassen. Dabei stellte ich mit Bestürzung fest, daß Lachen, in denen Zigarettenstummel und Taschentücher schwammen, den Boden bedeckten. Alles, nur hier nicht stürzen, dachte ich. Ich stützte einen Arm mit dem Ellbogen in der Krückenschale an der Wand ab, mit der anderen Hand durchwühlte ich vorsichtig meine Hosentasche nach Münzen. Meine Stabilität hing einzig von der schmalen Auflagefläche der Ellbogenschale an der Wand ab.

»Das Stöhnen wird immer bedrohlicher«, meldete der Dozent sich wieder.

»Warten Sie, bis er fertig ist«, riet ich ihm.

»Ich weiß ja, was der Mann macht«, sagte der Dozent, »und ich habe auch nichts dagegen. Aber was ist, wenn er tatsächlich einen Herzanfall hat? Bei der Hitze wäre das kein Wunder. Wir machen uns der unterlassenen Hilfeleistung schuldig, wenn wir dem Mann nicht helfen.«

»Wenn Sie den Mann jetzt stören, wird er Sie umbringen. Und ich werde ihn nicht daran hindern.«

Für einige Zeit war der Dozent still. Ich tastete nach dem Geldeinwurfschlitz und ärgerte mich, daß die Betreiber der Peep-Show sogar das Geld für ein Lämpchen gespart hatten. Wer mit der käuflichen Sexualität so schäbig umgeht, muß ungeheuer verklemmt sein, dachte ich, während ich mich damit abquälte, die Münze in den

Schlitz zu drücken. Endlich fiel das Geld in den Apparat. Nichts rührte sich. Ich verstand: Größer noch als die Prüderie der Sexunternehmer war ihre Geldgier. Ich schimpfte leise, sodaß der Dozent mich nicht hören konnte, vor mich hin und suchte nach einer weiteren Münze.

Was ich zu ihm gesagt hätte, sei eine Gemeinheit, jammerte der Dozent. Er wirkte tief gekränkt. Um ihn abzulenken, fragte ich ihn nach der Nummer des Mädchens, das gerade an der Reihe war.

»Nummer sieben. Und Nummer elf. Sehen Sie denn nichts?«

»Ich muß erst eine Münze einwerfen. Sie sprachen von zwei Mädchen; sehen Sie auch richtig?«

»Ich sehe zwei Mädchen, die Summe ihrer Nummern ergibt die Zahl achtzehn, wenn Ihnen das weiterhilft.«

»Und was machen die beiden?«

»Was zwei Mädchen in einem innigen Tanz eben miteinander machen«, sagte der Dozent. »Ihnen muß ich das doch nicht erklären!«

Endlich hatte ich eine Münze gefunden und warf sie in die Maschine. Diesmal wurde der Sehschlitz freigegeben, und ich sah eine große, dunkelhäutige Frau mit hochhackigen, roten Schuhen und eine Rothaarige mit einem schwarzen Gummibüstenhalter, der die Brustwarzen frei ließ. Die beiden erhoben sich, die Rothaarige griff nach einem weißen Stabvibrator und folgte der Dunkelhäutigen hinter den Vorhang. Der profane Abgang erinnerte mich an die selbstbewußte Routine, mit der früher die Arbeiter in meinem Heimatort nach der Schicht durch das Werkstor geschritten waren; mit einer Hand schoben sie das Fahrrad, in der anderen trugen sie speckige Sporttaschen mit leerem Eßgeschirr.

Die Musik wechselte, und eine dünnbeinige Mulattin mit Rastalocken betrat die Drehbühne. Sie stellte sich vor jeden Sehschlitz und rieb ihr rasiertes Geschlecht an der Fensterscheibe. Ich mußte mich sehr darauf konzentrieren, nicht zu stürzen; das Stehen auf einem überstreckten Bein fiel mir von Sekunde zu Sekunde schwerer.

»Zwar hat der Mann nebenan aufgehört zu stöhnen«, sagte der Dozent, »dafür demoliert er jetzt die Kabine.« Tatsächlich spürte ich, wie die Sperrholzwände bebten.

»Um Himmels willen, stören Sie den Mann nicht«, sagte ich, »es kann nicht mehr lange dauern.« Die Kabinenwände rüttelten jetzt wie bei einem Erdbeben.

»Was soll ich tun?« rief der Dozent.

»Schauen Sie auf die Bühne«, erwiderte ich schwankend, denn ich konnte mich kaum mehr auf den Beinen halten. Jetzt rächt es sich, daß ich zwei Tage lang nicht geturnt habe, dachte ich bitter. Da rutschte die linke Krücke, auf der mein ganzes Gewicht ruhte, auf dem glitschigen Boden weg, ich krachte mit der Schulter gegen den Sehschlitz, versuchte noch, mich mit den Händen abzustützen, kam aber nicht mehr rechtzeitig aus den Ellbogenschalen und stürzte vornüber zu Boden. Die Krücken schlugen über mir zusammen und fielen auf mich. Ich spürte eine schleimige Flüssigkeit an den Händen, und ein säuerlicher Geruch stieg in meine Nase. Augenblicke später war der Dozent über mir.

»Haben Sie sich wehgetan?«

»Ich weiß nicht. Ich glaube, ich bin naß.«

Er zerrte mich aus der Kabine und setzte mich auf. Dabei wurde er auf die weißlichen Lachen am Kabinenboden aufmerksam. »Was ist das?«

»Sperma, nehme ich an. Und Urin.« Ich lehnte den Kopf an die Kabinenwand, hielt die Augen geschlossen und sog die Luft durch die Nase ein, um nicht erbrechen zu müssen. Mein Kopf dröhnte und mein rechtes Handgelenk war angeschlagen. Auch das am Nachmittag verletzte Knie hatte wieder zu bluten begonnen; das Blut tränkte den Hosenstoff.

»Helfen Sie mir in den Rollstuhl«, sagte ich. »Ich glaube, mir wird schlecht.«

Der Dozent zog mich unter großen Mühen auf die Sitzfläche, das Kissen hatte er, um die Höhe zu verringern, abgenommen. Ich fühlte mich wie betäubt und rang nach Luft.

»Sie sind leichenblaß«, sagte der Dozent erschrocken, als er mich im Licht sah.

»Das ist nur der Schock«, antwortete ich und öffnete den Gürtel der Hose, den ich wie immer, wenn ich mit Krücken ging, besonders eng geschnürt hatte. »Es geht gleich wieder«, sagte ich leise. »Ich brauche nur etwas Frischluft. Außerdem muß ich zum Wagen, die Kleider wechseln.«

Die Tür der Kabine, aus welcher zuvor die Geräusche gedrungen waren, ging auf. Heraus trat ein hochgeschossener Knabe mit feuerroten Wangen, er trug eine John-Lennon-Brille, und sein Haar war kurz geschoren. Scheu drückte er sich an uns vorbei ins Freie. »Csokolom«, hörte ich ihn murmeln.

Meine Verletzungen erwiesen sich als nicht weiter schlimm. Die Kniewunde hörte bald von selbst auf zu bluten; die Schulter und das Handgelenk schmerzten zwar, aber es zeichnete sich nicht einmal ein blauer Fleck ab. Nachdem ich mich notdürftig gereinigt und die Kleidung gewechselt hatte, holte ich aus der Autoapotheke eine Flasche Nordhäuser Doppelkorn und nahm einen großen Schluck. Schließlich bot ich die Flasche dem Dozenten an.

»Sie wissen, ich trinke keinen Schnaps«, sagte der geduldig.

»Dann trinke ich für Sie mit«, erwiderte ich und nahm

einen Schluck, der doppelt so groß war wie der erste. Als der Dozent sich darüber besorgt zeigte, sagte ich, das sei schon in Ordnung, ich hätte seinen Schluck nicht ohne Grund größer bemessen.

»Sie werden ihn brauchen, wenn wir in die Peep-Show zurückkehren, glauben Sie mir.«

»Muß das wirklich sein?« fragte der Dozent. »Ich habe nichts gesehen, was uns weiterhelfen könnte.«

Auf dem Weg in das Etablissement dankte ich ihm für die prompte und tatkräftige Hilfe, besonders aber dafür, daß er angesichts meiner Autoapotheke, die neben dem Schnaps nur eine Packung Präservative und einige Zahnstocher enthielt, keine dummen Bemerkungen gemacht hatte. Kleinliche Nörgeleien seien das letzte, was ich jetzt brauchen könne. Er verstehe das gut, sagte er, neben mir herlaufend. Im »Sólyom« bat ich den Dozenten um Geld und verschwand, nachdem ich an der Kassa die Nummer Vier bestellt hatte, in der Solokabine. Der Dozent ging einstweilen im Foyer auf und ab.

Mit der Souveränität des selbstbestimmten Behinderten ist es bei G. nicht weit her. In allem und jedem stößt er auf Schwierigkeiten. Kaum eine Verrichtung gelingt ihm auf Anhieb. Und doch tut er so, als hätte er jederzeit alles im Griff. Das enorme Ausmaß an Wirklichkeitsverdrängung ist als technische Leistung durchaus anzuerkennen. Aber wie lange kann er diese Komödie vor sich selbst durchhalten? Er gibt vor, einem Verbrechen auf der Spur zu sein, dabei ist doch nicht zu übersehen, daß er nur imponieren will. Er behauptet eine völlig abstruse Geschichte und nährt daraus sein penetrantes Superioritätsgehabe.

Der angolanische Taxifahrer – ein Bürger kommender Zeiten. Werde ihn in meiner Arbeit erwähnen.

Bekanntschaft mit einer modernen Form des Sklavenmarkts.

Wenn Mama das wüßte! Unter den Kommunisten gab es so etwas nicht. Hege ich gar heimliche Sympathien für den Bolschewismus? Die akademische Karriere könnte ich dann endgültig an den Nagel hängen.

Nachtrag: Mit der ungarischen Küche versöhnt.

Bald darauf kam ich aus der Solokabine zurück. Überraschend schnell hatte das Mädchen zugegeben, daß manche Kunden im Keller verschwanden und längere Zeit dort verweilten, was dort geboten werde, wisse sie aber nicht. Auf dem Weg zum Dozenten beschleunigte ich so stark, daß Josefs Vorderreifen beim Armstoß den Kontakt mit dem Boden verloren.

»Haben Sie sich abreagiert?« fragte der Dozent gönnerhaft.

»Fahren Sie mich Richtung Toilette und machen Sie sich auf einiges gefaßt«, sagte ich. »Seien Sie nicht überrascht, oder verbergen Sie Ihre Überraschung so gut Sie können. Stellen Sie sich einfach vor, Sie seien ein Geschäftsmann, der ein Angebot taxiert. Und vergessen Sie alle moralischen Überlegungen, die würden nur schaden. Und geben Sie auf keinen Fall unsere Namen preis! Wir sind aus Amerika und arbeiten für eine Runde betuchter Interessenten. Haben Sie mich verstanden?«

»So schlimm wird es schon nicht werden«, meinte der Dozent und steckte das Notizbuch ein. Ich ignorierte diese Bemerkung. »Am besten, Sie lassen mich reden, wenn jemand uns fragen sollte. Schauen Sie dem Fragesteller zwischen die Augen und schweigen Sie. Das macht immer Eindruck. Ich werde für uns reden. Die Leute sollen glauben, Sie seien mein Leibwächter.«

»Meinen Sie das ernst, oder halluzinieren Sie«, sagte der Dozent unsicher. Es fiel mir nicht ein, ihn aufzuklären. Ich hielt es für das Klügste, ihn einfach mit den

Tatsachen zu konfrontieren. Ihn nachher zu beruhigen würde schwer genug sein.

Wir fuhren an den Solokabinen vorbei in Richtung der Toiletten. »Zum WC geht's hier um die Ecke, hier ist das Schild«, sagte der Dozent, als ich geradeaus steuerte.

»Wir müssen aber dort hinunter«, erwiderte ich und wies auf eine schmale Treppe mit hohen Stufen.

»Sind Sie sich da wirklich sicher?«

»Treppensteigen zählt nicht zu meinen Lieblingsbeschäftigungen«, sagte ich. »Deshalb kann ich es besonders gut. Zeigen Sie, was Sie können.«

Ich kippte den Rollstuhl, und wir nahmen die ersten Stufen. Der Dozent war sehr konzentriert. Ich gab wie immer den Rhythmus vor. Treppenhilfe für Rollstuhlfahrer ist, wie alles im Leben, Rhythmussache. Stimmt der Rhythmus, sind auch steile Wendeltreppen kein Problem; fehlt er, können selbst niedrige Stufen zu einem unüberwindlichen Hindernis werden. Was einfach klingt, ist in der Praxis aber schwer zu verwirklichen. Die Schwierigkeit besteht darin, unterschiedliche Rhythmen zu erkennen und zu koordinieren. Jede Treppe hat ihren unverwechselbaren, einzigartigen Rhythmus; ihn zu entschlüsseln, die Treppe gleichsam zu lesen, ist Aufgabe des Rollstuhlfahrers, der Augenmaß und Erfahrung in die Beurteilung von Neigungswinkel, Geschwindigkeit und Drehmoment des gekippten Rollstuhls einbringen muß. Man kann das Treppensteigen im Rollstuhl mit dem Bergsteigen vergleichen. Lesen Sie Reinhold Messner, sage ich zum Dozenten, wenn dieser eine Treppe zu schnell oder zu langsam in Angriff nimmt. Würde er Reinhold Messner lesen, wüßte er, daß jeder Berg nur mit dem ihm eigenen Rhythmus zu bezwingen ist; alle Bergtragödien sind demnach auf Abweichungen vom richtigen Rhythmus zurückzuführen. Jeder gute Bergsteiger versteht es, seinen Rhythmus mit dem des Berges in Einklang zu bringen. Das Befahren von Treppen mit dem Rollstuhl gehorcht denselben Regeln wie das Bergsteigen, es wird nur zusätzlich dadurch erschwert, daß zwei Menschen ihre persönlichen Rhythmen kennen und koordinieren müssen, ehe sie dazu übergehen können, sich mit dem Rhythmus der Treppe abzustimmen. Andererseits fällt der Witterungsfaktor beim Treppensteigen, sofern dieses in geschlossenen Räumen erfolgt, kaum ins Gewicht. Treppenfahren erfordert Teamwork in höchster Vollendung; der Synchronismus von Antizipation und Krafteinsatz, artistischer Körperbeherrschung und Demut vor den Gesetzen der Physik darf dem Gleichklang eines weltmeisterlichen Doppeleiners beim Rudern um nichts nachstehen, ein Zuschauer darf gar nicht auf den Gedanken kommen, daß da etwas schiefgehen könnte. Für Außenstehende muß die Bezwingung der Treppe leicht, gewandt, ja beinahe spielerisch wirken, nur unter dieser Voraussetzung ist sie auch sicher.

Ich arbeite seit Jahren daran, das Treppensteigen zu perfektionieren, schon aus Prinzip lehne ich es ab, Räume nur deshalb nicht zu benützen, weil sie für mich schwer erreichbar sind. Seit ich das Treppensteigen studiere, weiß ich aber auch, daß ich noch viel an mir arbeiten muß, bis die wichtigsten Achttausender bezwungen sind. Immerhin habe ich im Lauf der Jahre schon Tausende anspruchsvolle Treppen genommen; gute drei Dutzend wiesen den höchsten Schwierigkeitsgrad auf, und ich habe auch schon mit unzähligen Sherpas gearbeitet. Unter ihnen waren erstaunliche Naturtalente wie Orestes, ein geistig behinderter Jüngling, der mich eines Nachts in Zypern über eine unbeleuchtete Steintreppe oberhalb gischtumtoster Klippen zu einem Aussichtspunkt geführt hatte, weil ich der Meinung war, ein türkisches Unterseeboot gesehen zu haben – tatsächlich aber war es nur eine Krabbenzuchtanlage gewesen –, und ein vorzüglicher Ostberliner Schauspieler namens Ole, der mit mir ohne viele Worte zu verlieren in einem Züricher Nachtklub eine schwindelerregende Wendeltreppe erklommen hatte; aber auch gefährliche Halbschuhtouristen, die entweder aus Angst, den Rollstuhl zu verlieren, diesen im Fall des Strauchelns nach vorne kippen, was zu schweren Stürzen des Rollstuhlfahrers führt, oder aus Selbstüberschätzung, ohne sich die Griffe noch einmal vergegenwärtigt zu haben, losstürmen, nach der dritten Stufe die Kontrolle über sich und den Stuhl verlieren, Achtung! rufen und den Rollstuhl fahren lassen.

Ich achte zunehmend darauf, Abweichungen vom richtigen Rhythmus von vornherein zu unterbinden; wenn jemand meine Anweisungen nicht befolgt, wechsle ich ihn kaltschnäuzig aus, und sollte kein anderer Helfer zur Verfügung stehen, behelfe ich mich, indem ich aus dem Rollstuhl gleite und Stufe um Stufe auf dem Hintern zurücklege.

Der Dozent war am Anfang etwas zu zaghaft, aber ich wartete auf ihn, klinkte mich in seinen Rhythmus ein und beschleunigte diesen, bis er mit jenem der Treppe übereinstimmte.

Ganz besonders hasse ich das Treppensteigen. Der Rollstuhl ist so sperrig, manche Treppen sind so steil, und die Verantwortung ist so groß. Und G. erschwert die Sache noch zusätzlich, indem er aus dem Treppensteigen ein nahezu religiöses Ritual macht, eine Kulthandlung. Und zu alledem kommt noch sein Gewicht. Aber wenn ich diesbezüglich auch nur die kleinste Andeutung mache, fährt er mir über den Mund und unterstellt mir obendrein Behindertenfeindlichkeit. Warum soll ein Rollstuhlfahrer keinen Bauch haben, erklärt er dann, und es ist sinnlos, ihm klarmachen zu wollen, daß es nicht darum geht, ihm leib-

liche Genüsse vorenthalten zu wollen, er könne es doch für sich selber tun. Zehn Kilo weniger, und seine Hände, seine Gelenke – und die meinen – würden es ihm danken. Im Grunde brauchte er nicht einmal das Essen zu reduzieren, es reichte schon aus, würde er weniger trinken.

Vielleicht liegen die Dinge doch tiefer: Wer gewaltsam verkleinert wird, sehnt sich nach Größe, und wenn die nicht erreichbar ist, erklärt man eben Verrichtungen des Alltags zu großen Ritualen und nimmt dadurch – vermeintlich zwar – wieder an der Welt der anderen teil. Werde dem in einem Kapitel nachgehen. Titelvorschlag: »Die behinderte Psyche und der Turm zu Babel oder Von der Unmöglichkeit, mit dem Verlust von Größe fertig zu werden.«

Nachsatz: Mußte G. schon wieder aus einer prekären Situation retten!

Wir bewältigten die Treppe mit Anstand. Kaum waren wir unten, trat ein Mann aus dem Dunkel und versperrte uns den Weg. Er war groß und untersetzt, sein dunkles Haar war im Nacken zu einem Zopf geflochten. Ich reichte dem Mann, der nach billigem Rasierwasser roch, fünf Zehndollarnoten, die er gelassen einsteckte. Im Lichtschein sah ich sein vernarbtes Gesicht, er mußte vor langer Zeit schwere Verbrennungen erlitten haben. Nachdem er ein paar Worte in eine Gegensprechanlage genuschelt hatte, sprang eine Tür auf. Ich fuhr los, der Dozent folgte mir, die Hände an den Schubgriffen.

Am Ende eines kurzen Ganges brannte Licht. Wir hörten gedämpfte Männerstimmen, und nachdem wir einen Mauervorsprung umfahren hatten, fanden wir uns in einem spärlich beleuchteten Saal wieder. An der Stirnseite befand sich eine Theke, hinter der ein hagerer, schnauzbärtiger Mann Getränke ausschenkte. Im Saal saßen an die zwanzig Männer, die meisten von ihnen reiferen Alters. Ich erkannte einige Gesichter vom Vorraum der Peep-Show. Mein Verdacht war richtig gewesen; ich hatte mich schon gefragt, wo die Männer geblieben waren.

Die Männer saßen auf Clubsesseln, einige von ihnen rauchten. In der Mitte des Raums befand sich ein kniehohes Podest. Aus zwei Lautsprechern oberhalb der Theke drang leise Barmusik. Wir erregten die Aufmerksamkeit der Versammelten nur für kurze Zeit, es hatte den Anschein, als warteten die Männer ungeduldig auf eine Darbietung. Ich rollte zur Bar und bestellte zwei Whisky mit Eis. Er trinke keinen Schnaps, raunte der Dozent mir ins Ohr. Es sei wichtig, erwiderte ich. Der Dozent griff nach dem Glas. Obwohl er einen Schluck nur vortäuschte, mußte er husten. Um die Aufmerksamkeit von ihm abzulenken, rollte ich zum Podest. Das Whiskyglas hatte ich auf meinen rechten Oberschenkel gestellt. Die Fertigkeit, auf diese Weise Gläser zu transportieren, war Ausfluß meiner Faulheit. Obwohl meine Haushälterin mich immer wieder wegen der Flecken auf dem Boden schilt, will es mir nicht in den Kopf, wieso man nur eines Glases Rotwein wegen ein Tablett verwenden soll. Manchmal setze ich diese Transportweise auch gezielt ein, um zu beeindrucken. So auch hier. Ich prüfte den Stoff, mit dem das Podest überzogen war: schwerer, etwas verschlissener roter Samt. Nachdem ich das Podest eingehend inspiziert hatte, hielt ich das Glas mit einer Hand fest und drehte mich ruckartig zur Seite. Drei Männer, die dort an einem Tisch saßen, schauten schnell zu Boden. Der Zweck der Vorstellung war erfüllt, ich hatte mich in der Runde eingeführt, und niemand beachtete den Dozenten. Ich kehrte zur Theke zurück.

Ein untersetzter Glatzkopf erhob sich ächzend und kam auf uns zu. »Erfreut, Sie kennenzulernen«, sagte er schmierig und reichte dem Dozenten die Hand. »Wer hat Sie rekommandiert?« fragte er ihn.

Es ist immer wieder dasselbe: Mit einer deprimierenden Sicherheit gehen manche Hohlköpfe davon aus, daß, wer im Rollstuhl sitzt, nicht nur körperlich, sondern auch geistig geschädigt ist. Aus diesem Grund reden sie nur mit den Begleitpersonen. Oft fragen sie diese in der Annahme, der Kretin könne der Frage ohnehin nicht folgen, wie es denn zu dem Malheur gekommen sei. Wenn die Begleitperson mitspielt, kann das so lange gehen, bis das Malheur sich räuspert, den Mund aufmacht und den Rassisten stellt.

»Erklären Sie dem Arschloch«, sagte ich mit amerikanischem Akzent zum Dozenten, »daß er eben im Begriff ist, das größte Geschäft seines beschissenen Lebens zu vermasseln.«

Der Dozent gehorchte meinen Anweisungen nur halbherzig; er wiederholte meine Worte deutlich gemildert in Hochdeutsch, sodaß ich mich, um die Glaubwürdigkeit nicht abzuschwächen, genötigt sah, dem Glatzkopf ans Schienbein zu fahren, was wiederum Josef, der sich ganz leicht machte, wie mir schien, großen Spaß bereitete.

Der Mann schluckte, ich sah wilden Haß in seinen Augen aufblitzen, aber ich fixierte ihn mit halb zugekniffenen Lidern zwischen seinen Augen, worauf der Fettsack sich in Unterwürfigkeit flüchtete und verbindlich lächelnd das Weite suchte. Bevor er an seinem Tisch Platz nahm, klatschte er zweimal in die Hände. Das Licht ging aus, die Musik wurde ausgeblendet.

An der glatten Wand des Mauervorsprungs erschien das Bild eines Satyrs. Ohne Titelvorspann lief daraufhin ein Film ab, er zeigte die Promenade einer Stadt am Mittelmeer: Palmen, Imbißstände, Restaurants, flanierende Paare, Badegäste, Radfahrer. Die Kamera schwenkte über einen kleinen Kommerzhafen und eine gut bestückte Marina und verweilte auf drei alten Küstenmotorschiffen, die vor dem Hafeneingang auf Reede lagen.

Der Dozent tippte mir auf die Schulter. Ich reagierte nicht. Der Film zeigte jetzt Luftbilder eines Küstenlandstriches, und ich verfolgte die Aufnahmen mit wachsendem Interesse, zeigten sie doch immer wieder auch Fischerboote und Frachtschiffe. Der Dozent wurde immer unruhiger. Ich holte ihn an mein Ohr und ermahnte ihn.

Als ich mich wieder dem Film zuwandte, ging ein Ruck durch die Männer, unruhig rutschten sie in ihren Sesseln umher. Streifenflimmern war an die Stelle der Küstenlandschaft getreten. Ich beobachtete die Männer aus den Augenwinkeln, manche verbargen ihre Anspannung hinter Sonnenbrillen, andere nestelten an den Bundfalten ihrer Hosen. Sollte ich jemals wieder in eine ähnliche Situation kommen, würde ich auch eine Sonnenbrille mit mir führen, nahm ich mir vor. Augen sind verräterisch; wer es versteht, Augen zu lesen, ist nicht leicht hinters Licht zu führen.

Die Frau lag auf dem Rücken, sie war nackt, und ihre Oberschenkel endeten in Stümpfen. Im Laufe meiner Spitalsaufenthalte hatte ich viele Stümpfe gesehen, ich konnte daher beurteilen, ob sie fachmännisch versorgt worden waren. Jene der Frau im Film waren in einem guten Zustand. Die Frau richtete sich jetzt auf; sie starrte in die Kamera, und die Brüste rutschten auf ihren Bauch. Da sie sich mit den Beinen nicht abstützen konnte, tat sie das mit den Händen. So wie ich, dachte ich, aber mich filmt niemand. Die Frau ließ die Brüste baumeln. Ein Lächeln huschte über ihr Gesicht, hinter der Kamera mußte jemand einen Witz gerissen haben. Einige der Männer im Vorführraum saßen wie auf Nadeln, andere beobachteten verstohlen ihre Nachbarn.

Obwohl ich Brüste mochte, ließ der Anblick der Frau mich kalt, und ich überlegte ernsthaft, ob Behindertenfeindlichkeit dafür ausschlaggebend war oder nur die schlechte Inszenierung.

Die Frau, die um die fünfzig sein mochte, drehte sich nun auf den Bauch und bot der Kamera ihren Hintern dar. Die Stümpfe ließen sie klein und verletzlich erscheinen. Sie versuchte, einen Stumpf zur Seite zu drehen, sodaß der Blick auf ihr Innerstes frei wurde. Daraufhin drehte sie sich zur Seite und wiederholte das Spiel. Mit einer Hand zog sie einen Stumpf zur Seite, mit der anderen spreizte sie ihre Schamlippen. Schließlich setzte sie sich wieder auf und begann mechanisch ihr Geschlecht zu massieren.

Mehr als von der Darbietung im Film war ich von einem Mann gebannt, der neben mir stand und die ganze Zeit über wie wild an seinen Lippen nagte und dabei die fürchterlichsten Grimassen schnitt. Könnte man das Gesicht des Mannes in den Film einblenden, würde dieser enorm gewinnen, dachte ich und sah mich in meiner Auffassung bestätigt, daß das einzig Interessante an der Pornographie deren Konsumenten sind.

Die Frau drehte sich wieder auf den Rücken und steckte einen Finger in ihre Scheide, dann noch einen, bis schließlich die ganze Hand in ihrem Körper verschwunden war. Ich fand die Szene bemerkenswert, denn der Arm überragte die Stümpfe, und es hatte den Anschein, als hätte die Frau drei zu kurz geratene Beine.

Ich sollte mich bemühen, zumindest etwas erregt zu wirken, ermahnte ich mich, ich falle sonst auf. Außerdem hat die Frau es nicht verdient, von mir schlecht behandelt zu werden. Würde ich mich vor ihr produzieren, wäre es mir auch nicht recht, wenn sie gelangweilt vor mir sitzen würde.

Die Frau absolvierte ein Programm, wie es auch von den Mädchen in der Peep-Show dargeboten wurde. Am Schluß stützte sie sich wieder auf die Arme und ließ mit geschlossenen Augen ihre Brüste baumeln. Ich schaute mich verstohlen im Raum um. Neben der Theke konnte ich die Vorderräder eines Rollstuhls ausnehmen. Gern hätte ich gewußt, wer sich in dem Stuhl verbarg, ich getraute mich aber nicht nachzusehen. Ich mimte einen Großkunden für Pornovideos, und ich hielt es für nicht wahrscheinlich, daß ein solcher sich leicht würde ablenken lassen.

Der Streifen war zu Ende. Gedämpfte Musik setzte ein, die Zuseher schlenderten zur Bar. Mir fiel auf, daß niemand zahlte, und ich schloß daraus, daß die Männer entweder im voraus bezahlt hatten oder Mitglieder des Klubs sein mußten.

Der nächste Film zeigte ebenfalls eine beidseits beinamputierte Frau, nur befand sich einer der Stümpfe unterhalb des Knies. Die Frau war bedeutend jünger als die erste, und sie war sehr dünn, so dünn, daß ihre Rippen sich deutlich unter der faltigen Haut abzeichneten. Sie turnte auf dem Bett umher und bot einige Minuten lang einen Querschnitt durch ein konventionelles Showprogramm. Da bewegte sich ein Vorhang, und eine schwarze Dogge näherte sich der Frau. Ich fühlte, wie die Hand des Dozenten auf meiner Schulter ihren Druck verstärkte. Die Dogge stieg auf das Bett und begann die Frau zwischen den Beinen zu lecken. Der Hund war gut abgerichtet, und ich war nicht überrascht, als die Frau das Tier hochzog und dessen rot glänzende Rute mit der Hand massierte. Die Kamera machte einen verwackelten Schwenk und umrundete die beiden. Der Hund hechelte, deutlich war das Weiß in seinen stumpfen Augen zu sehen. Die Hand auf meiner Schulter wurde immer schwerer. Der Dozent stöhnte auf, als die Frau die erigierte Rute in den Mund nahm, während sie mit einer Hand den Hund, dessen Rücken sich in schneller Folge zusammenzog und streckte, am Hinterlauf festhielt. Hinter dem Bett huschte ein Mann durchs Bild. Vermutlich der Tierhalter, dachte ich und überlegte, was wohl der Tierschutzverein zu dieser Szene sagen würde. Dem Hund wurde jedenfalls keine Gewalt angetan. Langsam zog die Frau jetzt den Kopf zurück, weißer Schleim tropfte aus ihrem Mund. Die Kamera fuhr näher, man sah, wie die Frau den Schleim mit der Zunge auf ihrem Gesicht verteilte. Zumindest der Farbe nach schien das Sperma des Hundes sich von menschlichem nicht zu unterscheiden.

Die Szene rief mir ein Bild aus Jugendtagen in Erinnerung: Es war Winter, und ich spielte mit anderen Kindern in der Au. Aus einem Autowrack hatten wir eine Tür ausgebaut und rodelten auf ihr über eine vereiste Geländestufe. Vor einem zugefrorenen Donauarm hatten wir eine kleine Schanze errichtet; nach wenigen Metern Luftfahrt landete die Tür krachend auf dem Eis, und die Mitfahrer purzelten unter frenetischem Gejohle durcheinander.

Ein einziger Bub besaß eine Rodel; er ließ uns aber nicht damit über die Schanze fahren, weil er Angst hatte, daß die Rodel dabei zu Bruch gehen würde. Wir rächten uns, indem wir dem Jungen die Fahrt auf der Autotür verweigerten, um die er seinerseits inständig bettelte. Mit großen Augen saß er auf seiner Rodel und verfolgte neidvoll unsere Sprünge. Da tauchte ein großer, brauner Hund hinter dem Jungen auf; mit einem Satz sprang das Tier auf die Rodel und umklammerte den Jungen mit den Vorderbeinen. Wir kannten den Hund, er war griesgrämig und böse und lebte als Einsiedler in der Au. Hin und wieder wurde er von einer alten Vettel mit Speiseresten gefüttert. Er solle sich nicht bewegen, riefen wir dem Jungen auf der Rodel zu. Seine Augen waren vor Schreck so weit aufgerissen, daß ich glaubte, sie im nächsten Moment aus den Höhlen treten zu sehen. Der Hund hechelte erregt und ritt auf dem Rücken des zusammengekauerten Jungen auf. Wann immer der Junge sich bewegte oder wir dem Tier zu nahe kamen, knurrte der Hund und fletschte die Zähne, er hörte aber nicht auf, seine rotglänzende Rute an dem Jungen zu reiben. Wir getrauten uns nicht, dem Bub zu Hilfe zu kommen, es schien uns eine Ewigkeit, bis das Tier endlich von seinem Opfer abließ. Der Junge stand auf und griff nach der Rodelschnur. Sein Mantel war mit weißlichen Samenflecken übersät. Der Junge lächelte seltsam, und ich vermeinte, in seinen Augen einen schrecklichen Stolz zu sehen. Wir anderen zogen uns zurück, und ohne daß wir darüber einen Blick getauscht hätten, war klar, daß keiner von uns mit dem Geschändeten etwas zu tun haben wollte.

Der Film brach ab. Wieder holten sich einige Männer Getränke von der Bar. Der Dozent war wie versteinert.

Der dritte Film zeigte eine Frau, deren verkümmerte Hände direkt aus dem Schultergelenk wuchsen. Contergan, dachte ich sofort und wunderte mich, daß es auch in Ungarn Contergan-Opfer gab. Das Medikament war im Kommunismus nur auf dem Schwarzmarkt erhältlich gewesen, und es war zudem außerordentlich teuer. Und weil Contergan ein Beruhigungsmittel war, das leicht durch ein anderes ersetzt werden konnte, erachtete ich es für unwahrscheinlich, daß die Frau aus Ungarn stammte. Ich wußte von einer deutschen Sozialwissenschaftlerin, die infolge von Contergan ebenfalls ohne Arme auf die Welt gekommen war und gelernt hatte, statt der Finger die Zehen zu gebrauchen. Ihr Freund hatte mir erzählt, daß er mit ihr in ein Hamburger Nobellokal essen gegangen war, um ihre Promotion zu feiern, und daß die

Kellner die Frau, als sie Gabel und Messer zwischen die Zehen nahm, des Lokals verwiesen hatten. Ich war von dieser Geschichte sehr angetan; sie stand auf der Liste jener Stories, die ich Giordano im Lauf der Zeit anbieten wollte, ganz oben.

Auch die durch Contergan behinderte Frau im Film wurde mit einem Hund gezeigt, einem Golden Retriever, jener Rasse, die häufig zur Unterstützung behinderter Menschen, vor allem behinderter Kinder, ausgebildet wird. »Eine originelle Form des Partnerhundes«, sagte ich zum Dozenten, als der Hund die Frau von hinten nahm. Der Dozent war zu keiner Reaktion fähig.

Es folgten drei Filme, die gelähmte, aber nicht amputierte Frauen mit einem Ponyhengst, einem Ziegenbock und einem Eber zeigten. Es handelte sich um amerikanische Produktionen. Ich kannte diese Art Filme; Giordano hatte mich bei meinem letzten Besuch in New York mit den neuesten Entwicklungen auf dem Pornomarkt vertraut gemacht. Einen ganzen Nachmittag lang waren wir in der 42. Straße von einem Münzkino und von einem Sexshop zum anderen gezogen. Nirgendwo sei der Pornomarkt vielseitiger als im Viertel der Film- und Fernsehstudios, hatte Giordano erklärt.

Ich dachte mit widersprüchlichen Empfindungen an diesen Nachmittag; zum einen war ich von der Spezialisierung des Marktes beeindruckt gewesen, andererseits war mir aufgefallen, daß Tiere außergewöhnlich schlechte Pornodarsteller sind. Ihre Beteiligung verleiht dem Geschlechtsakt eine uninteressante Privatheit, wodurch seine filmische Aufzeichnung ungefähr so kurzweilig wirkt wie die Beobachtung eines Menschen, der sich die Zähne putzt. Ich hatte Giordano damals prophezeit, der Pornomarkt werde, wenn er weiter auf Tiere setze, so leicht und so preiswert solche Filme auch zu produzieren seien, sich damit selbst abschaffen. Diese kurzsichtige Taktik zeuge nicht von ausgereifter unternehmerischer Haltung, sondern, im Gegenteil, von der Profitgier einer unreifen Branche. Giordano hatte heftig widersprochen, er verwies auf die amerikanische Autoindustrie, diese hätte nach Jahren der Krise den Umschwung geschafft, es sei nicht einzusehen, warum das dem Pornobusineß nicht auch gelingen sollte. Das würde dann aber zu entsetzlichen Massakern führen, entgegnete ich, denn die Abschaffung der Tiere in der Pornoindustrie werde die Wiedereinsetzung des Menschen als Objekt zur Folge haben, und zwar in einer Art und Weise, die wir beide uns nicht einmal in unseren schlimmsten Träumen vorstellen könnten: als Opfer von Verstümmelungen und noch nie gefilmten Erniedrigungen. Auch alte Menschen würden von dieser Entwicklung nicht verschont bleiben, deren Sexualität würde zwar weiter tabuisiert, die Zerstörung des alten Körpers zur Luststeigerung der Jungen aber werde den Betagten ein neues Betätigungsfeld eröffnen.

»Ich sehe Bilder von unerhörter Grausamkeit vor mir«, hatte ich zu Giordano gesagt, als wir an der Carnegie Hall vorbei in Richtung Downtown fuhren.

»Die Pornoindustrie ist längst dabei, den Weg dafür zu ebnen, sie produziert bereits Magazine, die ältere Frauen in aller Obszönität zeigen«, hatte Giordano geantwortet. »Das ist kein geringer Fortschritt, denn erstmals werden die gängigen Schönheitsideale von einem Industriezweig unterlaufen, und wer, wenn nicht die Kultur- und Freizeitindustrie, soll gesellschaftliche Entwicklungen vorwegnehmen?«

Es stimme zwar, daß darin auch ein objektiver Fortschritt sich ausdrücke, hatte ich damals eingeräumt, gleichzeitig aber sei die Form, die dieser Fortschritt annehme, nichts anderes als die weiter fortschreitende Zerstörung des Körpers. Nach der Abschaffung des Individuums sei dies zwar nur konsequent, und ich hätte auch gar nichts dagegen, denn der Aufwand, der für den Unterhalt des Fleisches getrieben werden müsse, ärgere mich schon seit langem; dennoch sähe ich darin ein Übergangsstadium zu einer Gesellschaft, die anderweitig nicht verwertbare Menschen als Lustspender, Ersatzteillager für Organe und Versuchskaninchen für Medikamententests einsetzt. Und es wäre nicht der verrottete Monopolkapitalismus, wenn diese Entwicklung nicht von der Verbesserung der Lebensbedingungen behinderter Menschen in wenigen Industriestaaten begleitet würde, hatte ich den Gedanken, vom Streit befeuert, weitergesponnen. Jede Rampe, jeder Arbeitsplatz für geistig Behinderte, wie McDonald's sie anbiete, sei direkt mit der Verwertung abweichender Menschen durch die Pornoindustrie verknüpft, die nichts anderes sei als ein letzter Versuch von Sinnstiftung in einer rückständigen Gesellschaft, welche ohne religiöse Anwandlungen offensichtlich nicht auskommen könne. Es sei kein Zufall, daß in Amerika die Autonomie behinderter Menschen ebenso wie die schrankenlose Verwertung der Ballastwesen am stärksten ausgeprägt seien.

Giordano war damals in Rage geraten; ich würde jeden Furz auf dessen gesellschaftliche Bedeutung hinterfragen, nie würde ich mich mit der Wirklichkeit begnügen, ewig würde ich an der Gesellschaft und am Staat herumnörgeln, stur wie eine Sprungfeder, die immer wieder in ihre Ausgangsstellung zurückkehrt. Jegliches Neue sei für mich nur eine Bestätigung des Alten; ich sei ein totalitärer Dogmatiker, dem jeder Pragmatismus fehle; ein narrow-minded man, der wie ein herrenloser Panzer durch die Welt fahre und alles Lebendige niederwalze, ich sei und bleibe, darin gipfelte Giordanos Anfall, ein Schmalspurdiktator, dem zum Verbrechen nur die Gelegenheit fehle, ein Massenmörder auf der Reservebank, mit einem Wort: ein unverbesserlicher Stalinist. Richtig, hatte ich zurückgeschrieen, als wir die Fifth Avenue überquerten, so menschlich wie der untergegangene Sozialismus werde der nächste nicht sein; mit Figuren wie Giordano, die nichts anderes im Sinn hätten, als die Rädchen des Systems zu schmieren, werde der kommende Sozialismus, der so sicher sei wie die Felsen, auf denen Manhattans Wolkenkratzer ruhten, ein für allemal aufräumen.

Giordano war damals in der einen Richtung, ich in der anderen davongeeilt. Erst spät am Abend hatten wir einander im »Mare Chiaro« in der Mulberry Street wieder getroffen und ein paar Drinks genommen. Der Nachhall des Streits war aber noch zwischen uns. Umso höher hatte ich es Giordano angerechnet, daß er, als wäre nichts geschehen, in der nächsten Ausgabe des »Manhattan Wheeling Courier« die bei mir bestellte Reportage über die Bedeutung der ersten Schule der Wiener Klassik für die Hippotherapie abdruckte.

Der nächste Programmpunkt war auch für mich neu. Zwei geistig behinderte Mädchen wurden, einander an der Hand haltend, von jenem Glatzkopf in den Raum geführt, der mich zuvor angesprochen hatte. Der Mann raunte den beiden, die noch einige Jahre von der Volljährigkeit entfernt waren, ein paar Worte zu, und die Mädchen nickten gehorsam. Eines der Mädchen machte einen Knicks und lächelte zutraulich, als der Mann ihr väterlich über den Kopf strich. Die Kinder trugen Schulmädchenuniform – weiße Bluse, grauer Rock, schwarze Halbschuhe. Beide hatten kurzes Haar, das der einen war brünett, jenes der anderen dunkelbraun. Beider Haar war lieblos und amateurhaft geschnitten, die Frisur verstärkte den kindlichen Eindruck noch. Der

Mann führte die Mädchen zu einem Tisch neben dem Podest, an dem zwei Männer, ein älterer, spitzbauchiger und ein jüngerer mit einem fein geschnittenen Schnurrbärtchen, saßen. Der Dicke ließ ein Mädchen auf seinen Knien Platz nehmen und steckte ihm einen Lollipop zu, den das Mädchen begeistert in den Mund schob. Während es sich an der Süßigkeit erfreute, begann der Mann ungeniert, das Kind zu befingern, er betastete die Schenkel, schob das Röckchen hoch, öffnete die oberen Knöpfe der Bluse und inspizierte den Brustansatz.

Indessen redete der Jüngere angestrengt auf das andere Mädchen ein. Es verstand zuerst nicht, dann nickte es langsam und sagte mehrmals gehorsam und so deutlich, daß alle – die meisten Männer waren aufgestanden und nähergekommen – es hören konnten: »Csokolom, csokolom.« Dazu nickte das Mädchen artig und hörte überrascht dem Klang ihrer Stimme nach, als müsse sie sich selbst von dem Gesagten überzeugen. »Csokolom, csokolom, küß die Hand, schöner Herr.«

Die Mädchen seien aus dem Heim, flüsterte ich mehr mir selbst als dem Dozenten zu. Der hatte mich nicht verstanden und beugte sich zu mir herunter. Er solle ruhig bleiben, sagte ich. Der Dozent fragte, ob mir etwas aufgefallen sei. Nein, log ich. Ich behielt den Verdacht lieber für mich und überlegte, was mich veranlaßte zu denken, daß die beiden behinderten Kinder aus Töröklak stammten. Als ich eine Weile mitangesehen hatte, wie der Dicke das Mädchen auf seinem Knie befingerte und das Kind dabei unbeteiligt und gedankenverloren am Lollipop lutschte, geschah es, daß das Mädchen, als hörte es einen Ruf, den Kopf zur Seite drehte, und für einen kurzen Moment lösten seine Züge sich zu einem flüchtigen Lächeln, jene Art Lächeln, das über das Gesicht eines Menschen huscht, wenn er sich an ein längst vergangenes glückhaftes Erlebnis erinnert. So schnell die

Gesichtszüge des Mädchens sich belebt hatten, so schnell fielen sie in die alte Starre zurück. Und doch hatte das kurze Aufflackern von Leidenschaft und Freude genügt, daß ich mit einem Mal die Künstlichkeit ihres Zustands begriff.

Endlich konnte ich mein Mißtrauen und meine Ahnungen benennen: Ferngesteuert wirkten die beiden – wie die behinderten Kinder, die während der sogenannten Vollversammlung Erfrischungen gereicht hatten; dieselbe Unterwürfigkeit, dieselbe Teilnahmslosigkeit, derselbe in die Ferne gerichtete Blick. Es war offensichtlich, daß die beiden wie ihre Schicksalsgenossinnen in Töröklak unter Drogen standen.

Der Spitzbauchige nötigte sein Mädchen, hochhackige Stöckelschuhe anzulegen. Unsicher machte die Kleine ein paar Schritte, stolperte, fing sich aber wieder. Ihre Gefährtin, dies sehend, streckte die Hand nach ihr aus, zog sie aber gleich wieder zurück. Sie nahm den Lollipop aus dem Mund und rief ein ungarisches Wort, ich konnte nichts damit anfangen. Der Schnurrbärtige hatte seine Hand jetzt unter den Rock seines Mädchens geschoben, doch das Kind versuchte, sich ihm zu entziehen. Da trat der Mann, der die beiden in den Raum geführt hatte, hinzu und versetzte dem Mädchen einen Schlag hinters Ohr. Das Kind verzog den Mund, als würde es losheulen, da holte der Mann nochmals aus, das Mädchen verschluckte sich und begann heftig zu husten. Ich klemmte den Dozenten zwischen Rollstuhl und Theke ein und verhinderte so, daß er auf den Schläger losstürmte.

Währenddessen zwang der Schnurrbärtige sein Mädchen, zwischen seinen Beinen niederzuknien. Die übrigen Männer traten näher, dadurch war mir die Sicht verstellt.

»Was macht er«, fragte ich den Dozenten.

»Er schminkt sie«, sagte er tonlos, »er schminkt sie wie eine Prostituierte.«

»Und das zweite Mädchen?«

»Kriecht mit hochgeschobenem Rock auf allen vieren vor einem anderen Mann hin und her.«

»Fahren Sie mich näher«, sagte ich. Als ich die Szene wieder überblicken konnte, sah ich, daß der Spitzbauch eben dabei war, einen Dildo mit Öl einzufetten. Sein Mädchen, dessen Unterkörper nun nackt war, schaute interessiert zu. Ich spürte, wie die Finger des Dozenten sich in meine Schulter bohrten. Der Spitzbauch zerrte das Mädchen auf das Podest und drückte es auf den Rücken. Prüfend betrachtete er das glänzende Gerät. Das Mädchen lag stumm da und preßte die Beine zusammen. Wieder schoben einige Männer sich vor mich. Ein Schmerzensschrei gellte durch den Saal. Ich fuhr zur Theke zurück, bestellte ein Glas Wasser und verlangte auf der Stelle den Boß zu sprechen.

Der Barkeeper kam hinter der Theke hervor und wechselte ein paar Worte mit dem abseits sitzenden Glatzkopf, worauf der sich erhob und lächelnd näherschlurfte.

»Ich hoffe, Sie fühlen sich bei uns wohl«, sagte er und blickte zur Seite.

»Sagen Sie dem Schwein, daß wir an Videos interessiert sind, vielen Videos, und fragen Sie den Wichser, ob er liefern kann.«

Widerwillig wiederholte der Dozent das Gesagte.

»Wie viele Videos?« fragte der Mann verunsichert. Wieder konnte er sich nicht entscheiden, wen er anschauen sollte, und er löste das Problem wie die meisten in seiner Lage: er sah zu Boden.

»Sagen Sie dem Arschloch: Zehntausend fürs erste. Tiere, Gruppensex, Sado-Maso. Aber nur mit Verkrüppelten oder Idioten.«

Der Dozent assistierte, und der Glatzkopf antwortete erschrocken – und mich dabei ansehend –, so viel könne er nicht liefern, er verfüge nur über ein paar deutsche Spezialvideos. Ob ich denn wisse, wie teuer ein solches komme?

Er solle ihm erklären, daß der Preis von der Stückzahl abhängen werde, zumindest seien unsere Auftraggeber davon überzeugt, wies ich den Dozenten an.

Der Glatzkopf ließ sich vom Barkeeper Papier und Bleistift reichen und kritzelte, auf die Theke gestützt, ein paar Worte auf einen Zettel. Er schob ihn mir zu. SZÉPÁSSZONVÖLGYI. HERR ATTILA, stand da zu lesen. Ich solle morgen am Abend zur angegebenen Adresse fahren, man werde uns erwarten und an einen Ort führen, an dem unsere Wünsche befriedigt würden.

Ich spielte den Unwissenden und fragte, wo der Ort liege. Ich kannte das Liebfrauental oder Szépásszonvölgyi sehr wohl; es lag auf der anderen Seite der Töröklaker Hügelkette. Nirgendwo in Ungarn wird auf so kleinem Raum so viel gesoffen.

»Achtzig Kilometer von Budapest entfernt, in Eger«, sagte der Mann. Über die Autobahn seien wir in einer Stunde dort. Wir würden Herrn Attila in der ersten Weinstube finden, er arbeite dort als Musiker. Und nun mögen wir ihn entschuldigen, er habe zu arbeiten.

Er zog sich zurück und übernahm wieder die Moderation des Programms. Die Mädchen wurden von ihm aus dem Raum geführt; sie wirkten wie in Trance. Die Männer holten sich Getränke und setzten sich. Niemand sprach. Der Manager ging von Besucher zu Besucher und kassierte. Uns ließ er ungeschoren. Es folgte wieder ein Film, er zeigte geistig behinderte Knaben, die nackt in einer Dusche herumtollten und einander an die Geschlechtsteile faßten. Danach wurde ein Streifen vorgeführt, der homosexuelle Praktiken an den Knaben zum Inhalt hatte. Die Männer trugen Gesichtsmasken. Schließlich erschien ein Standbild, das die Titel der gezeigten Filme auflistete. Der Barkeeper verteilte Papierbögen, in die man Vorschläge und Bestellungen eintragen konnte.

Ich wendete den Rollstuhl. Der Manager rief uns Wünsche für eine gute Reise nach.

Der narbengesichtige Türsteher ließ es sich nicht nehmen, mich die Treppe hinaufzutragen. Der Dozent war damit nicht einverstanden, aber ich unterband jede Diskussion, indem ich mich an den Mann klammerte. Während des Transports hielt ich, um der Alkoholfahne zu entgehen, den Atem an.

Auf dem Weg zum Wagen wechselten der Dozent und ich kein Wort, ich spürte, daß er unter Schock stand, und überlegte fieberhaft, wie ich ihm helfen könnte, mir fiel aber nichts anderes ein, als ihn nach der Zeit zu fragen. Der Dozent antwortete nicht, er lief nur mit steifen Beinen neben mir her, und als wir im Wagen saßen und losfuhren, holte er seinen Computer hervor und schrieb.

Heute die abscheulichste Darbietung meines Lebens gesehen. Behinderte als Sexualobjekte perverser Wüstlinge.

G. ist nur auf der Suche nach seiner »Story«, das Schicksal seiner Leidensgenossen läßt ihn kalt. Ich habe keine Ahnung, wie es jetzt weitergehen soll; über das, was ich gesehen habe, kann und will ich jedenfalls nicht forschen.

Ob die Polizei eingreifen würde? Vielleicht steckt die mit den Verbrechern unter einer Decke?

Sex mit Tieren! Und G. entschuldigt das mit dem Hinweis auf die Marktwirtschaft. Jetzt verstehe ich Giordano, er hat recht: G. ist ein gefühlskaltes Monstrum. Wenn es sein muß, rollt er über Leichen.

IX

Übernachtung in Szentendre.
Die Vorzüge russischer Hilfsmittel

»Wohin fahren wir?« fragte der Dozent, als wir schon einige Zeit auf der Schnellstraße nach Westen unterwegs waren.

»Nach Szentendre«, erwiderte ich, »wir übernachten in einem Motel. Anderswo bekommen wir um diese Zeit kein Zimmer; es sei denn, Sie zahlen eine Nacht im Budapester Hilton.«

Das Motel lag im Ortszentrum von Szentendre an einem Donauarm. Der Eingang war nur über mehrere Stufen erreichbar, von einer Rampe oder einem Hinweis auf einen Behinderteneingang an der Rückseite des Gebäudes war nichts zu sehen. Der Dozent half mir über die Stufen in die Empfangshalle. Im Restaurant spielte eine Kapelle Salonmusik, zu der sich einige Paare auf dem Parkett drehten. Wir läuteten nach dem Concierge. Es dauerte, bis ein Mann mit einem steifen Bein sich von einem Tisch hochstemmte und zum Empfangspult hinkte. Umständlich händigte er mir einen Schlüssel aus. Das Zimmer war im zweiten Stock.

»In diesem Geschoß haben Sie nichts frei?« fragte ich.

Der Concierge schüttelte den Kopf.

»Gibt es denn hier keinen Lift?« fragte der Dozent.

»Nein«, sagte der Mann, »nur eine Treppe.«

Eine großgewachsene, junge Frau mit schwarzem Pagenkopf verließ das Restaurant, sie kam direkt auf den Dozenten zu und fragte nach der Uhrzeit. Es sei zu spät, sagte ich, sie könne sich aber auf der Treppe nützlich machen, ich müsse in den zweiten Stock. Er schaffe das schon allein, wehrte der Dozent ab. Ich würde mich aber besser fühlen, wenn die Dame mithelfe, beharrte ich.

Der Dozent zog mich rückwärts über die Stufen, die Frau sicherte die Fußstützen. Ich verminderte die Neigung des Rollstuhls und rückte dadurch mit dem Gesicht näher an das Dekolleté, was die Frau nicht zu stören schien. Der Dozent aber wurde dadurch verunsichert und strauchelte. Ich stützte mich am Handlauf ab, bis er sich wieder gefangen hatte.

»Mein Begleiter ist nicht sehr trittsicher«, sagte ich zu der Frau. Sie lächelte. Oben angelangt warf sie dem Dozenten einen Blick zu, in dem Neugier und Verachtung sich mischten, und stieg dann die Treppe hinunter.

Der Dozent stellte seine Tasche aufs Bett und trat auf den Balkon. Dort stand er lange, ohne sich zu regen. Ich ließ ihn mit sich allein. Immerhin schaute er auf den Donauarm – ich hoffte, daß sich dadurch wenn schon nicht sein Geist, so zumindest sein Gemüt beruhigen würde.

Nach einer halben Stunde kehrte er ins Zimmer zurück, packte das Notebook aus und schloß es an die Telefonleitung an. »Welche Botschaft soll ich übermitteln?« fragte er knapp.

Ich diktierte: »Fahre morgen nach Eger – stop – Roebling fast gefunden – stop – verständigen Sie Foreign Office und NATO – stop – 40 000 Zeichen Bedingung – stop.«

»Sie müssen nicht im Telegrammstil reden; E-mail wird nicht nach Wörtern bezahlt, sondern nach der Übermittlungszeit«, erklärte der Dozent.

»Also doch nach Wörtern«, sagte ich und fügte hinzu: »Schreiben Sie noch: Letzte Grüße.«

»Was meinen Sie mit: Letzte Grüße?«

»Vielleicht gelingt es mir, Giordano dadurch einen

Schreck einzujagen, vielleicht gesteht er mir in der Aussicht auf einen posthumen Artikel mehr Zeichen zu.«

Der Dozent arbeitete konzentriert. Nach einiger Zeit schüttelte er den Kopf und lehnte sich zurück. »Haben Sie schon eine Antwort?« erkundigte ich mich.

»Ich komme nicht ins Netz«, sagte er. »Vielleicht ist die Leitung überlastet. Ich werde es morgen in der Früh noch einmal versuchen.«

»Es ist wichtig, daß Giordano weiß, wo wir sind.«

»Sie brauchen mich nicht ständig daran zu erinnern«, erwiderte der Dozent, legte sich aufs Bett und blätterte in einem Buch. Ich durchsuchte meine Reisetasche und entnahm ihr einen großen Vibrator. Nachdem ich drei Batterien eingelegt hatte, ertönte ein Geräusch, das an eine Kreissäge erinnerte. Der Dozent erschrak.

»Keine Angst, das ist nur ein Vibrator«, beruhigte ich ihn. »Giordano hat ihn mir zur Probe überlassen. Das Gerät ist in einer Klinik in Rostow am Don eigens für querschnittgelähmte Männer entwickelt worden. Die extrem starken Schwingungen sind eine Masturbationshilfe. Mit dem Ding spritzt auch ein Toter ab.« Ich wikkelte den Vibrator in ein Handtuch und steckte beides in meine Hose.

»Nach allem, was Sie heute gesehen haben, haben Sie die Stirn und fangen vor meinen Augen an zu masturbieren!?« rief der Dozent.

Den Lärm des Vibrators überschreiend klärte ich den Dozenten darüber auf, daß ich nicht zum Spaß masturbierte, sondern weil Giordano mir den Auftrag erteilt hatte, einen Praxistest des neu entwickelten Hilfsmittels durchzuführen und einen fünftausend Zeichen langen Artikel darüber zu schreiben.

»Um Himmels willen, so schalten Sie doch diese Teufelsmaschine ab!« schrie der Dozent und hielt sich die Ohren zu.

»Sie meinen, den Spezialvibrator für querschnittgelähmte Männer ›Rotor III‹?« schrie ich zurück, holte das Gerät aus der Hose, schüttelte die Batterien aus der Halterung und bewunderte die Genialität der Konstrukteure, auf einen Einschaltknopf zu verzichten. »Die Vibrationen sind hervorragend«, sagte ich, »aber er wird zu heiß. Da holt man sich ja Verbrennungen.« Ich wickelte den Vibrator aus dem Handtuch und betastete die glühende Spitze. Dann schaute ich nach, ob ich mich verbrannt hatte.

»Verletzt?« fragte der Dozent.

»Gottseidank, nein.«

»Kommen Sie, ich nehme Ihnen die Waffe ab«, sagte er und legte das Gerät zum Abkühlen auf den Balkon. Dann wollte er wissen, welche Klinik solche Hilfsmittel herstelle. Die Betriebsklinik eines in Konkurs gegangenen Rüstungskombinats, erwiderte ich. Die Ingenieure hätten sich mit den Ärzten zusammengetan und diese gefragt, welche Nischen am kapitalistischen Markt noch frei seien. Nach langem Forschen sei man auf die Idee gekommen, langlebige und formschöne Sexualhilfsmittel für behinderte Menschen herzustellen. Das Ziel sei, durch hohe Stückzahlen die Produktionskosten zu senken und so den Profit vor Steuern zu maximieren. Die Leute hätten ihre Lektion in Kapitalismus gelernt.

»Es gibt keinen Profit vor Steuern«, sagte der Dozent, »es gibt nur einen Gewinn nach Steuern. Vor Steuern gibt es nur ein Ergebnis aus ordentlicher Geschäftstätigkeit.«

Da es in Rußland aber keine ordentliche Geschäftstätigkeit gebe, sei der Profit vor und nach Steuern gleich hoch, widersprach ich.

Der Dozent erkundigte sich, was der Betrieb in Rostow vor dem Zusammenbruch des Kommunismus produziert habe. Rostow am Don, unterbrach ich ihn. »Ein großartiger Strom, breit wie ein Meeresarm, und in seinen Auen laichen Störe.«

»Sie waren sicher oft in der Sowjetunion zur Schulung«, vermutete der Dozent.

»Kein einziges Mal«, erwiderte ich. »Aber die Losung ›Kommunist sein heißt die Sowjetunion lieben‹ hat mir sofort eingeleuchtet. Da ich die Sowjetunion immer schon ihrer vielen Flüsse und der regen Binnenschiffahrt wegen liebte, ist mir auch die Liebe zum Kommunismus nicht schwer gefallen. Weil die Flüsse der UdSSR aber größtenteils in unwirtlichen Regionen liegen, fuhr ich lieber nach New York und studierte dort den verhaßten Systemfeind.«

Er glaube, daß meine Liebe zur Sowjetunion mit meiner Liebe zu Ildiko zusammenhänge, sagte der Dozent. Seiner Meinung nach neigte ich zu unrealistischen, unerfüllbaren Liebesbeziehungen. Das könne stimmen, antwortete ich, obschon ich als Vulgärmaterialist schon von Gesetzes wegen ein entschiedener Gegner von platonischen Liebesverhältnissen sei. Die Wendung »von Gesetzes wegen« sei in diesem Zusammenhang fehl am Platz, korrigierte der Dozent, schließlich handle es sich bei Liebesbeziehungen nicht um Gesetze. Das sei ein Irrtum, entgegnete ich. Im Vulgärmaterialismus habe man es immer mit Gesetzen zu tun, mit gesellschaftlichen, ökonomischen oder mit Gesetzen der Liebe, die ja auch nur eine Spielart der gesellschaftlichen Arbeit darstelle.

»Erzählen Sie mir lieber, was die Fabrik in Rostow vor ihrer Hinwendung zu zivilen Produkten hergestellt hat«, forderte der Dozent mich auf.

»Kampfhubschrauber der Typen ›Rotor I und II‹«, sagte ich. »Der Vibrator ›Rotor III‹ ist ein Produkt der Umstellung von Rüstungs- auf Friedensproduktion.«

Der Dozent schlüpfte ins Bett und schlug sein Buch auf.

»Was lesen Sie da?« fragte ich nach einer Weile.

»Kant. Kritik der reinen Vernunft«, entgegnete er.

»Können Sie ohne Kant nicht einschlafen?«

»Nach einem Tag wie dem heutigen: Nein.«

Unser Gespräch wurde von einem heftigen Wortwechsel, den ein Mann und eine Frau sich im Garten lieferten, gestört. Der Dozent wollte nachsehen, doch ich hielt ihn zurück.

»Eine Geschäftsbesprechung, das geht uns nichts an«, sagte ich. »Ein Freier will nicht zahlen, weil die Dienstleistung nicht das gewünschte Resultat erbrachte, und die Dame rechtfertigt sich damit, daß sie ihr Möglichstes versucht habe.«

Der Dozent wandte mir den Rücken zu. Während er las, betrachtete ich den langsam abkühlenden Vibrator, und noch lange nachdem der Dozent das Licht abgeschaltet hatte, schaute ich auf den Flußarm hinaus.

Am nächsten Morgen erwachte ich müde und zerschlagen. Der Dozent war nicht mehr im Zimmer. Sein Bett war geglättet, und das Notebook lag nicht mehr auf dem Tisch. Ohne die Hose überzustreifen, hielt ich auf dem Balkon Nachschau. In der Nacht hatte es geregnet, auf den Wegen standen Pfützen, und über der Sandbank des Donauarms hingen Nebelschwaden. Von der Donau tönte schwach das Signalhorn der Vácer Fähre. Der Dozent stand unter einer Trauerweide und absolvierte Tai-Chi-Übungen.

Kurze Zeit später, ich hatte mich gerade für die Rasur eingeseift, hörte ich wütendes Hundegebell und die Stimme eines Ungarn, der vergeblich versuchte, seine Hunde einzufangen. Und ich hörte die Stimme des Dozenten, der um Hilfe rief. So schnell ich konnte fuhr ich auf den Balkon. Die Hunde jagten den Dozenten um die

Trauerweide, der Ungar lief den Tieren hinterher und schrie aus Leibeskräften. Ich griff nach dem Vibrator, legte die Batterien ein und rief dem Dozenten zu, er solle unter den Balkon laufen. Er konnte den Vibrator aber nicht fangen, und so prallte das Gerät auf einer Blumenschale auf. Das Ende eines Prototyps, dachte ich, aber zu meiner Verblüffung verdoppelte sich der Lärm des Vibrators. Der Dozent stellte sich über das heulende Gerät, die Hunde jaulten auf und krochen mit eingezogenem Schwanz rückwärts, sie krümmten und verrenkten sich und pißten und koteten in Todesangst. Der Hundebesitzer brüllte auf den Dozenten ein, er solle das Gerät abstellen, der Dozent aber hob den Vibrator vorsichtig auf und ging, das Gerät mit der rotglühenden Spitze wie einen Dolch haltend, auf den Hundebesitzer zu. Der zerrte die wahnsinnig gewordenen Hunde aus der Gefahrenzone und flüchtete mit ihnen auf dem Damm.

»Wie stellt man den Motor ab?« rief der Dozent.

»Drehen Sie den Schraubverschluß an der Rückseite«, rief ich zurück.

»Unmöglich, dazu ist das Ding viel zu heiß!«

»Stecken sie ihn in die Blumenschale, das hilft sicher.«

»Als Masturbationshilfe ist er gesundheitsgefährlich«, sagte ich, als der Dozent wenig später ins Zimmer trat und den abkühlenden Vibrator zurückbrachte, »aber als Abschreckungswaffe leistet er gute Dienste. Die russischen Ingenieure verstehen eben ihr Fach. Ich werde das in meiner Kritik besonders hervorheben. Haben Sie Giordano heute morgen benachrichtigt?«

Er bekomme keine Verbindung. Es liege aber nicht an ihm, sondern am Netz, fügte er schnell hinzu.

»Ich pfeife auf das Internet«, sagte ich, »und es ist mir egal, ob ein technisches Gebrechen oder eine Sonnenfinsternis die Übertragung vereitelt, Tatsache ist, daß der vielgerühmte Datenhighway eine zivilisatorische Sackgasse ist. Die Sowjetunion hätte das Internet längst eingeführt, wenn sein Gebrauchswert erwiesen wäre.«

Die Sowjetunion habe es nicht einmal zu einem funktionierenden Fernsprechnetz gebracht, höhnte der Dozent, als wir auf den Gang fuhren und uns für die Treppe bereitmachten. Dafür sei sie als erste auf dem Mars gewesen, mit einem Hund namens Sputnik, sagte ich und kippte den Rollstuhl. Der Dozent antwortete nicht, er konzentrierte sich auf die Treppe.

Wir zahlten und stiegen in den Wagen. Vor der Abfahrt umrundete ich noch einmal das Motel, weil ich hoffte, eines der Schutenentleerer ansichtig zu werden, die den Verkehr zwischen einem Steinbruch und der Straßenmeisterei von Nagymaros bedienten. Von den Schiffen war aber nichts zu sehen.

G.s Kommunismus. Peinliche Attidüde eines Wirrkopfs, der sich im Grunde seines Herzens (braucht ein Herz einen Grund, oder ist es nicht das Wesen des Herzens, grundlos zu agieren? Darüber später) nur für die Binnenschiffahrt interessiert. Das ist das Holz, aus dem in totalitären Staaten Mitläufer geschnitzt sind. Eine harmlose Marotte, und schon glauben sie sich einmalig.

Eine Masturbationshilfe als Waffe gegen streunende Hunde! Weit ist es mit der Linken gekommen.

Der Ärger mit dem Internet ist Wasser auf die Mühlen G.s, der, ganz klassischer Spießer, sich in Technikfeindschaft gefällt.

Wenn ich Mama nicht bald eine Postkarte schicke, brauche ich gar nicht nach Hause kommen.

X

Erinnerung an eine gewonnene Wette in Acsa und Klage über eine verspielte Liebe in Gyöngyös

Wir fuhren ein Stück donauaufwärts, tankten und überquerten den Donauarm bei Tahitótfalu. Im Dorf blieb ich stehen und kaufte für das Frühstück ein. Nach wenigen Kilometern Fahrt durch Viehweiden und abgeerntete Maisfelder gelangten wir an die Vácer Fähre am Hauptstrom. Sie verkehrte zu jeder vollen Stunde, wir hatten noch reichlich Zeit und packten das Frühstück aus. Ich schnitt frisches Weißbrot und legte die Scheiben auf die Motorhaube.

»Das gibt einen feinen Toast«, sagte ich.

Das Frühstück bestand weiters aus fetter Touristensalami, speckiger Kabanossi, slowakischem Räucherkäse, einer Flasche Villányi Pinot Noir und Knoblauch. Der Dozent sprach den Speisen mit großem Appetit zu, kritisierte aber, sie seien zu fett, schwer verdaulich und insgesamt der Gesundheit abträglich. Ich ärgerte mich darüber so sehr, daß ich das Faible des Dozenten für gesunde Kost mit dem Fortleben nazistischer Denkweisen verknüpfte.

Nichts widere mich mehr an als gesundheitsbewußte SSler, die noch in fortgeschrittenem Alter sportliche Höchstleistungen erbrächten und ihren Körper als Beispiel für den Triumph des Willens über den Geist ausstellten, sagte ich und fügte hinzu, daß ich auch menschlich von ihm enttäuscht sei; denn ich müsse nun einsehen, daß er sich ebenso in die verbrecherische Reihe von Rohköstlern und Dunkelmännern einreihe wie seine Eltern.

»Wer ist ein Rohköstler und Dunkelmann«, rief der Dozent empört.

»Hitler war Rohköstler«, erwiderte ich, »und er umgab sich mit den Schwarzkitteln der SS.«

Ich solle endlich aufhören, ihn für seine Eltern verantwortlich zu machen, sagte der Dozent ärgerlich. Das sei Sippenhaftung, und folglich sei ich nicht besser als jene, die ich attackierte.

»Faktum ist, daß Sie mit Ihren Eltern nicht gebrochen haben«, widersprach ich. »Sonst würden Sie den braunen Unsinn von der gesunden Ernährung eines deutschen Herrenmenschen nicht mitmachen. Ein niedriger Cholesterinspiegel für den Führer! Verliere Gewicht für das Reich! Jedes Gramm Fett schwächt die Abwehrkraft! Und wie die braunen Parolen alle lauten, die jetzt von manchen Grünen nachgebetet werden. Mein Körper ist kein Sturzkampfbomber, mein Blutdruck nicht kriegswichtig. Also genieße ich die fetten ungarischen Würste und trinke dazu so viel Rotwein, wie ich will. Ich bin auch kein Wasserwanderer, wie die Nazis die Faltbootfahrer tauften, ich paddle nur. Und ich schreibe keine Zeile für Zeitschriften, deren Chefredakteur sich ›Schriftleiter‹ nennen läßt, als würde sein Organ von der Reichsschrifttumskammer herausgegeben.«

Es sei unter seiner Würde, sich mit diesem Unsinn zu befassen, meinte der Dozent. Lieber werde er sich die Beine vertreten. Er inspizierte ein verfallenes hölzernes Salettl, das auf einer unterspülten Uferböschung über dem Fluß hing. Ich beobachtete die Passage des ungarischen Werkstattschiffs »Jegtörö VII« und eines holländischen Luxusliners, der neogotisch gestylten »Erasmus«. Die Fähre befand sich in der Mitte des Stroms, es war die »Árpád«, eine der größten Motorfähren auf der Donau, sie konnte bis zu tausend Passagiere aufnehmen. Sie näherte sich unserer Uferseite mit hoher Geschwindigkeit. Ich sah den Dozenten auf der asphaltierten Fährenauffahrt umhertanzen und rief ihm zu, er solle zur Seite gehen, aber er hörte nicht auf mich.

»Springen Sie!« brüllte ich. Vor dem Aufsetzen würde die Rampe wie eine überdimensionale Sense über den Asphalt schleifen. Im letzten Moment, die Rampe senkte sich bereits, sprang ein struppiger Hund mit einem mächtigen Satz an Land und vertrieb den Dozenten mit wütendem Gebell aus der Gefahrenzone. Dann trottete der Hund zu mir und verlangte mit einem selbstbewußten Blick Belohnung. Bereitwillig arrangierte ich etwas Wurst und Brot für ihn.

»Ich dachte, Sie verabscheuen Hunde«, sagte der Dozent, der nähergekommen war.

»Das ist kein Hund, sondern ein Mensch«, erwiderte ich, »und er heißt Bruno.« Zumindest was den Hund anging, hatte Imre also nicht gelogen, dachte ich.

»Gibt es für Sie denn keine andere Möglichkeit, Hunde zu akzeptieren, als sie zu Menschen zu machen?«

»Nein«, sagte ich. »Das Aufspüren von menschlichen Zügen ist in der Tat die einzige Möglichkeit, sich mit einem Tier einzulassen. Im übrigen sollten Sie Bruno dankbar sein, er hat Ihnen das Leben gerettet.«

»Übertreiben Sie nicht«, wehrte der Dozent ab. »Ich hatte die Situation im Griff.«

»Das war nicht zu übersehen. Was haben Sie eigentlich am Wasser gesucht?«

Er sei von dem Schloß am anderen Ufer fasziniert gewesen, schwärmte der Dozent. Ein großartiges Gebäude; es sehe aus, als habe ein Zuckerbäcker sich verewigt. Unter den Habsburgern und unter Hórthy seien dort die Revolutionäre eingesessen, erwiderte ich. Mein Urgroßvater väterlicherseits sei bei ihnen gewesen.

»Selbstverständlich«, sagte der Dozent. »Ihr Vorfahre war sicher ein namhafter Revolutionär.«

»Unsinn«, erwiderte ich. »Er war Gefängniswärter.«

In Vác sprang Bruno wieder als erster von der Fähre. Er schaute sich unter den Passagieren um und lief zwischen den Autos hin und her. Die Sonne hatte den Dunst aufgelöst, der wie Watte über dem Strom gehangen war, sie brannte auf die anfahrenden Autos und die Fußgänger nieder. Der Dozent würde dafür sicher das Adjektiv »unbarmherzig« verwenden, dachte ich bei mir, mußte mich aber eines Besseren belehren lassen, als er die Sonne »gnadenlos« nannte. Ich überwand die Enttäuschung aber schnell und freute mich über das nagelnde Motorgeräusch eines uralten Škoda Felicia.

»Würden Sie die Freundlichkeit haben, mir beim Öffnen des Daches zu helfen«, forderte ich den Dozenten auf.

»Wo soll ich es anfassen? Ich fürchte, daß die Flicken sich auflösen.«

»Fangen Sie vorne an«, erwiderte ich und entriegelte den Hebel am Fahrzeughimmel.

Der Dozent plagte sich redlich. »Es geht nicht, die Scharniere sind verrostet. Wann wurde das Dach denn zum letztenmal geöffnet?«

»Vergangenen Herbst«, sagte ich. »Von einem Einbrecher.«

»Erstaunlich, daß jemand auf die Idee kommt, in dieses Auto einzubrechen.«

Der Mann habe einen Platz zum Schlafen gesucht, erwiderte ich. Endlich hatte der Dozent den Verschluß geöffnet. Er rollte das Dach auf und befestigte es mit einem Gummiband. Bruno beschnüffelte den Dozenten und setzte sich anschließend in Richtung Fährbuffet ab, wo er sich im Schatten eines Sonnenschirms zu Boden warf.

Ich scheue mich, es niederzuschreiben, aber G. ist rechthaberisch bis zur Blödheit. Er verteidigt altösterreichische Ausdrücke und spricht das Wort »Demokratie« wie ein Adeliger als »Democracie« aus. Sein Gemüt, das steht für mich fest, ist barock, seine Denkweise bolschewistisch – G. ist folglich ein Barockbolschewik. Ein Mensch, der zwei untergegangene Epochen in sich vereint und von beiden das Schlechteste übernommen hat: vom Barock die Zügellosigkeit und vom Bolschewismus das Kasernendenken. Vielleicht sollte man aber sowohl das Barock als auch den Bolschewismus vor ihm in Schutz nehmen; seine Auffassung von beiden ist nämlich nur vulgär.

Wiederum bestätigt sich mein Befund, daß G. eine unreife Persönlichkeit ist, die so tut, als sei Behinderung ein Entschuldigungsgrund für menschenfeindliches Verhalten. Wer ständig von der Zivilisation schwärmt, ist doch selbst nur ein Barbar.

Umso wichtiger, daß ich den Überblick behalte. G. weiß gar nicht, wie sehr er in Wahrheit auf mich angewiesen ist.

Fette Würste und Rotwein zum Frühstück. Kein Wunder, daß man an jeder Straßenecke Opfer von Schlaganfällen trifft.

Bin neugierig, was G. in Eger vorhat. Würde am liebsten die Polizei einschalten.

Auf der Fahrt nach Eger war der Dozent einsilbig und in sich gekehrt; das Erlebnis in der Peep-Show schien ihn noch zu beschäftigen. Er wurde erst gesprächiger, als er seine Arbeit wieder aufnahm. Er fragte mich, ob ich Eger und die angegebene Adresse kennen würde. Das Liebfrauental befinde sich westlich der Stadt, sagte ich, Heerscharen von Touristen würden dort nach der Besichtigung der Burg mit Wein abgefüllt und ruhiggestellt. Der Dozent wollte wissen, ob das Tal wirklich so lieblich sei, wie der Name vermuten lasse.

»Wo denken Sie hin! Das Liebfrauental ist ein Canyon in Lößhügeln, eine Schlucht, in deren Wände eine Unzahl von Weinkellern getrieben wurde. Die Gegend ist so lieblich wie Ihre Mutter.«

Die Straße führte über sanfte Hügel, die immer wieder den Blick auf das Matra- und das Cserhát-Gebirge freigaben. Da nur spärlicher Verkehr herrschte, fixierte ich den rechten Fuß auf dem Gaspedal und lenkte bei gleichbleibend hoher Geschwindigkeit durch die Kurven.

»Warum fahren wir so schnell?« fragte der Dozent.

»Weil ich den Fuß auf das Gaspedal gestellt habe.«

»Ihre Fahrweise wird noch einmal böse Folgen haben.«

»Spielen Sie nicht Orakel, schauen Sie lieber nach, wo wir sind.«

Der Dozent entfaltete die Karte.

»Wenn Sie die Karte noch weiter ausbreiten, sehe ich die Straße nicht mehr«, sagte ich. »Dann könnte Ihr Orakelspruch sich bewahrheiten.«

»Entschuldigung«, sagte der Dozent und zog die Karte auf seine Seite. »Wir sind knapp vor einer Ortschaft namens Acsa.«

»Wunderbar, dort werden wir Kaffee trinken.« Ich scherte aus, um in einer unübersichtlichen Kurve ein Pferdegespann zu überholen. In diesem Moment kam ein Lastkraftwagen auf uns zu, der ebenfalls viel zu schnell unterwegs war. Ich verriß das Lenkrad, der Lkw wich auf die Bankette aus. Der Dozent hatte sich umgedreht, der Laster sei auf eine Böschung aufgefahren, rief er.

»Selber schuld«, sagte ich, »was fährt er auch so schnell.«

»Wieso haben Sie denn nicht gebremst?«

»Es hätte nichts genützt. Ich habe ja den Fuß auf dem Gaspedal; so schnell kriege ich den nicht weg, da brauche ich beide Hände dazu.«

In Acsa steuerte ich ein kleines Café am Hauptplatz an. Das Lokal stand auf einem Erdwall und war nur über mehrere Stufen zu erreichen.

»Warum wollen Sie gerade in dieses Buffet? Am Ende des Platzes sehe ich ein Gasthaus, und es hat den Anschein, als gebe es dort keine Stufen«, sagte der Dozent.

»Ich werde meinen Kaffee hier trinken, weil ich genau hier vor zwanzig Jahren eine glückliche Stunde verbracht habe«, sagte ich und steuerte die Böschung an.

Als wir in der Mitte der Treppe angelangt waren, kam uns der Wirt zu Hilfe; er übernahm die Fußstützen und half uns über die letzten Stufen. Ich war verblüfft, wie schnell er unser beider und den Rhythmus der Treppe aufgenommen und sogar ein klein wenig beschleunigt hatte, was mir sehr recht gewesen war, weil ich das Tempo des Dozenten ohnedies als zu niedrig empfunden hatte.

Wir nahmen an einem Tischchen vor dem Lokaleingang Platz, und ich setzte mich so, daß ich die Straße bequem überblicken konnte. Dazu wechselte ich auf einen kleinen Plastiksessel, der Dozent wachte besorgt darüber, daß ich nicht abrutschte. Ich bestellte einen *dupla fekete* und freute mich, als der Wirt die Bestellung mit einem Nicken entgegennahm. Der Dozent orderte koffeinfreien Kaffee; der Wirt verstand ihn aber nicht. »Nincs«, sagte er, als der Dozent die Bestellung wiederholte.

»Gibt es nicht«, übersetzte ich. »Auf dem Land bekommen Sie keinen koffeinfreien Kaffee; entweder Sie trinken etwas Ordentliches oder gar nichts.« Daraufhin bestellte der Dozent ebenfalls einen *dupla fekete*.

Der Wirt servierte die beiden Getränke in den klassischen konischen Wassergläsern. Ich ließ drei Stück Würfelzucker in das Glas gleiten, rührte um, schürzte genießerisch die Lippen und führte das Glas an den Mund.

Der Dozent hatte den Zucker beiseite geschoben; er nahm einen kleinen Schluck und verzog angewidert das Gesicht. »Ist er nicht wunderbar«, fragte ich. »Der große Geschmack einer vergangenen Zeit. Einer guten Zeit«, fügte ich hinzu und gab mich meinen Gedanken hin, bis der Dozent mich bat, auch ihn ein wenig an der »guten Zeit« teilhaben zu lassen.

»Es ging um eine Wette«, sagte ich. »Ich hatte damals gerade die Schule abgeschlossen und kaufte mir von dem Geld, das ich während des Sommers im Stahlwerk verdient hatte, einen gebrauchten 2 CV. Und im September fuhr ich mit meiner damaligen Freundin nach Ungarn. Die erste große Reise im eigenen Wagen! Und das nach Ungarn, dem Land meiner Vorväter. Überflüssig zu sagen, daß das Wetter den ganzen Monat über traumhaft war. Wenn man verliebt ist, empfehle ich Ungarn im September. Damals kam das Land einem irdischen Paradies nahe: spottbillige Unterkünfte bei freundlichen Zimmervermietern, minimale Lebenshaltungskosten, überall Badeplätze, wenig Touristen. Ich habe einen ganzen Monat lang Wiener Schnitzel gegessen, *becsi szelet*, und das zweimal am Tag. In bester Erinnerung sind mir auch die luxuriösen Ausflugsschiffe auf Donau, Theiß und Plattensee. Das Kreuzfahrtschiff der ungarischen Gewerkschaften, ein sogenanntes *üdüllö hajó*, trug den poetischen Namen ›Socialista forradalom/Sozialistische Revolution‹; wie ein Pfeil durchpflügte es die Fluten der Donau.«

»Worum hatten Sie denn mit Ihrer Freundin gewettet?« fragte der Dozent.

»Ach ja, die Wette. Auf dem Weg nach Acsa waren wir bei einem Feld stehengeblieben und hatten Federball gespielt, ich war damals ganz verrückt nach diesem Sport, denn er kräftigte meine Beinmuskulatur, die durch Operationen geschwächt war. Meine Freundin wettete leidenschaftlich gern, wegen jeder Kleinigkeit, und sie bestand immer darauf, daß die Wettschulden eingelöst wurden. Sie wettete, daß wir bei dem Wind den Ball nicht öfter als neunundneunzig Mal hin und her spielen könnten, ich hielt dagegen. Mein Einsatz war eine Stunde Vorlesen aus Scholochows ›Neuland unterm Pflug‹, sie konnte nicht genug davon bekommen. Und ihrer war die Erlaubnis zum ersten normalen Geschlechtsverkehr.«

»Was heißt ›normal‹? Hatten Sie vorher nie miteinander geschlafen?«

»Doch«, sagte ich, »aber sie bot mir immer nur ihren Hintern dar. Obwohl ich Präservative benützte, war ihre Angst vor einer ungewollten Schwangerschaft so groß, daß sie ausschließlich Analverkehr gestattete. Sie können sich vorstellen, daß meine Sehnsucht, nach zwei Jahren Analverkehr auch woanders zum Zug zu kommen, groß war.«

»Eine ungewöhnliche Wette«, sagte der Dozent.

»Sie war auch ein ungewöhnliches Mädchen«, bekräftigte ich. »Dennoch wäre sie diese Wette nie eingegangen, wenn sie sich ihrer Sache nicht hundertprozentig sicher gewesen wäre. Hätte ein Ballwechsel einmal an die neunzig herangereicht, gestand sie später, hätte sie es schon so gedreht, daß im entscheidenden Augenblick ein Fehler passiert. Wir hatten zwar eigens vereinbart, daß Schummeln verboten war und mit dem Verlust der Wette bestraft werden sollte, aber wer will schon bei holprigem Untergrund und böigem Wind feststellen, welcher Fehler absichtlich zustandekommt und welcher auf die widrigen Bedingungen zurückzuführen ist?

Wir hatten schon lange gespielt, eine gute Stunde, und nie waren wir über dreißig Schläge hinausgekommen. Sie neckte mich schon die längste Zeit, es tue ihr leid, daß ich weiterhin mit ihrem Hintern Vorlieb nehmen müsse, ich solle mich für den Abend schon einmal damit abfinden, daß nur bereits bekannte Wege gegangen werden dürften. Da flaute während eines Ballwechsels der Wind ab, und schließlich trat völlige Windstille ein; der Ball flitzte hin und her, sechzig, fünfundsechzig, siebzig Mal. Sie hörte auf, mich zu hänseln, und spielte überlegen lächelnd weiter. Mißtrauisch geworden, ermahnte ich sie, ja keinen absichtlichen Fehler zu begehen, und konzentrierte mich ganz auf das Spiel. Fünfundsiebzig, achtzig. Ich solle mich nicht zu früh freuen, sagte sie, wir würden die Hundert doch nicht schaffen. Da waren wir aber schon bei fünfundachtzig angelangt. Ich bemühte mich, nur ganz sichere Bälle zu schlagen, und fühlte eine ungeheure sexuelle Erregung aufsteigen. Neunzig, zweiundneunzig. Sie preßte die Lippen aufeinander und schlug die Bälle nicht mehr mit der Schlägermitte, sondern mit dem äußersten Rand, in der Hoffnung, daß der Ball einmal das Holz treffen und für mich unerreichbar zu Boden fallen möge. Vierundneunzig, fünfundneunzig. Außerdem wechselte sie ständig zwischen langen und kurzen Bällen, sodaß ich gezwungen war, vor und zurück zu sprinten. Sechsundneunzig. Sie spielte einen extrem hohen Ball, und ich retournierte ihn mit einem artistischen Rückhandschlag. Siebenundneunzig. Sie schlug den Ball scharf in Richtung meiner Knie, doch ich katapultierte ihn wieder hoch. Achtundneunzig. Ich hielt den Atem an, sah ihre vor Angst geweiteten Augen, da strauchelte sie und stürzte, im Fallen warf sie den Schläger von sich und mußte mitansehen, wie der Ball, noch bevor der Schläger zu Boden fiel, von diesem getroffen wurde, zum neunundneunzigsten Mal, und zwei, drei Meter kerzengerade in die Höhe stieg, gute zehn Meter von mir entfernt. Mit einem Satz sprang ich dem Ball, der von einem Windstoß in meine Richtung getragen wurde, entgegen und warf auch meinen Schläger, und der traf den Ball wenige Zentimeter über dem Boden und beförderte ihn in ein benachbartes Weizenfeld. Dies sehend, stieß meine Freundin einen Schrei des Entsetzens aus und schlug die Hände vors Gesicht.«

»Und hier, in Acsa, tranken Sie daraufhin im Bewußtsein Ihres Sieges einen Kaffee«, sagte der Dozent.

»Einen *dupla fekete*«, bejahte ich. »Den besten meines Lebens.«

»Entschuldigen Sie die indiskrete Frage«, sagte der Dozent und nahm noch einen Schluck vom Kaffee, der ihm jetzt besser zu schmecken schien, »aber hat Ihre Freundin die Wettschuld eingelöst?«

»Selbstverständlich. Sie wußte, was sich für eine Spielerin gehört.«

Zur Feier des Tages nahm ich noch ein Glas *kékoporto* und einen zweiten *dupla*; der Dozent stand auf und wollte zum Wagen gehen, um seinen Laptop zu holen. Zu diesem Zweck mußte er an Josef vorbei, den ich vor der Treppe abgestellt hatte. Ich sah nicht genau, was passierte, jedenfalls strauchelte der Dozent über Josef und stolperte die Treppe hinunter.

G. rühmt sich sexueller Zügellosigkeit, eine bei Impotenten häufig anzutreffende Verbalkompensation. Die Geschichte von der Wette – die plumpe Kopie einer Episode aus Goethes Wahlverwandschaften.

Auch wenn G. behauptet, der Transfer vom Rollstuhl auf andere Sitzgelegenheiten sei ihm von den Ärzten empfohlen worden, weil es die optimale Sitzposition für Rollstuhlfahrer nicht gebe und das ständige Wechseln der Sitze sich für Rücken- und Gesäßmuskulatur als stimulierend erwiesen habe, glaube ich zu wissen, daß G., der ansonsten jeden ärztlichen Rat in den Wind schlägt, in Wahrheit mit seinen Sitzwechseln nur eines bezweckt: die Blockade der Gehenden. Mir ist aufgefallen, daß Josef –

Habe ich mich also auch schon an diesen Namen gewöhnt! WICHTIG: Begründung, warum die Verwendung dieses Namens in meiner Studie unvertretbar ist. (Näheres zur Begriffsklärung im Einleitungskapitel.)

Es fällt auf, daß G. Josef prinzipiell am ungünstigsten Ort abstellt. Wie oft sind schon Kellner und Restaurantgäste über Josef gestolpert oder an ihn gestoßen, was dem mieselsüchtigen G. immer wieder Gelegenheit gab, sich über die Menschheit zu erregen und mit atomarer Vernichtung im kommenden friedliebenden Sozialismus der besseren Art zu drohen. Der Befund ist klar: G. verwendet Josef als Rechtfertigung für seine Haßtiraden gegen Nichtbehinderte. Ein perfider Mechanismus! Solcherart glaubt er wohl, sich für sein Mißgeschick rächen zu können.

(Ist Behinderung ein Mißgeschick?)

Meine Studie wird immer mehr zu einem Psychogramm von G. Vielleicht ist das kein Nachteil, denn im Grunde ist er gar nicht so untypisch für seinesgleichen, und das genaue Studium eines einzelnen Behinderten enthüllt mehr von der Wirklichkeit des Lebens behinderter Menschen als allgemeine Vergleiche und Schlußfolgerungen. Kennst du einen, kennst du sie alle!

(Wenn G. das lesen würde! Er würde mich an die Wand nageln. Aber ich darf mich von unserer Freundschaft nicht korrumpieren lassen. Die Wissenschaft geht in jedem Fall vor. G. würde das sogar verstehen, so hoffe ich wenigstens.)

Nachsatz: G. pflegt einen Fahrstil, als hätte er nichts zu verlieren. Vielleicht hat er nicht einmal so unrecht, vielleicht hat er tatsächlich weniger zu verlieren als andere? Er sitzt ja bereits im Rollstuhl.

Vor der Weiterfahrt suchte ich die Sanitärräume auf und fand zu meinem Erstaunen eine geräumige Toilette vor. Ich ließ mir reichlich Zeit und erfreute mich an den funktionellen Haltegriffen und am tiefer gesetzten Spiegel. Als ich die Toilette verließ, traf ich den Dozenten im Schankraum. Es war ihm gelungen, eine Nachricht an Mister Giordano abzusetzen. Schon in Eger könnten wir eine Antwort erwarten. Ich war erleichtert; zwar mißtraute ich Giordano in politischen Fragen, in geschäftlichen Angelegenheiten aber konnte ich mich auf ihn verlassen. Es sei ganz einfach gewesen, antwortete der Dozent und erwähnte, daß der Wirt ihm bei der Herstellung der Verbindung behilflich gewesen war. Als wir gezahlt hatten und mit Hilfe des Wirts die Treppe in Angriff nahmen, wandte ich den Kopf und bemerkte neben dem Lokal einen elektrischen Rollstuhl, der mit der Rückseite zu uns stand. Ein dunkler Haarschopf überragte die hohe Lehne, er pendelte hin und her, und ich vermeinte auch eine Hand zu sehen, die durch die Luft fuchtelte. Laut, sodaß der Wirt es nicht überhören konnte, sagte ich am Fuß der Treppe: »Wo wir sind, ist Zivilisation.« Und ich verabschiedete mich von ihm mit Handschlag.

In Gyöngyös verloren wir eine halbe Stunde vor einem geschlossenen Bahnschranken. Ich wurde nervös und trommelte mit den Fingern auf das Lenkrad. Endlich ratterte der Zug vorbei, und wir fuhren in einer endlosen Kolonne weiter. Nach einer Brücke scherte ich aus und blieb neben einem Birkenwäldchen stehen.

»Warum halten wir?« fragte der Dozent, von seinem Computer aufsehend.

»Genau hier, an dieser Stelle, hatte ich den ersten großen Streit mit meiner Freundin«, sagte ich. »Wir hatten uns in Gyöngyös heillos verfahren, sie starrte verzweifelt auf die Straßenkarte und wußte nicht mehr weiter. Auch damals war Eger das Ziel, aber nirgendwo war eine Abzweigung mit dem Hinweis auf die Stadt zu sehen, stattdessen standen an jeder Kreuzung Wegweiser mit der Aufschrift ›Vasútállomás‹. Damals herrschte starker Verkehr, die sozialistische Wirtschaft stand 1977 in der Blüte, und ich konnte meiner Freundin nicht beim Suchen helfen, da ich mich aufs Fahren konzentrieren mußte. Ich bat sie, wenigstens die Stadt Vasútállomás ausfindig zu machen, vielleicht würde es von dort eine Straße nach Eger geben. Sie schüttelte nur den Kopf und wurde immer verzagter. Sie konnte die Stadt, deren Name an jeder Kreuzung auf großen Hinweisschildern stand, auf der Karte nicht finden. Irgendwann verlor ich die Geduld und fuhr sie an, sie sei wohl zu dumm, die Karte zu lesen. Wie vom Donner gerührt starrte sie mich an. Sie, die mich den ganzen Winter und das Frühjahr über jeden Sonntag in Wien im Spital besucht hatte, um vier Uhr früh aufgestanden war, um mit dem ersten Bummelzug in die Großstadt zu fahren, sie, die den ganzen Tag, ohne einen Bissen zu essen, an meinem Bett gesessen und mich mit angsterfüllten Augen angesehen hatte, dieses Mädchen, dessen Liebe grenzenlos war, kläffte ich an wie ein bissiger Köter, und sie warf die Karte zu Boden und duckte sich in den Beifahrersitz, während ich, vom Furor gepackt, das Gaspedal bis zur Bodenplatte durchtrat und wie ein Verrückter durch die Stadt raste.

Irgendwann war mein Zorn verraucht, und ich hielt an, hier vor dem Birkenwäldchen. Meine Freundin sprang aus dem Wagen und stürzte davon. Sie lief schnell und ausdauernd, ich humpelte hinterdrein, und ich war so wütend über mich selbst, daß ich hätte zerspringen können vor Scham und Zorn.

Schließlich fand ich sie. Sie saß am Ufer des Baches und weinte lautlos. Anstatt sie in die Arme zu nehmen, setzte ich mich neben sie. Unfähig, ein Wort zu sagen, unfähig zu einer Geste des Bedauerns, saß ich neben ihr und glotzte in das Wasser, und sie zitterte und weinte, und irgendwann, als ich begriffen hatte, daß alles verloren war, stand ich auf und ging weg.«

Ich setzte den Wagen wieder in Gang und reihte mich in eine lange Kolonne ein, die von einem tschechischen Schwertransporter angeführt wurde. Die Straße führte bergauf, der schneckengleich kriechende Lastwagen stieß übelriechende schwarze Wolken aus. Ein Wagen nach dem anderen überholte den Laster, ich aber machte keinerlei Anstalten vorzufahren.

»Eine schreckliche Geschichte«, sagte der Dozent und hustete, da der Qualm immer dichter wurde.

»Das Schlimmste geschah aber erst nach ein paar Stunden«, sagte ich, »als wir – meine Freundin war dann doch wieder eingestiegen – auf dem Weg nach Tokaj waren. Wissen Sie, was ›Vasútállomás‹ heißt?«

»Nein«, sagte der Dozent und hustete wieder.

»Bahnhof«, erwiderte ich. »›Vasútállomás‹ heißt Bahnhof. Sie konnte die Stadt gar nicht finden, denn es gibt keine Stadt, die diesen Namen trägt, nur Tausende Wegweiser, auf denen dieses Wort steht.«

XI

Mister Giordanos Sommerurlaub.
Morgós Hand. Liebfrauental oder
Die Faschismusskala in Aktion

Es war noch zu früh, das Liebfrauental aufzusuchen, als wir in Eger ankamen; die Weinkeller, das wußte ich von früher, öffneten erst bei Einbruch der Dunkelheit. Ich nutzte die Zeit und führte den Dozenten durch die Stadt. Vom Zentrum ausgehend, überquerten wir zuerst die alte Steinbrücke über die Eger. Ich beklagte die Geringschätzung des Flusses, die meiner Ansicht nach darin zum Ausdruck kam, daß keinerlei Versuche zur Etablierung eines Schiffahrtsbetriebes erkennbar waren. Der Dozent meinte, bei dem niedrigen Wasserstand sei an Schiffahrt wohl nicht zu denken. Aus diesem Grund habe die Menschheit Dämme erfunden, erwiderte ich. Schon eine kleine Staustufe würde reichen, um den Wasserstand auf ein Meter fünfzig, das sei die Mindesttiefe der Schiffahrtsrinne bei Wasserstraßen der dritten Kategorie, zu heben. Selbstverständlich sollte der Damm auch Schleusen aufweisen, und auf beiden Seiten der Schleusen könnte man Restaurants ansiedeln, die sich durch die Anziehungskraft der Schiffahrt ohne Zweifel zu wahren Goldgruben entwickeln würden. Der Dozent konnte sich diesem Argument nicht verschließen, gab aber zu bedenken, daß es mit einer einzigen Staustufe wohl nicht getan wäre. Ich nahm den Einwand mit dem Hinweis auf, daß man in einem solchen Fall eben eine Kette von Staustufen bis an die Theiß errichten müßte. Ohne Zweifel würde es sich dabei um eine gewinnbringende Investition handeln, außerdem sei es hoch an der Zeit, daß die Stadt endlich damit aufhöre, sich der erfolgreichen Abwehrschlacht einiger hundert Adliger gegen ein türkisches Heer im Jahr 1552 zu rühmen.

»István Dobó, der Anführer der Ungarn, dessen Denkmal Sie hier sehen, ist schon lange tot«, sagte ich, als wir auf den Hauptplatz kamen. »Seine Statue sollte durch das Standbild eines modernen Helden ersetzt werden.« Solche würde man aber sicher nicht durch martialische Reiterplastiken ehren, meinte der Dozent, näherte sich dem Denkmal und versuchte zu zählen, wie vielen Türken der auf einem Pferd sitzende, das Schwert über seinem Kopf schwingende Dobó den Schädel abgeschlagen hatte.

»Ich würde das Denkmal schleifen und stattdessen die Bronzeplastik eines hinter dem Steuerrad sitzenden Kapitäns aufstellen«, erwiderte ich, »das wäre wesentlich dramatischer als das langweilige Gemetzel.« Außerdem würde Dobós Name ohnehin durch die süßen Dobóschnitten weiterleben, deren Verzehr in der Cukrászda am Platz ich dem Dozenten empfahl. Ich spürte, daß es Zeit für einen Besuch auf der Toilette war, und ersuchte den Dozenten, mir in die Konditorei zu folgen. Die Toilette war ebenerdig gelegen, aber ihr Eingang wurde durch eine Eismaschine so verengt, daß Josef und ich kapitulieren mußten. Ich ließ den Geschäftsführer kommen und verlangte von diesem die sofortige Sprengung der Eismaschine. Der Mann verstand nicht, worauf ich hinauswollte, und ich demonstrierte es ihm, indem ich mit Wucht gegen die Maschine fuhr – Josefs stählerne Fußstützen hinterließen große Dellen und schwarze Schlieren auf dem weißen Blech. Wutentbrannt wies der Geschäftsführer uns aus dem Lokal, worauf ich erklärte, dieses Loch nicht auch noch mit Geld unterstützen zu wollen. Auf dem Weg ins Freie gelang es mir noch, einen vollgeräumten Tisch umzuwerfen. Der Dozent beeilte sich, dem Tobenden Geld als Kompensation für den erlittenen Schaden auszuhändigen.

Zielstrebig fuhr ich in das McDonald's-Restaurant und fand ein gut gewartetes Behinderten-WC vor, dessen Tür nicht verschlossen, dessen Spiegel auf Augenhöhe eines Rollstuhlfahrers angebracht war und das auch nicht, wie sonst so häufig anzutreffen, dem Reinigungspersonal als Abstellkammer diente. Als ich aus der Toilette kam, schüttelte ich einem verdutzten Verkäufer herzlich die Hand, wünschte ihm und seinen Nachkommen ein langes und glückliches Leben am Ufer eines Flusses und erklärte schließlich die Behindertentoilette zum architektonisch wertvollsten Profanbau nördlich der Alpen.

»In Budapest haben Sie über McDonald's noch anders geredet«, wandte der Dozent ein.

»Gut, daß Sie mich daran erinnern«, sagte ich, »selbstverständlich war ich im Unrecht, und ich habe auch schon Gewissensbisse deswegen. Wahrscheinlich war ich vom Verkehrsgestank verwirrt, anders kann ich mir die Fehleinschätzung nicht erklären. Für einen weltoffenen Menschen kann kein Zweifel bestehen, daß Big Macs gesünder und nahrhafter sind als fetttriefende Langos, von den kalorienschweren Palatschinken gar nicht zu reden. Im Vergleich zur ungarischen Küche sind Hamburger geradezu Vollwertkost.«

Ich bestellte ein Milkshake. Ein junges, expandierendes Unternehmen der mittelständischen Wirtschaft müsse man unterstützen, erklärte ich, aus Solidarität zu McDonald's würde ich sogar Milch trinken, und ich fragte den Dozenten, ob dieser wisse, daß McDonald's in England und den USA Arbeitsstellen für Tausende geistig Behinderte geschaffen habe; etwas, wovon man in Kontinentaleuropa nur träumen könne.

»Stellen Sie sich vor, Sie sitzen im Sacher oder im Demel oder beim Zauner in Bad Ischl oder im Hotel Österreichischer Hof in Salzburg und Sie werden von Kellnern bedient, die das Down-Syndrom haben! In den USA und in England hat McDonald's diesen Quantensprung schon vor Jahren vollzogen und damit die Tür zu einer neuen gesellschaftlichen Epoche aufgestoßen. Die Aufnahme geistig behinderter Menschen in Dienstleistungsbetriebe zählt neben der bedingungslosen Kapitulation Nazideutschlands und der Erfindung des Toasters zu den wichtigsten historischen Ereignissen im zwanzigsten Jahrhundert. Zumindest behauptet das Mister Giordano, und er verzehrt aus diesem Grund jeden Sonntag bei McDonald's in der Canal Street einen Burger, aus Solidarität mit einem Schwarzen namens Onofre, der mit dem Down-Syndrom geboren wurde. Onofre wird sowohl von den Kunden als auch vom Personal geschätzt, er bedient die Betrunkenen und Randalierer, und seit er den Posten bekleidet, ist die Zahl der Polizeieinsätze drastisch zurückgegangen. Auch der Mord, der im Vorjahr in der Filiale geschah, ist nicht in Onofres Revier passiert. Zwar zieht es Giordano nach dem Burger immer in seine Stammbar ›Mare Chiaro‹, wo er den Gummigeschmack mit zwei doppelten Grappas hinunterspült, aber davon weiß Onofre nichts, und wir werden es ihm auch nicht erzählen, nicht wahr?«

»Keinesfalls«, sagte der Dozent.

Ich ersuchte den Dozenten, die Telefonleitung von McDonald's für das Internet zu benützen; die Gelegenheit, Verbindung nach Amerika zu bekommen, sei hier so günstig wie nirgendwo sonst in Ungarn. Ich wartete verweifelt auf eine Nachricht von Giordano.

Während der Dozent mit dem Leitungsaufbau beschäftigt war, nahm ich »Die Sterne von Eger« zur Hand und versuchte, mir den Lageplan der Burg, den der Autor dem Text beigefügt hatte, einzuprägen. Freudestrahlend kehrte der Dozent nach kurzer Zeit zurück. Er habe eine Nachricht erhalten, sagte er, kramte einen Zettel hervor und wollte mir diesen überreichen.

»Lesen Sie vor«, sagte ich. »Sie haben mein volles Vertrauen.«

Der Dozent war angenehm überrascht und las: »Zehntausend fix. Support abgelehnt. Keine Spielereien. Gruß, Giordano.«

»Der Mann vergeudet keine Zeit«, sagte der Dozent.

»Dazu hätte er auch nicht genug Geld.«

»Sind Sie enttäuscht?«

»Giordano kann sich glücklich schätzen, wenn ich ihm überhaupt einen Artikel liefere. Sie sind mein Zeuge! In wenigen Tagen wird er mich auf den Knien anbetteln, und er muß froh sein, wenn ich mich dazu bequeme, dreißigtausend Zeichen zu schreiben.« Kaum hatte ich das gesagt, stutzte ich.

»Was haben Sie?« fragte der Dozent.

»Es geht nicht. Giordano kann mich nicht auf Knien anbetteln, weil er keine Knie mehr hat.«

»Oh«, sagte der Dozent. »Das wußte ich nicht.«

»Es braucht Ihnen nicht leidzutun, Giordano ist sehr mobil. Er fährt einen Jaguar Zwölfzylinder und bewohnt ein Penthouse Ecke Bleecker Street und 6th Avenue. Und den Sommer verbringt er bei seiner Schwester in einer geschlossenen Anstalt in Norfolk, Virgina.«

»Seine Schwester ist geisteskrank?«

»Wie kommen Sie darauf? Sie ist Psychiaterin und leitet eine Klinik für Soldaten, die im Zweiten Weltkrieg während der Atlantiküberquerung aus Angst vor deutschen U-Booten den Verstand verloren haben. Giordano kann gratis in der Klinik wohnen und fährt jeden Tag zum Flottenstützpunkt. Norfolk ist ja der Heimathafen der amerikanischen Atlantikflotte.«

»Und was macht Giordano da? Beobachtet er das Treiben im Hafen?«

»Auch, meistens aber mischt er sich unter die Demonstranten.«

Der Dozent klappte den Laptop auf. »Welche Demonstranten?«

»Irgendwelche Spinner gibt es immer, die gegen die Nachrüstung von Zerstörern mit Atomraketen oder gegen eine neue U-Boot-Generation Sturm laufen oder für die einseitige Abrüstung der USA im Atlantik oder gegen angebliche Wasserverschmutzung durch die Navy oder einfach nur gegen den Lärm der Schiffssirenen oder gegen den nächsten Hurrikan demonstrieren«, sagte ich. »Giordano ist da unermüdlich, von ungeheurem Edelmut, und er gibt sich in seinem Urlaub mit diesem Gesindel ab, weil er als puritanischer Eiferer von der Idee besessen ist, diesen hinfälligen Geistern Vernunft einzuhauchen. Wenn ich nur einen dieser Verblendeten dazu bringe, die Militärakademie zu besuchen, anstatt Soziologie oder ähnlichen Unsinn zu studieren, war mein Leben nicht umsonst, sagt Giordano.«

»Und mit welchen Argumenten versucht er, die Demonstranten zu überzeugen?« Der Dozent machte eifrig Notizen.

»Mit handfesten. Am Höhepunkt eines Disputs präsentiert er seine Beinstümpfe und behauptet, sie rührten daher, daß er während der Landung der Alliierten in der Normandie im Abschnitt Omaha von einer Steigleiter über die Klippen stürzte und sich beide Beine brach. Und weil es zu wenige Schiffe gegeben habe, um ihn nach England ins Lazarett transportieren zu können, seien seine Beine brandig geworden und hätten amputiert werden müssen. An dieser Stelle sind die Demonstranten meistens tief beeindruckt und versenken ihre ›Peace-for-the-world‹ Tafeln im Hafenbecken.

Seit er von einem Freund erfahren hat, daß im Sommer 1942 ein U-Boot-Geschwader der Nazis wochenlang vor der Küste von South Carolina kreuzte, betrachtet Giordano es als seine patriotische Pflicht, für die Aufrüstung der Navy zu kämpfen. Jener Freund, ein Alteisenhändler, hatte bei seinen Tauchfahrten vor der Küste zwei deutsche U-Boot-Wracks gefunden. Hätten die Nazis damals Atomraketen gehabt, hätten sie New York ausradieren können.«

»Wieso hat die Navy denn nichts gegen die U-Boote unternommen?« fragte der Dozent.

»Sie konnte nicht, es gab keine Schiffe. Alles, was schwamm, war in den Konvois nach England unterwegs und wurde von deutschen U-Booten angegriffen. Ein Großteil der Zerstörer und U-Boot-Jäger wurde in den Seeschlachten des Pazifikkriegs gebraucht, die amerikanische Atlantikküste war völlig schutzlos. Kein Wunder, daß die Militärs nach dem Krieg diesen Skandal vertuschen wollten.«

Der Dozent bestellte einen zweiten Milkshake. »Seit wann ist Giordano denn tatsächlich behindert?«

»Seit 1955. Er war als GI in Salzburg stationiert und mußte eines Tages seinen Leutnant nach Wien chauffieren. Die österreichische Bundesegierung hatte Alliierte aus allen Teilen Österreichs zu einer Galaveranstaltung in die wiedereröffnete Staatsoper geladen. Gegeben wurde, glaube ich, ›Fidelio‹ von Lehár. In der Staatsoper wird seither ja nichts anderes gespielt. Giordano ist aber nur bis St. Pölten gekommen.«

»Was ist passiert?«

»Sein Jeep wurde von einem russischen Sanitätswagen an eine Hausmauer gedrückt, Giordanos Beine waren sofort ab.«

»Fürchterlich.«

»Was ist daran fürchterlich? Die Stümpfe wurden

fachkundig erstversorgt, der Schock erfolgreich bekämpft. Giordano verdankt den Sowjets sein Leben. Und er ersparte sich den ›Fidelio‹.«

»Der von Beethoven und nicht von Lehár stammt«, sagte der Dozent.

»Das ist dasselbe«, erwiderte ich.

»Sieht Giordano das auch so?«

»Woher soll ich das wissen? Ich sehe es jedenfalls so. Wenn Giordano klug ist, schließt er sich mir in dieser Frage an. Es ist nicht gut, als Zeitungsherausgeber hinter dem Stand der Produktivkräfte zurückzubleiben.«

Nach einer Magnum-Cola mit Eis und einem neuerlichen Besuch auf der Behindertentoilette bat ich den Dozenten, folgende Botschaft, die ich auf eine McDonald's-Speisekarte gekritzelt hatte, zu senden:

»bin in lebensgefahr – stop – wenn sie in zwei tagen keine nachricht von mir haben, folgender letzter wille – stop – schiffsbegräbnis in der new york upper bay auf höhe marinedock hoboken oder auf der donau zwischen petronell und wildungsmauer auf höhe schwalbeninsel – stop – todesanzeige im ›wheeling courier‹, schrift bold-italic, 24 punkt – stop – text: g. meldet totalverlust – stop – ehre seinem vermächtnis als kämpfer für die hinwegsensung der räuberischen monopolbourgeoisie und mahner des weltgewissens – stop – spenden an: us-navy, code: ›final call‹ – stop.«

»Wie finden Sie den Text? Ist er zu sentimental? Vielleicht sollte man ›Hinwegsensung‹ durch ›Ausschaltung‹ ersetzen«, fragte ich den Dozenten.

»Ich weiß nicht. Was versprechen Sie sich davon, wenn Giordano diesen Text von Ihnen bekommt? Er wird die Nachricht nicht ernst nehmen.«

»Sie soll ihn verwirren, mehr nicht. Können Sie ihm zeitversetzt eine zweite Botschaft übermitteln? Sagen wir, eine Stunde später?«

»Selbstverständlich. Wie soll die denn lauten?«

»Drehen Sie den Zettel um.«

Der Dozent las: »bitte us-truppen in slawonien informieren – stop – befinde mich in der burg zu eger – stop – hoffe, roebling dort zu finden – stop – 40 000 zeichen, und wir reden nicht mehr darüber.«

»In Ordnung«, sagte der Dozent. »Aber was macht Sie so sicher, daß Sie in die Burg kommen?«

»Intuition«, sagte ich. »Wollen wir wetten?«

»Ich wette nicht«, wehrte der Dozent ab.

»Schade«, sagte ich und trank seinen Milkshake aus. »Ich hätte mit Ihnen gewettet, daß Sie im Falle meiner Niederlage all meine schriftlichen Aufzeichnungen und Artikel für Ihre Arbeit verwenden dürfen.«

»Das ändert die Situation«, sagte der Dozent. »Aber was soll denn ich meinerseits im Falle einer Niederlage tun?«

»Lassen Sie sich Ihr Erbteil auszahlen, ziehen Sie aus dem Haus Ihrer Mutter aus und kaufen Sie sich mit den Millionen ein Penthouse im Wiener Milleniumstower, und zwar mit Blick auf die Donau und keinesfalls unterhalb des 30. Stockwerks.«

»Einverstanden«, rief der Dozent. »Sie kommen nicht in die Burg, und ich bekomme dafür Ihre Aufzeichnungen!«

»Ich ziehe noch heute abend in die Burg ein, und Sie ziehen in das Hochhaus!« Was immer mir auch zustößt, dachte ich, es wird den Dozenten von der herrschsüchtigen Frau erlösen.

Der Dozent machte sich an das Eintippen der Botschaften. Ich trank zwei Glas Coca Cola, nahm dazu zwei Aspirin und zog mich wieder auf die Behindertentoilette zurück. Als ich nach geraumer Zeit gewaschen und rasiert wiederkam, wartete der Dozent schon auf mich. Wir zahlten, überquerten den Hauptplatz und stiegen in den Wagen. Wieder plagten uns Startschwierigkeiten. Der Dozent stieg aus.

»Einen Wagen mit Automatikgetriebe kann man nicht anschieben«, rief ich, und als der Dozent wieder auf dem Beifahrersitz Platz nahm, sprang der Motor an und wir fuhren ins nahegelegene Liebfrauental.

Kurz bevor wir unser Ziel erreichten, begann es zu regnen. Der Dozent beklagte sich über das löchrige Dach, ich antwortete nicht und steuerte den Wagen auf einen leeren Parkplatz. Er solle aussteigen, sagte ich. Nur weil er an meinem Wagen etwas auszusetzen habe, müsse ich ihn doch nicht gleich hinauswerfen, klagte der Dozent.

»Ich steige mit Ihnen aus. Wir sind da.«

»Aber ich sehe hier weit und breit keine Weinkeller«, sagte der Dozent.

»Wir müssen ein Stück laufen, die Straße dort vorn führt ins Tal. Für PKW ist sie gesperrt, nur Busse dürfen durch.«

»Glauben Sie nicht, daß man für Sie eine Ausnahme machen würde?« fragte der Dozent. Es sei besser, wenn der Wagen hier stehe, sagte ich und stopfte Gárdonyis Buch, die Manöverkarte und den Vibrator in das Rollstuhlnetz. Der Dozent absolvierte einstweilen einige Tai-Chi-Übungen.

Als ich aufsah, stand ein Mädchen mit einem riesigen schwarzen Wuschelkopf neben dem Wagen und beobachtete fasziniert die Bewegungen des Dozenten. Das Mädchen war von schlanker, aber kräftiger Statur. Sie trug eine verwaschene graue Hose und ein blaues Leibchen mit weißen Sternchen. Die Hose wurde durch schmale Hosenträger gehalten und war viel zu kurz. Mir fiel auf, daß Arme und Beine des Mädchens mit Lehmspritzern übersät waren, und ich sah, daß es keinen Büstenhalter trug. Die Lehmspritzer stammen sicher von der Gartenarbeit, dachte ich, fragte mich aber sogleich, ob Roma-Mädchen ebenso Gartenarbeit verrichten wie andere Leute, und schämte mich sogleich des Gedankens. Wie um ein Unrecht gutzumachen, bot ich dem Mädchen Wurst und Brot an. Sie war scheu und vorsichtig, aber sie griff zu. Während sie bedächtig kaute, musterte sie interessiert meinen Rollstuhl. Sie trat näher, wischte eine Hand an ihrer Hose ab und berührte vorsichtig den Metallrahmen. Dann strich sie voll Bewunderung über die schwarz lackierten Treibreifen. »Wie teuer?« fragte sie auf ungarisch. Ich nannte eine astronomische Zahl. Das Mädchen verzog den Mund.

Der Dozent war jetzt auf sie aufmerksam geworden und kam näher. Er verbeugte sich und nannte seinen Namen. Das Mädchen erschrak und sagte: »Morgó.«

»Sehr erfreut«, sagte der Dozent und hielt ihr die Hand entgegen. Sie griff mit gestreckten Fingern danach, der Dozent führte ihre Hand an seinen Mund. Was für ein Schleimer, dachte ich, deutete meinerseits eine Verbeugung an und nannte meinen Namen. Das Mädchen hockte sich auf die Fersen und reichte mir die Hand. Die Selbstverständlichkeit, mit der sie sich niedergelassen hatte, erinnerte mich an alte chinesische Frauen in Chinatown. Wenn jene einander auf der Straße begegnen, hocken sie sich auf ihre Fersen und beginnen einen lebhaften Schwatz, und sie lassen sich dabei weder von vorbeieilenden Fußgängern noch vom Verkehrslärm stören. Wie Singvögel auf einer Stange hocken sie auf dem Gehsteig und reden mit weitausholenden Gesten aufeinander ein. Ich griff nach der Hand des Mädchens und fühlte an ihrer Oberseite harte, schrundige Haut. Umso mehr faszinierte mich die kühle, aber weiche Innenseite. Das Mädchen erwiderte meinen Händedruck ohne Scheu. So saßen wir einander wortlos gegenüber;

der Blick des Mädchens verweilte auf meinem Gesicht, und ich starrte gebannt auf ihre Hand.

Der Zauber zerriß, als der Dozent sich räusperte. Das Mädchen schaute kurz auf und sagte ein Wort, das ich nicht verstand. Dabei blitzten ihre Augen. Dann sprang sie auf, drehte sich einmal um die eigene Achse und lachte. Sie hatte blendend weiße Zähne, nur der linke obere Schneidezahn wies ein häßliches schwarzes Loch auf. Sie bemerkte, daß ich ebendorthin schaute, machte auf dem Absatz kehrt und lief in langen federnden Schritten davon. Sie läuft ohne Eile, dachte ich, und sie läuft so selbstverständlich, wie andere gehen, und ihre Bewegungen sind so kraftvoll und souverän, daß ich mich daran nicht sattsehen kann.

»Eine seltsame Erscheinung«, sagte der Dozent. »Hoffentlich hat sie uns nicht verhext.« Ich kontrollierte das Netz des Rollstuhls und schloß den Wagen ab. Immer noch hatte ich das Bild des laufenden Mädchens vor Augen.

Wir folgten einer schmalen, abschüssigen Asphaltstraße. Bald ragten zu beiden Seiten der Straße steile Lößwände auf. Hinter einer Biegung öffneten sich die Lehmklüfte und gaben den Blick auf ein Tal frei, das in der Form eines Hufeisens in den Löß geschnitten war. Die Oberkanten des Tals wirkten wie mit dem Messer abgetrennt und verliehen der Schlucht ein mondartiges Aussehen. Im inneren Teil des Hufes befand sich ein großer Busparkplatz mit einigen Kiosken. Zwei ältere Männer, Parkplatzwächter, saßen auf einer Bank und sahen fern; das TV-Gerät stand wettergeschützt in einem Holzverschlag. Auf dem Parkplatz registrierte ich zwei Busse aus Kraków, einen aus Kempten im Allgäu und einen aus Groß-Ebersdorf im niederösterreichischen Weinviertel. Der Name des Unternehmens prägte sich mir sofort ein: Gschwindl-Reisen.

Die ersten drei Weinkeller an der Nordseite des Tals waren geöffnet, ich nahm den ersten, er hatte den breitesten Eingang. Bevor ich in den Keller fuhr, drehte ich mich um und sah das Mädchen oberhalb des Parkplatzes auf der Straße stehen. Morgó stand unbeweglich wie eine Statue und schaute in meine Richtung.

Wir durchquerten einen langgestreckten Saal, der mit Bänken aus roh behauenem Holz bestückt war. Der Raum war leer, aber aus dem angrenzenden Saal drangen Polkamusik und lautes Stimmengewirr. Ich forderte den Dozenten auf, sich mit mir am Eingang des Saales zu plazieren, von hier aus lasse sich das Geschehen besser überblicken.

Wir platzten mitten in eine Verbrüderungsszene hinein. Zu beiden Seiten des Mittelganges standen Männer und Frauen und tranken Bruderschaft. Der Keller hallte von »Servus«-Rufen wider. Nach jedem Ruf nahmen die Verbrüderer einen tiefen Schluck, bis die Gläser leer waren. Anschließend standen die an der Wand Sitzenden auf und traten zum Brudertrunk an den Mittelgang. Dazu ertönte alpenländische Musik, die von einem Akkordeonisten und einem Klarinettisten vorgetragen wurde. Der Harmonikaspieler war kleinwüchsig, er quetschte sein Instrument mit Bravour und sang dazu aus vollem Hals. Ich schaute mich um und erschrak.

»Was ist los? Haben Sie jemanden erkannt?« fragte der Dozent.

»Leider ja. Lassen Sie mich nach hinten, dorthin, wo es dunkel ist.« Ich wechselte auf die Bank, zog die Sitzfläche des Rollstuhls mit einem Ruck hoch und bat den Dozenten, den zusammengeklappten Rollstuhl hinter der Bank zu verstecken.

»Wer ist es?« fragte er und setzte sich neben mich.

»Der Lange mit der gelben Krawatte.«

»Sie kennen den Mann?«

»Er ist Installateurmeister in einer kleinen Ortschaft bei Wien. Ich habe ihn vorigen Winter bei einem Heurigen kennengelernt.«

Der Dozent winkte der Kellnerin. Sie gab zu verstehen, daß sie gleich zu uns kommen werde. »Erzählen Sie«, drängte der Dozent.

»Es war schon spät, und ich wollte mit meiner Freundin ein Abendessen einnehmen. Wir aßen schnell, auch deswegen, weil an eine Unterhaltung nicht zu denken war, denn mehrere Männer, die an der Schank standen, grölten und lachten und überboten einander mit primitiven Witzen.«

Die Kellnerin nahm unsere Bestellung auf. »Einen halben Liter Rotwein und Wasser«, sagte ich, »und etwas zu essen.« Es gebe nur Schweinshaxen oder Blutwurst mit Sauerkraut, sagte die Frau müde. »Wenn das so ist, bringen Sie uns je eine Portion«, erwiderte ich, und der Dozent nickte.

»Die Witze handelten ausnahmslos von Frauen«, setzte ich fort, »und sie waren das Niederträchtigste und Drekkigste, was ich je an Männerwitzen gehört hatte. Sie können mir glauben, daß ich während meiner Spitalsaufenthalte ausreichend Gelegenheit hatte, diesbezüglich Erfahrungen zu sammeln. Meine Freundin und ich versuchten, das Gegröle zu ignorieren, aber irgendwann wurde es so laut, daß sie es nicht mehr aushielt, sie stand auf, ging zur Schank und forderte die Männer auf, den Schwachsinn wenigstens in ihrer Gegenwart bleiben zu lassen.«

Die Kellnerin servierte die Getränke und das Essen; der Dozent nahm die Schweinshaxe, ich die Blutwurst.

»Aber die Männer ließen sich von Ihrer Freundin nicht einschüchtern?«

»Für kurze Zeit schon. Die meisten waren von ihrem mutigen Auftreten beeindruckt, aber einer war unter ihnen, der konnte die Schmach, von einer Frau gemaßregelt worden zu sein, nicht ertragen. Er begann laut über das Aussehen meiner Freundin herzuziehen, ich möchte nicht wiederholen, was er von sich gab. Daraufhin rief ich ihm quer durchs Lokal zu, er solle sein Schandmaul halten oder sich in den Schweinestall verziehen.«

»Das war ein Fehler«, sagte der Dozent und biß mit Genuß in das fette Fleisch.

»Ich glaube nicht«, sagte ich und lud Sauerkraut auf einen Bissen Blutwurst. »Er war nun auf mich aufmerksam geworden und begann laut Mutmaßungen darüber anzustellen, wie hoch die Sozialhilfe für Krüppel wohl schon sein müsse, daß sie es sich leisten könnten, wochentags beim Heurigen aufzukreuzen und den Leistungsträgern der Gesellschaft den Feierabend zu vergällen. Die Art und Weise, wie der Mann sprach, wie haßerfüllt und gewalttätig er seinen Standpunkt vorbrachte, wie er, angestachelt vom Grölen seiner Kumpane und meinen Einwürfen über die Tische hinweg, in Hitze geriet, zeigte mir, daß ich es mit einem erfahrenen Nazi zu tun hatte, keinem Kahlschädel in schwarzem Hemd, der schon mit dem Schnüren seiner Stiefel geistig überfordert ist, sondern einem Nazi aus der Mitte der Gesellschaft, und ich habe ihn, nachdem ich mit meiner Freundin eine Wette abgeschlossen hatte, dann auch dem ganzen Programm unterzogen.«

»Welchem Programm?« fragte der Dozent und wischte sich mit einer Serviette das Fett aus den Mundwinkeln.

»Meinem Nazierkennungs- und Qualifizierungsprogramm«, sagte ich. »Mit Hilfe einer hundert Punkte umfassenden Skala werden alle Merkmale des Faschismus getestet: Frauenfeindlichkeit, Fremdenhaß, Antisemitismus, Antisozialismus, Demokratiefeindlichkeit, Heimatliebe, Schiffsphobie und so weiter. Ich habe dieses Programm während meiner Spitalsnächte schon als Jugendlicher entwickelt. Damals erstellte ich umfangreiche Ranglisten, die alle Menschen meiner Umgebung – Zimmergenossen, Krankenschwestern, Ärzte und Besucher – umfaßten, und zwar in getrennten Wertungen. Es gab Tages-, Wochen- und Monatssieger, und ich vertrieb mir die Zeit, indem ich mit mir selbst Wetten abschloß, wer das Rennen machen würde. Wenn die Wetten aufgingen, belohnte ich mich mit dem Diebstahl von Pornoheften aus dem Spitalsbuffet. Ich gebe zu, daß ich nie verloren habe; drohte einmal eine Wette auf einen Sieger schiefzugehen, verwickelte ich diesen in ein Gespräch über Frauen oder Jugoslawen, und schon hatte ich die nötigen Punkte beisammen.«

»Ein bemerkenswertes System«, meinte der Dozent und schob ein Stück Stelze mit dickem weißem Fettrand in den Mund.

»Ich habe es im Lauf der Jahre verfeinert und erweitert«, sagte ich und drückte Senf aus einer Tube auf den Teller. »Einige Zeit war es in meinem Bewußtsein so dominant, daß ich mit niemandem mehr reden konnte, ohne ständig Punkte auf der Naziskala zu vergeben.«

»Sie wissen, daß in den fünfziger Jahren in den USA eine derartige Skala wissenschaftlich erstellt wurde«, sagte der Dozent und griff nach einem Stück Brot.

»Nein. Hat es genützt?«

»Wie meinen Sie das?«

»Ich meine, hat es den Wissenschaftlern genützt? Haben sie etwas über ihre Landsleute erfahren, wodurch die Gesellschaft weniger anfällig für Faschismus wurde?«

Der Dozent überlegte. »Eigentlich nicht«, sagte er nach einer Weile. »Das einzige Ergebnis, das wirklich Bestand hatte, war, daß man faschistische Äußerungen rigoros und drakonisch bestrafen muß, will man die Ausbreitung faschistoider Denkmuster verhindern. Bildungsangebote schaden zwar nicht, aber als bestes Mittel zur Bewußtseinsveränderung erwiesen sich polizeiliche Kontrollen. Man kann die Menschen nicht dazu bringen, weniger gemein zu sein, aber man kann sie so sehr unter Druck setzen, daß sie es nicht wagen, ihre Niedertracht auszuleben. Als die Wissenschaftler dies verstanden hatten, wandten sie sich erschrocken von der Faschismusskala ab. Ein Staat, der seine Bürger terrorisiert, um ihren Alltagsfaschismus im Zaum zu halten, war das Letzte, was sie wollten.« Er hielt mit zwei Fingern die Schweinshaxe fest und schnitt das restliche Fleisch ab.

»Ja, das ist das Elend mit den Wissenschaften; wenn sie etwas taugen, stören sie das Navigieren«, sagte ich. »Neulich wurde in ›Schiffahrt und Strom‹ von einem Unfall auf der rumänischen Donau berichtet. Zwei Marineboote, die ein neuartiges Radarsystem testeten, waren im Nebel kollidiert. Ein Schiff war ein Totalverlust, das andere schaffte es noch ans Ufer. Tote gab es, glaube ich, auch.« Ich tunkte ein Stück Blutwurst in den Senf. Der Dozent prostete mir mit dem Wasserglas zu, während er mit großem Appetit die Schweinshaxe verzehrte. Ich trank vom Wein und verzog das Gesicht.

»Schmeckt er Ihnen nicht?« fragte der Dozent und nagte genießerisch einen Knochen ab. »Machen Sie es doch wie ich, trinken Sie Mineralwasser, da kann nichts schiefgehen.«

Ich schüttelte den Kopf und beobachtete den Langen mit der gelben Krawatte. Er erzählte schon wieder Witze und unterhielt den halben Keller. Zum Glück war die Musik so laut, daß wir nicht hören mußten, was er sagte.

»Fünfundneunzig«, sagte ich nach einer Weile.

»Was war 1995?« fragte der Dozent und griff nach einer Scheibe Brot.

»Der Mann erreichte fünfundneunzig Punkte«, sagte

ich. »Er faselte, die Juden hätten Hitler zuerst den Finanzkrieg erklärt, und die KZ seien nur eine Antwort darauf gewesen.«

»Er leugnete die Existenz von KZ nicht einmal?«

»Jenseits der achtzig Punkte wird die Existenz der KZ nicht mehr geleugnet, sondern begründet. Zumindest auf meiner Skala. Und jenseits der neunzig beginnt die physische Gefährdung des Meßorgans«, sagte ich und legte ein Messer quer über das halbvolle Weinglas.

»Und was ist, wenn Sie auf jemanden treffen, der hundert Punkte auf Ihrer famosen Skala erreicht?« Der Dozent kratzte die Reste vom Fleisch seiner Schweinshaxe mit Messer und Gabel zusammen und verteilte sie auf einer Schnitte Brot.

»In einem solchen Fall bin ich tot«, erwiderte ich. »Sechsundneunzig sind tätliche Angriffe, siebenundneunzig sind Attacken mit Waffengebrauch, achtundneunzig unter Einschluß leichter, neunundneunzig unter Einschluß schwerer Folter, und auf die schlußendliche Ermordung des Meßorgans stehen hundert Punkte.«

»Da waren Sie aber schon erschreckend nahe daran!«

»Sie haben recht, ich war selbst verblüfft. Androhung der Ermordung ist siebenundachtzig, und der Mann hat mir in die Hand versprochen, er werde mich, wenn sein Lieblingspolitiker, der seit Jahren die Fleißigen und Anständigen von menschlichem Unrat säubern möchte, einmal an die Macht komme, zur Vertilgung freigeben. Ich hätte dem Mann ursprünglich keine siebzig Punkte gegeben, ich hielt ihn zuerst für einen der vielen Maulhelden, die sich unter Alkoholeinfluß aufplustern, aber ich hatte ihn falsch eingeschätzt, er wuchs mit der Herausforderung. Gottseidank wies der Wirt meine Freundin und mich aus dem Lokal, er wollte keine Scherereien. Der Tip meiner Freundin war übrigens wesentlich besser: zweiundachtzig.«

»Das ist?« Der Dozent schaute auf. In seinen Mundwinkeln glänzte Bratensaft.

»Zweiundachtzig ist Bedauern des Holocaust, weil zuwenig Juden umgebracht wurden. Nein, das ist dreiundachtzig, entschuldigen Sie. Zweiundachtzig ist das Eintreten für Euthanasie an fremdrassigen, alten und behinderten Menschen. Ich bin, was die Skala angeht, nicht mehr firm; ich verwende sie schon seit Jahren nicht mehr.«

»Aus welchem Grund?«

»Aus demselben, der Ihre Wissenschaftler dazu bewogen hat, sich von der Skala abzuwenden. Es gibt Erkenntnisse, die sind so tief, daß man mit Ihnen nicht weiterleben kann. Die vornehmste und lebensrettendste menschliche Eigenschaft, das Talent zur Verdrängung, geht dabei zugrunde. Ich wünschte, es wäre nicht so, aber ich weiß mir da keinen Rat. Giordano übrigens auch nicht.«

Die Musik setzte aus. Ein Mann rief ein knappes Kommando, und binnen Minuten war der Saal leer. Beim Hinausgehen näherte sich der Lange, der zuvor die Witze erzählt hatte, und beugte sich mit einem spöttischen Lächeln über unseren Tisch.

»Wir kennen uns.«

»Leider«, sagte ich.

»Auf Wiedersehn in der Heimat«, sagte der Mann vieldeutig und reihte sich in die Schlange der Gehenden ein.

»War er das?« fragte der Dozent.

»Mister fünfundneunzig Punkte«, bejahte ich und bestellte noch einen doppelten Barack. Ich trank den Schnaps in einem Zug aus. Der Dozent beobachtete mich besorgt.

»Grüß Gott, schöne Herren«, sagte der Akkordeonspieler und stützte sein Instrument an unserem Tisch auf. »Mein Name ist Attila. Ich kann was für Sie tun?«

»Ich denke schon«, sagte ich. »Nehmen Sie Platz.«

»Bleib ich lieber stehn, bin ich ja klein genug«, erwiderte Attila, »kann ich auch beim Stehen in die Augen schauen.« Seine Stimme klang blechern, wie die eines Pubertierenden. »Möchte sein, daß mich jemand aus einer großen Stadt angerufen hat. Möchte sein, daß mir Ihr werter Besuch annonciert wurde –«

»Kommen Sie zur Sache«, sagte ich. »Wir sind schon die Richtigen.«

»Bin ich immer bei der Sache«, kicherte der Mann, »bin ich Sache immerzu. Muß ich nur die Richtigen prüfen. Wenn man nicht prüft, gibt's hintendrein Schlamastik.«

»Können Sie liefern?« fragte ich ihn unvermittelt.

Attila kniff die Augen zusammen. »Sehen Sie, lieber Herr, liefern is' keine Sach', das Liefern geht uns flott von der Hand, wenn ich sagen darf, das Problem is' nur: Was is' denn gewünscht als Lieferung?«

»Das habe ich doch bereits bekanntgegeben«, sagte ich ärgerlich.

»Weiß ich, bittschön, nix davon«, wehrte Attila ab. »Weiß ich nur, daß man hat Kollektion vorbereitet für die schönen Herren, was sollen sich einfinden zur Besichtigung.« Er befingerte Josefs Speichen. »Is' ein schöner Radler«, sagte er nachdenklich.

Ich überlegte fieberhaft, was zu tun war. Ich mußte Attila folgen, egal wohin der mich auch verschleppen würde, und der Dozent mußte warten und notfalls Hilfe anfordern.

»Ham' die Herren aufgegessen? Das is' schön. Wenn sich die Herren als Gäste des Hauses betrachten möchten, die Rechnung geht auf die Firma.«

»Vielen Dank«, sagte der Dozent. Ich fand diese Äußerung unpassend.

»Bittschön, wenn's jetzt wär', daß die schönen Herren mit mir kämen«, sagte Attila und schickte sich an zu gehen, aber nicht in Richtung Ausgang, sondern tiefer in den Keller hinein.

»Wir kommen«, rief ich und rutschte zum Gang, während der Dozent den Rollstuhl auseinanderklappte. Ich vergewisserte mich, daß Attila mit seinem Akkordeon langsam voranging, und zog den Dozenten zu mir.

»Laufen Sie um Ihr Leben«, flüsterte ich ihm zu, »und meiden Sie meinen Wagen, sonst werden Sie geschnappt. Haben Sie Ihren Computer?«

»Hier«, sagte der Dozent und klopfte auf seine Umhängetasche.

»Sehen Sie zu, daß Sie das Mädchen finden, Sie wird Ihnen helfen. Sollte ich morgen nachmittag nicht in der Behindertentoilette von McDonald's sein, verständigen Sie Giordano, aber keinesfalls die Polizei.« Attila war am Ende des Ganges angelangt und wartete auf uns.

»Ich komme mit Ihnen«, flüsterte der Dozent. »Ich kann Sie doch nicht allein in den Berg gehen lassen!«

»Wenn der Zwerg sich umdreht, verschwinden Sie. Laufen Sie Richtung Talschluß, dort gibt es eine Treppe. Wir müssen uns trennen«, sagte ich in einem Ton, der keine Widerrede zuließ, und fuhr los.

Attila sah uns kommen und drehte sich um. Schlagartig zog ich die Bremsen an, der Dozent lief auf. »Hauen Sie ab«, zischte ich und schlug ihm mit der Faust in die Seite. Der Dozent machte auf der Stelle kehrt und lief aus dem Keller. Attila hatte nichts bemerkt, erst als er die Tür zu einem weiteren Keller öffnete, sah er, daß ich allein war.

»Wo is' er denn, der fesche Begleiter?« fragte er bestürzt.

Er sei zum Wagen zurückgelaufen, weil er dort wichtige Unterlagen vergessen hätte, sagte ich. »Das is' aber schlecht«, meinte Attila, »sehr schlecht.« Er stellte das schwere Akkordeon ab und trat zu einem Blechkasten an der Wand. Mit einem Schlüssel, den er an einer Kette um den Hals trug, öffnete er ein Türchen und sprach in ein Stollentelefon. Er sprach ungarisch, aber ich verstand immerhin, daß er vom Verschwinden des Dozenten informierte. »Igen, igen«, sagte er beflissen und hängte den Hörer auf.

»Es is' ja nur wegen der Sicherheit«, erklärte er mir, nachdem er den Kasten wieder verschlossen hatte. »Wär' schad', wenn Ihrem werten Begleiter was zustößt da draußen in der dunklen Nacht. Werden wir ihn halt aufklauben bei Ihrem Auto und nachexpedieren.«

»Sehr freundlich von Ihnen«, bedankte ich mich.

Er knipste eine Taschenlampe an und schlug vor, ich solle sie halten, dann könne er mich schieben. Ich würde lieber selbst fahren, sagte ich, so würde ich wenigstens Bewegung machen, und das sei hier, in dem kalten Kellergewölbe, von Vorteil. Attila zuckte die Achseln, drehte sich um und ging, das Akkordeon um die Schulter gehängt, mit der Lampe voran.

Wir marschierten geraume Zeit; immer tiefer drangen wir in das Gangsystem ein. Manchmal durchquerten wir kleinere Höhlen, einmal auch einen langgestreckten Saal. In regelmäßigen Abständen fanden sich in den Wänden Kavernen, die von einst dort angebrachten Fackeln geschwärzt waren. Ich registrierte auch eine Vielzahl abführender Gänge, die meisten waren allerdings halb verschüttet, und nirgendwo brannte Licht. Je tiefer wir in den Berg vordrangen, desto sicherer wurde ich, daß unser Ziel in den Kasematten der Burg lag. Mit den Jahren habe ich ein feines Gespür für Richtungsänderungen entwickelt, es fällt auf, wenn man einen Arm längere Zeit hindurch stärker belastet als den anderen. Sofern der Untergrund eben ist, kann das nur bedeuten, daß man eine große Biegung ausfährt. Obwohl ich kräftig in die Räder griff, fröstelte mich; die Gänge waren kalt und feucht, und manchmal streifte uns ein eisiger Luftzug, der von einem wegführenden Gang oder einer tieferliegenden Höhle kommen mochte. Ich hatte keine Ahnung, was man mit mir plante, ich wußte nur, daß Mister Giordano, was immer mir in den Kasematten widerführe, einen Tobsuchtsanfall bekommen würde, sollte der Text nicht zum vereinbarten Zeitpunkt in New York einlangen.

Die Wände waren naß, an manchen Stellen tropfte es auch von der Decke, und am Treibreifen spürte ich Schlammbrocken. Wie auf meiner Teichrampe, wenn es regnet, dachte ich und war froh, daß meine Haushälterin nicht hier war und ich mir ihre Vorwürfe nicht anhören mußte. Wenn die Nässe vom Fluß stammte, mußten wir bald da sein, denn der lag nur einige Meter vom Burgkomplex entfernt, und die Kasematten reichten laut Gárdonyis Plan an den Fluß heran. Die Türken hatten lange nicht begriffen, woher die Verteidiger das Löschwasser gegen die vielen von ihnen gelegten Brände genommen hatten, und in der Folge hatten sie Gänge gegraben, um die Ungarn von der Wasserzufuhr abzuschneiden, aber jedesmal, wenn sie auf den Gang stießen, der zum Wasser führte, wurden sie von den beherzten Verteidigern zurückgeschlagen. In einem Gang nützt auch die größte zahlenmäßige Überlegenheit nichts, da steht Mann gegen Mann. In unserem Fall, so ging meine Überlegung, stand ein Rollstuhlfahrer gegen einen Zwerg; über unseren Köpfen wäre also genug Platz gewesen, ein Schwert zu schwingen.

Langsam stieg der Gang an, auch der Boden wurde trockener. Mit einem Mal standen wir vor einer stählernen Tür. Attila öffnete sie mit einem Schlüssel, den er ebenfalls an einer Kette um den Hals trug. Die Tür sprang auf und gab den Blick auf einen Gang frei, der mit weißer Dispersionsfarbe ausgemalt war. An der Dekke leuchteten Neonröhren, das grelle Licht schmerzte in den Augen, die sich an das Halbdunkel der Gänge gewöhnt hatten. Wir legten noch eine kurze Strecke zurück und gelangten in einen modern eingerichteten Raum, der zu einer Art Kommandozentrale führte. Dort fand ich ein perfekt eingerichtetes Büro vor; an den Wänden standen Aktenschränke und Metallkästen, ich sah weiters eine große Kopiermaschine und mehrere Kontrollmonitore, und an der Stirnwand hing über einem Schreibtisch ein Poster, das die Brooklyn Bridge im Morgennebel zeigte. Und in der rechten unteren Ecke des Plakats stand: Designed and erected by John A. and Washington A. Roebling.

Je länger ich darüber nachdenke, desto verrückter erscheint mir die ganze Reise. G. will es allein mit einem Verbrechersyndikat aufnehmen – als Rollstuhlfahrer! Und ich lasse mich von ihm so sehr einschüchtern, daß ich das Naheliegende – den Weg zur nächsten Polizeistation, allenfalls zur österreichischen Botschaft – nicht wage.

Die Überschätzung seiner Fähigkeiten und die Unterschätzung seiner Talente; das ist es, woran G.s Psyche krankt. Würde er nicht ständig versuchen, mit krankhaftem Ehrgeiz seine Behinderung zu kompensieren, könnte er etwas aus sich machen – einen angesehenen Berichterstatter über Fragen der Binnenschiffahrt zum Beispiel. Ich habe zwar keine Ahnung, ob sich damit Geld verdienen läßt, aber einen Versuch wäre es schon wert. Wenn er endlich mit sich ins Reine käme, könnte er mir ein wenig bei meiner Arbeit zur Hand gehen, Tabellen vergleichen, Sekundärliteratur durchsehen und ähnliches. Ich wür-

de ihn auch gut entlohnen. Aber wahrscheinlich würde er sich lieber die Finger abbeißen, als sich dazu bereit zu erklären. Die umgekehrte Variante, ich als sein Assistent, gefällt ihm entschieden besser, da kann er seine Machtphantasien an einem auslassen, der so viele Fesseln des bürgerlichen Anstands trägt, daß er nicht imstande ist, sich zu wehren.

Falls G. nicht in der Toilette sein sollte, fahre ich mit dem nächsten Zug nach Budapest, zur österreichischen Botschaft. Und Morgó nehme ich einfach mit.

Nachsatz: Schade, daß ich kein Ungarisch verstehe.

XII

In den Kasematten. Ein unverhofftes Wiedersehen. István, der Regieassistent

»Schauen Sie sich nur gut um«, sagte eine Stimme, »Sie befinden sich in Roeblings Büro. Seinetwegen sind Sie ja gekommen. Wir haben keine Kosten und Mühen gescheut, Ihren Wunsch zu erfüllen.« Ich drehte mich um, und mein Blick fiel zuerst auf die vertrauten Maßschuhe.

»Guten Tag, Herr Korrespondent«, sagte Imre spöttisch und deutete eine Verbeugung an.

Ich war so verblüfft, daß ich nur stumm den Kopf zum Gruß beugen konnte. Jetzt fügte sich das seltsame Heim ins Bild, die Verbindung zwischen der angeblich selbstverwalteten Einrichtung und dem Pornobusineß war der Schlüssel für Roeblings Geschichte, und es würde mich nicht wundern, wenn Roebling demnächst auch hier auftauchte. Fünfzigtausend Zeichen mindestens würde mein Text lang sein, wenn Giordano nicht überhaupt eine Sondernummer auflegen würde. Und vielleicht würde mein Text sogar in Auszügen im »Times Magazine« oder in »Newsweek« nachgedruckt.

»Ich freue mich ganz besonders, Sie in unserer Anstalt – Pardon, das war der andere Text«, sagte Imre und lächelte. »Ich bin etwas überarbeitet, müssen Sie wissen. Zwei verantwortungsvolle Tätigkeiten sind schwer zu koordinieren. Sind Sie sehr überrascht? Nun, wir wollen Sie nicht länger auf die Folter spannen. Darf ich Sie zu einem Rundgang einladen?«

»Schon wieder?«

»Sie werden es nicht bereuen«, versicherte Imre.

»Wo immer Sie hingehen, ich folge Ihnen.«

»Das haben Sie bereits hinlänglich bewiesen.« Imre lächelte wieder und öffnete die Tür. Auf dem Gang warteten mehrere Männer, unter ihnen erkannte ich den Diplomaten und einen der angeblichen Münchner Sozialarbeiter. Attila war verschwunden.

»Werfen Sie mit uns einen Blick in die Zukunft«, sagte Imre und ging voraus. Am Ende eines breiten Ganges blieben wir vor einer Glasscheibe stehen, durch die eine Art Turnsaal zu erkennen war, an dessen Wänden Scheinwerfer und Filmkameras hingen. Der Saal wurde eben gesäubert. Zwei Männer in grünen Gummimänteln waren dabei, eine Wand abzuwaschen, die mit roten und weißen Flecken und Schlieren übersät war. In einer Ecke lag ein grünes Kunststofftuch über einen Gegenstand gebreitet. Unter dem Tuch sickerte Blut hervor.

»Sie verzeihen, daß wir Ihnen diesen Anblick nicht ersparen konnten«, sagte Imre, »aber wie Sie sehen, arbeiten die Männer zügig, und bald wird das Studio wieder benutzbar sein.«

Wir gingen weiter und kamen an einem Studio vorbei, in dem ein dicker Mann mit strähnigem, schwarzem Haar und einer grauen Gummischürze dabei war, für einen Kameramann zwei leblose kleine Körper auf einem Bett zu arrangieren.

»Haben Sie die Kinder betäubt?« fragte ich.

»Nein«, sagte Imre, »sie sind tot. Bei uns arbeiten auch die Toten. Ich sagte Ihnen doch, daß Sie einen Blick in die Zukunft werfen können.«

»Was geschieht mit den Kinderleichen?« forschte ich weiter.

»Ich weiß es nicht«, erwiderte Imre, »das hängt davon ab, was der Kunde bestellt hat. Vielleicht werden sie sodomisiert, vielleicht auch nur phantasievoll angekleidet. Vielleicht hackt man ihnen aber auch den Kopf ab. Ich bin über die laufende Produktion nicht informiert; Sie wissen ja, die Doppelbelastung.«

Wir setzten den Rundgang fort und ließen einen Mann passieren, der einen Kinderrollstuhl schob. Ein weiterer Raum war mit schwarzen und weißen Terrazzofliesen ausgelegt, und von der Decke hing eine Kugellampe, die gelbliches Licht streute. Auf einem Seziertisch lagen Teile eines Körpers, ich konnte zwei Hände und einen halben Rumpf erkennen. Die Tür stand offen, ein Mann nahm einen großen Schluck aus einer Flasche Barack. Mir fiel auf, daß die Flasche ein braunes Etikett und einen Drehverschluß aus Leichtblech aufwies. Früher hatte ich diesen Barack seines Chemiearomas und seines niedrigen Preises wegen geschätzt, und ich hatte diese Marke schon verschollen geglaubt.

»Wie viele Leute arbeiten hier?« fragte ich und versuchte ruhig zu bleiben. Um mich abzulenken, nahm ich mir vor herauszufinden, wo dieser Schnaps aufzutreiben war, sollte ich lebend hier herauskommen.

»Es ist schwierig, gute Mitarbeiter zu finden«, erklärte Imre. »Die Arbeit stellt hohe Anforderungen an die sittliche Intelligenz.«

»Warum zeigen Sie mir das alles? Haben Sie nicht Angst, daß ich Ihnen gefährlich werden könnte?«

»Jetzt nicht mehr«, sagte Imre. »Ich wollte, daß Sie wissen, worum es hier geht, und ich wollte Ihnen zeigen, daß Ihr Verdacht richtig war. Sie brauchen sich also nichts vorzuwerfen, Sie haben gefunden, was Sie suchten. Allerdings werden Sie niemandem mehr davon erzählen können. Ach ja, bevor ich es vergesse: Ihren Freund werden Sie auch bald in unserer Firma begrüßen können, und zwar als Leiche.«

Er blufft, dachte ich. Sie haben den Dozenten also

noch nicht. »Bringen Sie mich jetzt gleich um?« fragte ich und bemühte mich, die Frage möglichst beiläufig klingen zu lassen.

»Noch nicht«, sagte Imre, lehnte sich an einen Tisch und verschränkte die Hände vor der Brust. »Sie sind zu wertvoll, um verschwendet zu werden. Wir werden Sie ein wenig für uns arbeiten lassen. Es gibt eine Menge Filmproduktionen, in denen Sie sich gut machen würden. In letzter Zeit bestellen die Kunden immer mehr Sexualmorde vor laufender Kamera, ich weiß nicht, was mit der Menschheit los ist. Man könnte fast meinen, sie ist so übersättigt, daß sie sich nur mehr durch raffinierteste Praktiken zu echter Leidenschaft aufraffen kann.

Das ist die menschliche Seite unserer Arbeit; wir versuchen, den ausgebrannten Seelen neue Begeisterung zu vermitteln, etwas, worauf Sie sich freuen können, wenn sie von der Arbeit nach Hause kommen. Ein Videoband ist schnell eingelegt, und wenn die anfänglichen Skrupel überwunden sind, findet so mancher biedere Zeitgenosse Gefallen an eindrucksvollen Bildern. Phantastische Schändungen, Verstümmelungen am lebenden Leib, Todeskämpfe in Großaufnahme – davon hat die Kultur seit Jahrhunderten geträumt. Wir setzen den Traum in die Praxis um, wir erfinden den Film neu.« Er zündete sich einen Zigarillo an und sog den Rauch genießerisch ein, dabei stützte er einen Fuß an der Wand ab. »Entschuldigung«, sagte er und hielt mir die Packung hin.

»Danke, ich rauche nicht.«

»Wissen Sie, wie viele Kinder in Bukarest jährlich dem Straßenverkehr zum Opfer fallen?« fuhr Imre fort. »Wissen Sie, wie viele in Behindertenheimen verkommen? Wieviele in Banden durch Minsk, Odessa oder Kiew ziehen auf der Suche nach einer leichten Beute oder einem Stück Brot? Wissen Sie, wie viele Familien uns unmoralische Angebote machen, ihre Töchter und

Söhne anbieten, nur für einen schnellen Dollar? Man könnte zum Zivilisationskritiker werden bei unserer Arbeit. Wir haben schon unsere Kanäle, durch die wir an lebendes Material kommen. Wir sind da sehr gewissenhaft. Nachschub und Logistik bedeuten mir viel – und die Bearbeitung des gesellschaftlichen Umfelds. Alles in allem machen wir eine Art alternativer Sozialarbeit. Wir säubern die Straßen von Bettlern und Kleinkriminellen, entlasten die Sozialbudgets und führen überflüssige Menschenkinder einer sinnvollen Verwertung zu. Und wir versorgen einen ausgehungerten Markt mit Qualitätsprodukten. Die Gesellschaft sollte uns dankbar sein.«

»Haben Sie denn keine Angst, daß die Polizei einmal hier unten auftaucht?« fragte ich.

»Die Polizei?« Imre lachte. »Wenn Sie wüßten, wie oft die Polizei schon hier war. Und die Justiz, die Politik, ja sogar der hohe Klerus. Zu manchen Produktionen laden wir nämlich Zuschauer ein. Wer ausgefallene und verfeinerte Vorstellungen von Lust und Leidenschaft hat, weiß unsere Arbeit zu schätzen. Wir sind zwar Exzentriker der Lust, aber gleichzeitig sind wir auch solide Geschäftspartner. Da empfiehlt es sich, Persönlichkeiten, die uns nützlich sein könnten, durch die eine oder andere Annehmlichkeit günstig zu stimmen. Ein Bukarester Knabenarsch hat schon manch verschlossene Tür für uns geöffnet, und idiotische Mädchen ließen uns Verbindungen knüpfen, die äußerst wertvoll für einen ungestörten Geschäftsgang sind.«

»Sie meinen die beiden von der Peep-Show?«

»Sind sie nicht entzückend? Genau das richtige für die höhere Bürokratie«, sagte Imre.

»Die Männer im Keller –«

»Waren Beamte aus diversen Ministerien, Fachleute, die sich vor Ort informierten. Wir haben auch Justiz-

und Polizeirunden, aber da geht es um einiges härter zu, das wäre nichts für Sie. Sie sehen, in den bedeutenden Kreisen haben wir längst einen guten Namen, deshalb brauchen wir uns vor Polizei oder Justiz nicht zu fürchten. Das einzige, worauf wir achten müssen, sind Journalisten aus dem Ausland; die einheimischen haben wir ganz gut im Griff.«

»Sie haben mir noch nicht gesagt, wo Roebling ist!«

»Dort drüben«, sagte Imre und wies auf den Raum, in dem ich die Körperteile gesehen hatte. »Er hat seinen großen Auftritt schon hinter sich. Ich erwähnte doch, daß er gestern plötzlich verstorben ist.« Er schaute auf die Uhr. »Ich muß mich jetzt leider von Ihnen verabschieden, aber keine Angst: Wir sehen uns bald wieder.« Er nickte mir zu und verließ den Raum. Der Diplomat und der Deutsche traten näher, der letztere hielt eine aufgezogene Spritze in der Hand. Ich warf eine Schachtel mit Disketten nach ihr, die Spritze fiel zu Boden. Der Diplomat bückte sich, indessen holte der Münchener zu einem Schlag aus. Was für ein stupider Gesichtsausdruck, dachte ich noch, dann traf die Faust mich mitten ins Gesicht.

G. von einem Zwerg in den Berg entführt. Wird Alberich, der verschlagene Hüter des gleißenden Schatzes, meinem Siegfried zu Leibe rücken? (G. als Siegfried zu bezeichnen, ist allerdings ein starkes Stück, und das nicht nur wegen der Behinderung).

Über eine Hühnerstiege im Löß geflohen. Das Mädchen versteckt mich im Keller eines Pfarrhauses. Maskerade, Mimikry, Camouflage: Morgó mit einer Knabenfrisur, ich im Talar!

Morgó ist auf der Suche nach ihrem verschleppten Bruder, sie vermutet ihn in den Kasematten. Ein Tankwart in Budapest hat ihn zuletzt gesehen, als er in einen weißen Kastenwagen kletterte. G. wird ihren Bruder finden und mitbringen, beruhig-

te ich das Mädchen. Was aber, wenn G. etwas zugestoßen sein sollte?

Verspüre nackte Angst bei dem Gedanken, allein zu sein, und finde nur leisen Trost im Gedanken an das Internet (habe Giordano von G.s Verschwinden benachrichtigt; er hat geantwortet, er werde die notwendigen Schritte unternehmen, und hinzugefügt, was immer auch geschehen sei und was immer auch geschehen werde, es bleibe bei zehntausend Zeichen).

»Guten Morgen«, sagte eine tiefe Stimme. »Ausgeschlafen?« Ich versuchte, mich aufzusetzen, aber ein rasender Kopfschmerz warf mich zurück. Ich zwang mich, die Augen zu öffnen. Ich lag auf einem Feldbett, und an meiner Seite saß ein feingliedriger Knabe mit einem prachtvollen Lockenkopf, ich schätzte den Buben auf höchstens zwölf Jahre.

»István Golkovics aus Mohács«, sagte er. »Und du heißt Groll und bist aus Bécs.«

Ich wunderte mich über die tiefe Stimme des Knaben.

»Geht es dir wieder besser?« fragte er. Ich nickte vorsichtig.

Er habe meine Karteikarte gelesen, fuhr er fort, wenn mein Auftritt herannahe, werde er mir beistehen, ich brauchte keine Angst zu haben. Viele würden sich vor der Kamera fürchten, es genüge aber, wenn man ganz natürlich bleibe.

»Gehörst du auch zur Mannschaft?« fragte ich. »Zu den Filmleuten?«

»Ich assistiere«, erklärte er. »Die größten Regisseure haben als Assistenten begonnen. Weißt du, beim Film muß man die Arbeit von der Pike auf lernen.«

»Du redest, als wärst du ein alter Filmprofi.« Ich setzte mich vorsichtig auf. Der Knabe lachte stolz. »Ursprünglich war ich als Hauptdarsteller in einer großen Produktion vorgesehen«, sagte er, »aber das war noch zu früh für mich. Ich hätte einen einzigen Film gemacht, und das wär's dann auch schon gewesen.« Er warf einen Blick auf die Wanduhr, sie zeigte drei Uhr. Wenn es dem Dozent gelungen war, zu entkommen, würde er jetzt im McDonalds-Restaurant auf mich warten.

»Ich habe all meine Talente eingesetzt, um aus der Produktion wieder rauszukommen«, redete István weiter. »Da will man die ganze Zeit vor die Kamera, aber wenn es soweit ist, kriegt man Schiß. Seltsam, nicht wahr?«

»Mir ist immer noch nicht klar, worin deine Arbeit besteht«, sagte ich und tastete meine geschwollenen Lippen ab.

»Du bist aber schwer von Begriff.« István verzog den Mund. »Ich sagte doch schon, ich bin so etwas wie ein persönlicher Assistent der Regisseure. Ich kümmere mich um die Darsteller, betreue sie vor Drehbeginn, tröste sie nach dem Auftritt, erkläre ihnen, daß sie nicht nur auf ihr persönliches Wohlbefinden achten sollen, sondern auch ein Gespür für höhere Fragen, für Fragen der Darstellungskunst, aufbringen müssen. Egal wo und bei wem man gastiert, die Leistung muß untadelig sein, erkläre ich ihnen. Auch wenn sie es nur zu einem oder zwei, vielleicht drei Drehs bringen, müssen sie gut geschminkt sein und dürfen bei der Arbeit nicht zerstreut wirken. Schließlich bleiben sie ja der Nachwelt erhalten, in Bild und Ton. Nicht viele Menschen können das von sich sagen. Es ist wichtig, daß die Darsteller Respekt vor dem Drehbuch bezeugen.«

»Auch wenn sie vor laufender Kamera ermordet werden?« Mein Kopf wurde klarer, und ich begann darüber nachzudenken, wie ich den Knaben für meine Befreiung verwenden könnte.

»Du mußt noch viel lernen«, sagte István altklug. »Für die Gestaltung einer Rolle macht es keinen Unterschied, ob der Darsteller am Ende stirbt oder ob er auf einem Triumphwagen aus der Arena geführt wird. Die Leistung vor der Kamera zählt, alles andere ist belanglos. Außerdem, sterben müssen wir alle, die einen früher, die anderen später. Der Tod im Spital, an einer unheilbaren und schmerzhaften Krankheit, oder der unvermittelte und zufällige Tod bei einem Autounfall oder der Tod durch eine Herzattacke, was sind das für armselige Darbietungen! Die Menschen sterben, jämmerlich und winselnd wie ein angeschossener Jagdhund oder stumpf und hoffnungslos wie eine Krähe, die erfroren vom Draht fällt. Oder sie verdrehen blöde die Augen, laufen blau an und strecken die Zunge heraus. Und das ist dann der letzte Eindruck, den sie der Menschheit hinterlassen. Was für eine Schande! Und welche Zumutung ist erst der Tod alter und verkrüppelter Menschen. Keine Eleganz! Nein, wer dem Tod so wenig Aufmerksamkeit entgegenbringt, hat beim Film nichts verloren. Beim Film wird nach den Regeln der Dramaturgie gestorben. Ich habe hier viele Tode erlebt, und nur die wenigsten waren schön anzuschauen, aber alle hatten sie Größe und Tragik. Nicht die Verpuffung irgendwelcher trostloser Existenzen, sondern zu Herzen gehende Schlachtszenen – Schreie, Krämpfe, erstarrende Gesichter, klaffende Wunden. Schließlich viel Blut, warm und klebrig wie dünner Honig. Es ist erstaunlich, wieviel gestalterische Kraft die Menschen aufbringen, wenn es ihnen an den Kragen geht. Und dieses Potential zu entdecken, zu fördern und zu einem kühnen Experiment zu formen ist das Ziel unserer Arbeit. Wir holen Dinge ans Licht, vor denen das Licht selbst erblaßt. Du mußt einmal in Ruhe mit Imre darüber reden. Er ist in der Lage, dir die Dinge von einer anderen Warte zu erklären, und er ist ein besonders einfühlsamer Regisseur, und weißt du auch, warum? Er haßt Voyeure.«

»Das glaube ich dir gern«, sagte ich, erstaunt und verwirrt ob der Leidenschaft, mit der der Knabe von den Vorgängen in diesem Verlies sprach. »So habe ich Imre auch kennengelernt, als charmanten Erzähler und kundigen Führer«, fuhr ich fort. »Schade nur, daß die Welt, durch die er mich schleuste, eine Scheinwelt war. Wie alt bist du eigentlich?«

»Fünfzehn«, antwortete der Junge und zuckte die Achseln. »Ich weiß, daß ich viel jünger aussehe. Aber was kann ich dafür, daß ich so fotogen bin? James Dean war auch noch keine achtzehn, als er seinen ersten Film machte. Du siehst auch nicht aus wie fünfundvierzig, ich hätte gewettet, du seist an die sechzig, als ich dich gestern gesehen habe.«

Der Junge war ein Glücksfall; einen besseren Führer konnte ich nicht finden.

»Ich hatte noch nie Gelegenheit, mit einem alten Filmhasen zu sprechen«, sagte ich. »Weißt du denn auch, wie viele Filme hier im Monat produziert werden?«

István, über das Kompliment erfreut, fuhr sich mit der Zunge über die Lippen. »Ein oder zwei«, sagte er. »Mehr ist nicht drin. Die Schändung einer Leiche zum Beispiel ist Schwerarbeit. Genau wie das Pfählen von Körperöffnungen. Da braucht es viel Kraft und viel Erfahrung. Man muß wissen, welcher Muskel zuerst reißt, welcher Knochen als erster bricht. Und der Kameramann muß in der Lage sein, immer neue Perspektiven zu finden. Die Perversion ist kein Fließband, sagt Imre. Wer das Fließband will, soll zur mittleren Produktion greifen, die gibt es an jeder Tankstelle zu kaufen.«

»Und was ist mit den Darstellern für die kleineren Filme? Stammen die allesamt aus Töröklak?«

»Aus Töröklak, aus der Slowakei, aus den Waldkarpaten, Kiew, Rumänien, Moldawien. Sie kommen von überall her. Wir sind international, und in Töröklak werden sie kaserniert, bevor sie hier auftreten. In dem riesigen Heim fällt es nicht auf, wenn Darsteller durchgeschleust werden.« Er warf begehrliche Blicke auf den Rollstuhl. »Ein schönes Gerät«, sagte er. »Fährt es sich bequem damit?«

»Wie in einem Jaguar.« Ich muß ihn mit Josef locken, dachte ich und fragte weiter: »Hast du eine Vorstellung davon, was man mit mir vorhat?«

»Du bist auf der Besetzungsliste für den nächsten großen Film«, sagte István knapp.

»Was heißt das: großer Film?«

»Große Filme sind dramatisch: Blut, Sperma, Innereien. Die ganze Sauerei. Wir machen nicht so oft einen großen Film. Die Darsteller müssen sich in Ruhe darauf vorbereiten.« Er machte die Geste des Trinkens. »Gestern erst ist einer abgedreht worden. Ich glaube, daß du noch ein paar Tage Zeit hast. Du brauchst übrigens keine Angst zu haben, wir haben gute Medikamente hier. Du wirst ganz ruhig sein, wenn der Film beginnt. Soll ich dir eine Spritze geben? Ich weiß, wie man das macht.«

Ich stützte mich vorsichtig auf den Ellbogen. An meiner linken Wange spürte ich eingetrocknetes Blut. Ich betastete die Wunde, sie war nicht sehr groß. Ein Vorgeschmack auf den Film, dachte ich und sagte, zum Jungen gewandt: »Erzähl mir, wie du es geschafft hast zu überleben.«

István betrachtete eingehend den Rollstuhl. »Durch Talent. Reines und großes Talent«, meinte er, ohne den Blick von Josef zu wenden.

»Und worin besteht dein Talent? Darin, daß du ein großes Maul hast und den Schweinen zur Hand gehst?«

Der Knabe stand auf. »Schade, ich hatte gehofft, daß ich in dir jemanden gefunden hätte, mit dem man reden kann«, sagte er. »Aber du bist auch nicht besser als die anderen. Du bist auch nur ein Roebling.« Er drehte sich um und ging zur Tür hinaus. Beim Gehen knickte er stark im rechten Bein ein. »Komm zurück«, rief ich. »Was ist mit Roebling?« Der Junge verschwand um die Ecke.

Ich schaute mich um. Der Raum, in dem ich lag, war eng, fast eine Koje. Außer für das Bett und den Rollstuhl war nur Platz für einen Sessel und einen Staubsauger. Ich wechselte in den Rollstuhl und untersuchte dessen Netz. Befriedigt stellte ich fest, daß alle meine Hilfsmittel noch da waren. Ich holte Gárdonyis Buch aus dem Netz und studierte die Struktur der Gänge in den Kasematten. Und ich überflog jenen Abschnitt des Schlußkapitels, in dem das Eindringen der Türken durch einen Geheimgang geschildert wird.

Nach einiger Zeit kam der Junge zurück. Er kaute an einem Stück Wurst. »Das hier ist das Sterbezimmer«, sagte er böse. »Wer da einmal drin ist, macht es nicht mehr lange. Kann ich deinen Rollstuhl ausprobieren?«

»Jetzt nicht«, sagte ich. »Aber wenn du willst, kannst du mich führen. Zeig mir dein Reich.«

Der Junge überlegte kurz. Schließlich siegte sein Stolz. »Warum nicht«, meinte er. »Ich werde dich schieben.« Unsicher schaute er mich von der Seite an. »Du hast doch nichts dagegen?«

»Warum sollte ich?«

Wie ein Bauer, der stolz die von ihm bewirtschafteten Felder zeigt, präsentierte István mir die Studios, die technischen Einrichtungen, ein Labor, ein Kopierwerk, ein Archiv mit Tausenden Videokassetten und den Regieraum. Ich fragte, ob Roebling dort gearbeitet habe. Der Junge nickte. »Roebling war Regisseur?« rief ich.

»Der und Regisseur? Daß ich nicht lache! Regisseure müssen aufspringen und brüllen, und manchmal küssen sie fremde Personen und gestikulieren wie wild. Alles

Dinge, die Roebling nicht konnte. Der war doch bloß ein alter kauziger Mann. Er hatte auch einen Rollstuhl, obwohl er ganz gut laufen konnte. Aber deiner ist viel schöner.«

»Welche Funktion hat Roebling denn hier innegehabt?« fragte ich im Regieraum und schaltete einen Computer ein. An der Wand hing das Poster, das die Brooklyn Bridge im Morgennebel zeigte.

»Er saß wie du vor dem Kasten. Den ganzen Tag«, sagte der Junge.

»Spielte er?«

»Ich glaube schon. Wenn ich ihn fragte, sagte er nur, er müsse Buchhaltung machen.«

»Roebling war Buchhalter?« Ich war im Betriebssystem und suchte nach einem Programm-Manager. Zwar beherrsche ich kein Programm wirklich, aber mein Nachbar in Wien, ein Drucker, läßt es sich nicht nehmen, mir die jeweils neueste Software vorzuführen, und im zuliebe tue ich so, als würde mich das interessieren.

»So nannte er das, glaube ich«, sagte István. »Ja, so war das Wort. Buchhaltung. Obwohl er einen Computer hatte, machte er Buchhaltung. Und immer, wenn ich ihm über die Schulter schaute, hat er mich verjagt.« István sah jetzt mir über die Schulter.

»Hast du trotzdem gesehen, was auf dem Bildschirm zu lesen war?«

»Nur Worte, viele Seiten voll mit Worten. Und hin und wieder ein Bild von einem Darsteller.« István kam immer näher.

»Glaubst du, daß Roebling geisteskrank war?« Ich durchsuchte verzweifelt die Software. Ich verstand nur soviel, daß der Computer ein Kalkulations- und ein Textverarbeitungsprogramm enthielt.

»Und ob, der war ein verrücktes Huhn«, sagte István und lachte. »Er tat grade so, als hätte er die Brücke da an der Wand erbaut, er sprach von nichts anderem. In Wahrheit hieß er auch gar nicht Roebling, er hat den Namen nur der Brücke wegen angenommen. Als er einmal betrunken war, verriet er mir seinen richtigen Namen: Nachtnebel hieß er, Simon Nachtnebel. Komischer Name, nicht? Und er behauptete, allein in den USA achtzehn Brücken errichtet zu haben, und er sprach davon, daß er sein Lebenswerk vollenden müsse – eine riesige, noch nie dagewesene Hängebrücke, die Menschen würden ihren Augen nicht trauen, wenn sie einst fertig wäre: die größte Hängebrücke der Welt. Sie sollte unterhalb von Wien an der Donau beginnen und bis nach Amerika führen, nach Brooklyn, zu einem Eissalon. Alle, die aus Europa weg müßten, könnten dann über seine Brücke fliehen, und als Willkommensgruß würde den Emigranten eine Tüte Pistazieneis gereicht. Roebling war aber kein Ingenieur, sondern ein Schulwart aus einer Kleinstadt in der Nähe von Wien. Dennoch behandelte er alle, als wären sie seine Arbeiter, seine Untergebenen. Sogar Herrn Imre! Ein fürchterlicher Mensch. Suchst du nach versteckten Programmen? Ich weiß, wie man sie abruft.«

Ich fuhr ein wenig zur Seite, und István tippte routiniert einige Befehle ein. Währenddessen fragte ich ihn, ob es ihm erlaubt sei, die Kasematten zu verlassen. Er schüttelte seinen Lockenkopf. »Noch nicht«, sagte er. »Frau Klara hat mir aber versprochen, mich nach Töröklak zu holen, und von dort haue ich dann ab, zum richtigen Film. Und meine Schwester nehme ich mit, ich mache aus ihr einen großen Star.«

»Ist deine Schwester so alt wie du?« fragte ich vorsichtig weiter.

»Sie ist sechzehn, und sie ist noch schöner als ich«, erwiderte István selbstbewußt. »Viel schöner. Und ihr Wuschel ist dreimal so groß wie meiner.«

»Wie heißt sie denn?« Das Programm wollte einen Codenamen wissen.

»Judit«, sagte er, »aber wir nennen sie Morgó. Nach dem Märchen von den Sieben Zwergen. Kennst du das Märchen? Morgó ist der mit der Perücke.«

Ich überlegte fieberhaft, welche Codenamen Roebling wohl verwendet haben könnte. »Probier doch einmal Brooklyn«, schlug ich vor.

»Das ist es nicht«, sagte István, »so weit war ich schon oft, aber beim Codenamen war jedesmal Schluß.«

»Brooklyn Bridge«, sagte ich, »und New York.«

István schüttelte den Kopf. Das Programm warnte jetzt, nur mehr zwei Versuche seien erlaubt, dann würde es sich selbst deaktivieren.

»Wie kommt es, daß niemand außer uns hier ist?« fragte ich István weiter aus.

»Die Crew ist beim Essen, und ein Teil holt Nachschub aus Töröklak, sie werden bald wieder hier sein. Du bist ja genauso computerverrückt wie der alte Roebling«, meinte István traurig.

Ich versuchte John A., den Namen des alten Roebling, der mit dem Bau der Brücke begonnen hatte und der zeit seines Lebens dem jungen Washington Roebling als übermächtiges Vorbild erschienen war. Wieder nichts. Dann tippte ich Emily und war im Programm. Emily Warren Roebling, die Frau, die nach Washington Roeblings Druckkrankheit, welche er sich in einer Tauchglocke zugezogen hatte, für ihn den Brückenbau überwachte, während er vom Bett aus durch das Fernglas das Wachsen der Pfeiler verfolgte. Niemandem hatte Roebling mehr zu verdanken als seiner Frau, der Tochter eines Bürgerkriegsgenerals. Und ich hatte Mister Giordano zu danken, der mich jedesmal, wenn ich in New York bin, zu einem Ausflug auf die Brooklyn Bridge mitnimmt und mir auf der Aufsichtsplattform hoch über dem East

River jedesmal mit glühenden Wangen die Geschichte der Brückenbauer erzählt. Emily hat sich auf der Baustelle durchgesetzt, dachte ich, sie hat sich bei Giordano durchgesetzt und schließlich auch bei dem vertriebenen Schulwart. So verrückt kann der Mann also nicht gewesen sein.

»Wir müssen verschwinden«, sagte István. »Wenn die sehen, daß du hier am Computer arbeitest, kriege ich Schwierigkeiten. Große Schwierigkeiten.«

»Sofort.«

Ein Verzeichnis listete Dutzende Briefe fein säuberlich auf. Roebling mußte seit geraumer Zeit versucht haben, Hilfe zu organisieren. Ich klickte ein Dokument mit dem Namen MWC an und las seinen Hilferuf an den »Manhattan Wheeling Courier«: »Wenn Sie verhindern wollen, daß die Brooklyn Bridge gesprengt wird, befreien Sie die armen Kreaturen aus der Hölle von Töröklak. W. A. Roebling.«

»Schnell, schnell«, rief der Junge. »Die Crew ist zurück.« Er zeigte auf einen Monitor. Mehrere Männer, unter ihnen Imre, marschierten einen Gang entlang. »Sie werden uns umbringen!« rief István. Ich öffnete einen Kasten, in dem diverse Vibratoren, Handschellen, Kunstschwänze und Schlüssel hingen, säuberlich an der Wand befestigt wie in einer Werkstatt, raffte einige der Gegenstände und einen Schlüsselbund an mich und stopfte sie in Josefs Netztasche.

»Komm«, rief ich István zu und fuhr vor ihm her, tiefer in den Berg hinein.

»Das ist der falsche Weg«, sagte er und blieb stehen.

Ich wendete und fuhr zu ihm zurück. »Sie werden dich umbringen«, sagte ich, »Sie werden dich für den nächsten großen Film einsetzen, weil du mich hast entkommen lassen.«

»Aber ich habe Talent«, jammerte der Junge.

»Das wird dir nichts nützen. Komm!«

Ich streckte die Hand nach ihm aus. Das Licht erlosch, und einige Zeit geschah nichts. Dann spürte ich die Hand des Jungen an meinem Kinn. Ich griff nach ihr und wendete erneut. Ich schärfte dem Jungen ein, er solle beide Hände auf meine Schultern legen, so würden wir einander nicht verlieren. Nach kurzer Zeit flammte das Licht wieder auf, gleichzeitig schrillte ein Alarm durch die Gänge. Unsere Flucht war entdeckt, ich erhöhte das Tempo. Sie würden uns zuerst in der Nähe des Ausgangs vermuten, hoffte ich. Das wäre gut, denn wir mußten in den Berg hinein.

Ohne Schwierigkeit fand ich die Stahltür, die Attila geöffnet hatte, als wir gekommen waren. Mit dem Universalschlüssel war es kein Problem, die Tür zu öffnen. Als sie hinter uns ins Schloß fiel, standen wir im Dunkeln, und es dauerte eine Weile, bis ich mich orientieren konnte. Ich wußte, daß nach etwa hundertzwanzig Schüben der Gang sich zu einer Bucht verbreiterte. Auf dem Weg mit Attila hatte ich genau darauf geachtet, wie viele Schübe zwischen den einzelnen Quergängen und den Buchten gelegen waren, und so war ich auf ein relativ einfaches System gestoßen. Alle sechzig Schübe gingen Seitengänge ab, und nach jedem zweiten Seitengang erweiterte der Weg sich zu einer Bucht. Und manche Buchten mußten vertikale Schächte aufweisen, die in tiefergelegene Stockwerke der Kasematten führten. Einen dieser Schächte galt es zu finden; der Geheimgang aus Gárdonyis Buch mußte unter der Hauptebene, auf der wir uns jetzt bewegten, liegen.

»Fahre ich zu schnell?« fragte ich den Jungen, der sich mit seinem verkürzten Bein plagte.

»Ich komme schon mit«, versicherte István. Um ihn abzulenken, fragte ich ihn, wie lange er schon in den Kasematten gefangen sei. »Drei Wochen, einen Monat, ich weiß nicht«, sagte István. Ich mußte an den Dozenten denken, und ich fragte mich, wie lange der auf mich warten würde.

»Hinkst du schon von Kindheit an?« fragte ich István, ich wollte das Gespräch nicht abreißen lassen, weil ich Angst hatte, er könnte es sich anders überlegen und zurücklaufen.

Er sei als kleiner Bub von einem Dach gestürzt, sagte er, und das Spital habe ihn nicht genommen. Also habe seine Großmutter das Bein verarztet, aber irgend etwas müsse sie wohl falsch gemacht haben. Ich fragte, wie es möglich sei, daß das Spital ihn abweisen konnte. »Zigeuner wurden damals alle weggeschickt«, sagte István. »Nur die, die zahlen konnten, durften bleiben. Meine Familie hatte aber kein Geld.«

Wir erreichten eine Bucht. Ich durchsuchte sie nach einem Schacht oder einem Ansatz zu einer Treppe, fand aber nur feuchte, glatte Wände.

»Erzähl mir von deinem Talent«, bat ich und setzte den Weg fort.

»Da gibt es nicht viel zu erzählen«, sagte István. »Der eine hat ein enges Arschloch und der andere nicht.«

»Was hat denn ein Arschloch mit Talent zu tun«, fragte ich verblüfft.

»Viel«, sagte der Junge. »Ich verdanke meinem Arschloch, daß ich noch lebe.«

»Ich verstehe kein Wort.«

»Wo bist denn du aufgewachsen?« sagte der Junge großsprecherisch. »Im Kloster? Sie ficken mich in den Arsch, so oft und solange sie wollen, und manchmal auch in den Mund. Einmal täglich, mehrmals täglich, einer oder mehrere, ich habe nichts dagegen. Solange sie mich ficken, bringen sie mich nicht um. Anfangs hat es weh getan, aber jetzt spüre ich nichts mehr. Ich muß nur auf meinen Darm achten; die meisten mögen es nicht, wenn Scheiße an ihrem Schwanz klebt, andere wieder stehen gerade darauf. Beim Film muß man durch solche Dinge durch, weißt du. Alle großen Stars haben so angefangen. Es ist ganz egal, worin das Talent besteht, man muß nur daran glauben, und man darf keine Angst haben, es zu vergeuden.«

Ich fragte, wer ihm diesen Unsinn erzählt habe.

»Roebling«, sagte István, »er war dabei, wenn sie mich fickten.«

»Roebling hat mitgetan?«

»Er mußte. Die andern haben sich darüber amüsiert. Wenn ich mich auf ihn setzte, war es am einfachsten, aber wenn er diese Knüppel da verwendete, die du in deinem Netz herumschleppst, war es hart. Auch wenn man die Dinger einschmiert, trocknen sie nach wenigen Minuten aus, und dann fließt Blut. Der alte Roebling hat sich fürchterlich aufgeregt! Ein Moralist. Völlig talentlos.«

»Du bist also tatsächlich stolz auf deinen Arsch.«

»Auf irgend etwas muß der Mensch stolz sein, sonst bringt er in der Früh die Füße nicht aus dem Bett. Also bin ich auf meinen Arsch stolz. Er ist wirklich großartig. Wenn wir hier rauskommen, zeige ich ihn dir. Ganz schmal, und dennoch weich. Und noch immer eng. Du kannst mich gern ficken, wenn du willst.«

»Danke, ich komme bei Gelegenheit auf dein Angebot zurück.«

»Du kannst doch ficken, oder ist da alles tot in deiner Hose?«

»Freilich kann ich ficken«, sagte ich. »Ich ficke dich bis zu deinem Lockenkopf.«

»Da bin ich aber neugierig«, sagte er und lachte. »Vergiß nicht, ich habe Vergleiche.« Wir gingen eine Weile schweigend. Dann sagte der Junge: »Wenn du mich gefickt hast, könnten wir ja Freunde sein.«

Ich tat, als müsse ich nachdenken. »Einverstanden«, erwiderte ich.

»Gut«, sagte der Junge. »Du bist gar nicht so beschissen, wie ich anfangs geglaubt habe.«

Plötzlich waren Stimmen zu hören, und aus einem Nebengang drang ein Lichtschein. Ich spürte, wie Istváns Finger sich in meine Schulter krallten. Der Lichtschein kam näher. Ich beeilte mich, eine Bucht zu erreichen, die nächste konnte nicht weit sein. Sie wissen, wo wir sind, und sie haben auch einen Plan der Burg, schoß es mir durch den Kopf. Da riß der Junge den Rollstuhl zurück und wies auf eine morsche Holztafel, wie sie zu Dutzenden in den Gängen hingen. Ich nahm an, daß früher Fakkeln daran befestigt gewesen waren. Aber von dieser Tafel ging ein unangenehmer feuchter Luftzug aus, und es stank nach Moder, wenn man sich ihr näherte.

Die Stimmen waren jetzt ganz nah. Ich hörte Attila fluchen, ein Mann lachte auf. István löste die Tafel von der Wand; sie war in Kniehöhe eingestürzt und gab den Blick auf ein dahinterliegendes Loch, wahrscheinlich eine alte Zisterne, frei. Ich warf einen Erdbrocken, wir hörten keinen Aufprall, aber wieder spürten wir einen kalten Luftzug. Das Loch schien sehr tief zu sein; es war aber auch eng, und das konnte unsere Rettung bedeuten. Ich ließ mich aus dem Rollstuhl gleiten, entriegelte die Hinterräder, hob Josefs Rahmen über den Kopf und verspreizte ihn an den Wänden des Schachts. Nachdem ich mich an der Mauer hochgezogen hatte, setzte ich mich vorsichtig auf die Metallstreben. In einer Hand hielt ich die beiden Räder, mit der anderen zog ich den Jungen nach.

»Dort vorn«, hörte ich Attila sagen, »dort vorne sind sie. Schnell!« Ich spürte das Gewicht des Jungen und hörte die Männer näherkommen. Da gab das Erdreich nach, der Rollstuhl löste sich aus der Verstrebung, und wir stürzten in das Dunkel. Ich fiel ein paar Meter, schlug mit dem Kopf, den Händen und der Schulter an die Wand; blieb kurz stecken, fiel neuerlich, aus dem Fallen wurde ein Rutschen, aber Sekunden später stürzte ich weiter in die Tiefe. István war verschwunden. Plötzlich war Josefs Rahmen über mir, immer noch rutschend und fallend bemühte ich mich, ihn abzuwehren. Die Vorstellung, vom Rollstuhl erschlagen zu werden, hatte etwas Unwirkliches an sich. Von István und Josefs Rädern war weiterhin nichts zu spüren. Ich nutzte jeden Halt, jede Unregelmäßigkeit des Schachts, ich machte mich so breit wie nur möglich, endlich schaffte ich es, Josef an mir vorbei zu drücken, aber wieder gab das Erdreich nach, und diesmal stürzte ich im freien Fall in die Tiefe. Ich schlug auf dem Rollstuhl, den Rädern und etwas Weichem auf.

Mit einer Hand klammerte sich István an ein Rad, mit der anderen suchte er meine Schulter zu berühren. Mein ganzer Körper schmerzte, ich blutete von einer Wunde an der Stirn, das rechte Bein war in einem grotesken Winkel weggestreckt. István atmete flach, ich spürte seine Hand an meinem Hals, der Junge wollte sich an mir festhalten.

Ich öffnete die Lippen, um István zu beruhigen, aber mein Mund war voll Erde, und ich mußte erst ausspukken.

»Du, Herr Groll«, sagte István, »ich spüre meine Beine nicht. Und mir ist fürchterlich kalt. Ich glaube, ich werde jetzt sterben.«

»Das wirst du nicht«, sagte ich. Ich bewegte mich vorsichtig, weil ich István entlasten wollte, doch der Schacht war zu eng, ich blieb auf dem Jungen liegen. »In ein paar Stunden wirst du deine Schwester wiedersehen, sie ist hier.«

»Morgó?«

»Ich habe sie gestern gesehen.«

»Das sagst du nur so.«

»Es ist wahr, István.«

»Jetzt hast du mich gar nicht gefickt, Herr Groll.« Seine Hand löste sich von meiner Schulter. Ich rief seinen Namen, er gab keine Antwort. Ich verrenkte mich so gut es ging, griff nach seinem Mund, öffnete ihn, preßte meine Lippen darauf und stieß Luft in seinen Kopf. Vielleicht ist er nur bewußtlos, hoffte ich, wer so tief fällt, hat ein Recht darauf, bewußtlos zu sein. Hektisch pumpte ich Luft in Istváns Mund und drückte mit dem Ellbogen in seine Rippen. Etwas Warmes rann über mein Gesicht, ich dachte, es sei mein Blut. Das Blut macht nichts, sagte ich mir vor, wichtig ist nur, daß ich István wiederbelebe. Verbissen und systematisch beatmete ich den Knaben, ungeachtet des Bluts, das die Arbeit zusehends schwieriger machte und in meinen und Istváns Mund rann. Aber ich hörte nicht auf, den Jungen zu beatmen. Bis zu drei Minuten kann das Hirn ohne Sauerstoff sein, redete ich mir ein, vielleicht auch länger. Dieses Scheißblut, dachte ich, ich pumpe dem armen Kerl ja Blut in seine Lungen, wie kommt der dazu, mein Blut zu schlucken. Da spürte ich, daß das Blut aus Istváns Nase kam, und als ich seine Ohren abtastete, fühlte ich auch dort Blut. Ich versuchte, es wegzuwischen, aber es strömte ungehindert weiter. Dann legte ich meinen Kopf auf Istváns Brust und horchte, aber ich fühlte keinen Herzschlag. Ich streckte die Hand nach dem Rollstuhl aus und zog das Gestell an mich, so weit, daß das Metall meine Stirn kühlte.

XIII

Alles, wovor wir uns zu fürchten haben, ist die Furcht selbst

Ich erwachte mit einem stechenden Schmerz im Bein. Nach mehreren Versuchen gelang es mir, auf das linke Knie zu kommen. Das ist eine wahre Niedertracht der Natur, daß Gliedmaßen, welche man als Querschnittgelähmter ansonsten nicht spürt, schmerzempfindlich werden, wenn sie gebrochen sind, dachte ich. Da wäre es ja fast besser, man wäre nicht gelähmt. Ich begann die Wände abzutasten. Wenn wir in einen Zisternenschacht gefallen waren, konnte es sein, daß am Grund des Schachts ein Zustieg existierte. Aus der Lektüre von Gárdonyis Buch wußte ich, daß man in Festungsanlagen oft zu dieser Finte gegriffen hatte, um Verstecke oder Fluchtwege für den Fall der Eroberung zu schaffen.

So war es auch hier. In Brusthöhe spürte ich eine etwa mannsbreite Vertiefung im Schacht. Mit einem der entwendeten Dildos bohrte ich ein Loch. Das feuchte und schlammige Erdreich fiel auf den toten István und den Rollstuhl.

Ich lehnte die Hinterrräder an die Wand und entnahm dem Netz ein Feuerzeug. Die Flamme leuchtete die Vertiefung aus, ich sah, wo ich weiterzugraben hatte. Bevor ich die Flamme löschte, warf ich einen Blick auf István. Sein schmales Gesicht war zur Seite gedreht, auf einer Blutspur kroch ein fetter Käfer zu Istváns Nase empor. Ich überlegte kurz, ob ich ihn vertreiben sollte, ließ es aber dann bleiben.

Langsam baute ich das Loch aus. Als es breit genug

war, stemmte ich mich am Rollstuhl hoch. Auf dem Vorsprung arbeitete ich so lange weiter, bis eine Plattform daraus geworden war. Auf dem Bauch liegend, zog ich sodann die Räder und Josef nach. Dann ruhte ich mich aus.

Attilas Stimme war gedämpft, dennoch konnte ich sie deutlich von den anderen unterscheiden. Ein Scheinwerferkegel erfaßte zuerst den aufgeschichteten Erdhügel und danach den toten Knaben. Ich verstand nicht, was die Männer sprachen, ich hörte nur, daß mein Name genannt wurde. Der Rollstuhl fehlt, hörte ich Attila sagen. Sie wußten also, daß ich noch lebte. Nachdem die Männer verschwunden waren, wartete ich noch einige Zeit, dann nahm ich die Arbeit wieder auf.

Nach einem halben Meter gab das Erdreich nach und fiel in einen Parallelschacht, der schräg nach oben führte und in den Stufen gehauen waren. Die Stufen waren hoch und nicht sehr tief, sodaß es schwierig war, mich auf ihnen zu halten, während ich den Rollstuhl nachzog.

Ich stemmte mich mit den Händen von Stufe zu Stufe hoch. Gern hätte ich das Sitzkissen verwendet, um die Nässe und den Dreck von meinem Hintern abzuhalten, aber das war verschwunden. Nach wenigen Stufen begriff ich, daß ich die Technik ändern mußte. Die Gefahr, daß die Räder oder das Gestell des Rollstuhls in die Tiefe stürzten, war zu groß. Ich holte zwei Kunstschwänze aus dem Netz hervor, montierte die Schlaufen ab, verknotete mit diesen die Räder und den Rollstuhl und wickelte die Schlaufen fest um meine Hand.

Lange und zähe Kletterarbeit führte zu einem Quergang, er war nur brusthoch, und sein Boden war mit Pfützen und Schlamm bedeckt. Ich steckte die Hinterräder an den Rollstuhl und zog mich auf Josefs Sitzfläche. Jetzt schmerzte nicht nur das Bein, sondern auch die Arme und die Brust taten mir weh. Außerdem wurde ich immer durstiger, wagte aber nicht, das schlammige Wasser, das sich in kleinen Pfützen sammelte, zu trinken.

Ich kam nur langsam voran. Wenigstens muß ich hier keine Angst haben, entdeckt zu werden, dachte ich, der Gang ist für einen Menschen normaler Körpergröße viel zu niedrig. Einzig Attila käme, wenn er sich bückte, durch.

Ich verlor jegliches Zeitgefühl, aber ich arbeitete mich Meter um Meter in dem Behelfsgang weiter vor und setzte dabei alle Kenntnisse, die ich im Rollstuhlfahren erworben hatte, ein. Ich kippte Josef sanft, um über Erdbrocken hinwegzukommen, lehnte mich auf eine Seite und umfuhr Pfützen oder manövrierte vorsichtig an Geröll vorbei. Der Weg war holprig, meistens voll Schlamm und manchmal, wenn er durch Pfützen führte, troff von meinen Händen am Treibreifen das Wasser. Pfützen sind aus Wasser, sagte ich mir, und das Wasser muß irgendwo herkommen, und dort, wo es herkommt, muß ich hin. So einfach ist das. Aber dann fing ich an zu zweifeln; ich wußte nicht, wie Wasser sich in lehmigen Böden verhielt, ob es wie im Kalk Gänge und Höhlen auswäscht oder ob es durch den Boden sickert. Und ich dachte darüber nach, ob die Hoffnung, einen für mich benützbaren Ausgang zu finden, überhaupt realistisch war.

Nachdenken über Dinge, die durch Denken nicht zu ändern sind, muß man sich abgewöhnen, erinnerte ich mich eines Satzes von Giordano, den dieser, wie er sagte, von einem deutschen Emigranten gehört hatte, dessen Namen er gleich wieder verdrängt hatte, da er Kommunist war. Ich sagte mir diesen Satz immer und immer wieder vor, bis ich tatsächlich aufhörte zu denken und stattdessen weiterfuhr, langsam, durstig und in einem Rhythmus, der dem eines Paddelbootfahrers gleicht, welcher einen breiten Meeresarm quert, gegen den Wind, und mit seinen Kräften haushalten muß. Hinter meiner stetigen Vorwärtsbewegung steckte die Angst vorm Innehalten. Ich wußte, daß ich mich dann der Müdigkeit ergeben und einschlafen würde. Also sagte ich mir einen anderen Satz vor, den ich ebenfalls von Giordano gehört hatte: Alles, wovor wir uns zu fürchten haben, ist die Furcht selbst. Giordano zitierte diesen Satz von Delano Roosevelt immer, wenn er mit den Banken wegen neuer Kredite zur Umschuldung des angeschlagenen »Manhattan Wheeling Courier« verhandelte, und meistens half der Satz auch. Giordano nannte Roosevelt immer nur Delano; er war von der fixen Idee besessen, der Vorname Delano deute auf eine vor der Öffentlichkeit verborgene sizilianische Abstammung Roosevelts hin. Zumindest hatte es im Dorf der Giordanos nahe Enna auch zwei Delanos gegeben, den Schultheiß und einen notorischen Hammeldieb. Delano würde so und so handeln, sagte Giordano immer, und: Delano hat vom Rollstuhl aus die Nazis besiegt. Wirklichen Trost spendeten mir die Sätze aber nicht, denn bald fiel mir ein weiterer Lieblingssatz von Giordano ein: Gehen nach Orten, die durch Gehen nicht zu erreichen sind, soll man sich abgewöhnen. Dem alten Trottel werde ich etwas erzählen, wenn ich ihn das nächstemal sehe, nahm ich mir vor. Falls ich ihn jemals wiedersehe. Mister Giordano, werde ich sagen, Ihre Lebensweisheiten in Ehren, aber wenn Sie einmal in einer abgelegenen ungarischen Festung in einem halb verschütteten Gang auf der Flucht vor Mördern und Kinderschändern sind, wünsche ich Ihnen von Herzen, daß diese Sätze Ihnen niemals in den Sinn kommen mögen, denn sie helfen nicht. Sie taugen vielleicht für Ihre Kommentare, in denen Sie die Versäumnisse dieser und jener Behörde und dieses oder jenes Geschäftsinhabers behinderten Menschen gegenüber geißeln, als konkrete Hilfe in einer verzweifelten Lage sind Ihre Sätze aber nicht zu gebrauchen.

Der Durst wurde unerträglich, nur mit größtem Willensaufwand konnte ich mich bezwingen, nicht vom schlammigen Wasser zu trinken. Ich tastete die Wände nach Rinnsalen ab, aber alles, was ich fand, war eine Stelle, an der alle paar Sekunden ein Wassertropfen von der Decke fiel. Ich versuchte die Tropfen mit dem Mund zu erhaschen, doch das verzehnfachte meinen Durst bloß. Ich wurde halb wahnsinnig vor Angst, daß der spärliche Quell versiegen könnte, und fühlte mich jener Folter ausgesetzt, die darin besteht, den Kopf des Opfers in einem Schraubstock zu fixieren und langsam aber stetig Wassertropfen exakt auf derselben Stelle des Kopfes aufprallen zu lassen. Ich hielt einen hohlen Gummischwanz unter die feuchte Stelle und wartete unter Aufbietung aller Kräfte regungslos ab. Als der Gummischwanz zur Hälfte gefüllt war, setzte ich ihn vorsichtig an den Mund und trank das gesammelte Wasser in wenigen Zügen aus. Ich wiederholte die Prozedur zweimal und fühlte mich besser.

Die Gänge, die ich in dem Labyrinth vorfand, waren weder in Gárdonyis Plan noch in seinem Text erwähnt. Manche stiegen sanft an, andere hingegen fielen steil ab, so steil, daß ich Mühe hatte, nicht aus dem Rollstuhl zu rutschen. Manche beschrieben langgeschwungene Kurven, andere liefen endlos gerade dahin, machten dann aber einen scharfen Knick. Einige mündeten in verfallene Quergänge, andere wiederum liefen ohne Abzweigung durch den Berg. Es schien, als wäre ich in ein Paralleluniversum zum bekannten Gangsystem geraten, und je länger ich mich in dem Labyrinth bewegte, desto größer wurde meine Gewißheit, daß ich nicht auf Gárdonyis Geheimgang gestoßen war, sondern auf ein komplementäres Gangsystem, das die Türken angelegt haben mußten, um Sprengladungen zu deponieren, den Gegner auszuhorchen oder ihn auch nur durch Grabungsgeräusche zu irritieren. Aber auch diese Gänge mußten irgendwo einen Anfang haben, und das mit Sicherheit auf den Hügeln südlich der Burg, wo das türkische Heer einst Aufstellung genommen hatte.

Ich hatte jede Orientierung verloren, ich wußte nicht, ob ich mich jenseits des Flusses oder noch auf der Festungsseite befand, ja ich wußte nicht einmal, ob ich tiefer in den Berg fuhr oder mich in der Nähe der Ausgänge bewegte. Hatte ich anfangs noch hin und wieder entferntes Klopfen und Stimmengewirr gehört, so war es seit geraumer Zeit still, so still, daß ich anfing, das schmatzende Geräusch des Wassers, in das der Rollstuhl eintauchte, zu hassen. Ich versuchte zu singen. Das Wandern ist des Müllers Lust. Und: Muß i denn, muß i denn zum Städtele hinaus. Aber auch: Einmal um die ganze Welt und die Taschen voller Geld. Doch aus meiner Kehle kam keine Melodie, nur ein scharfes Krächzen. In einigen Gängen brachte ich mit Papierstückchen, die ich aus dem Buch riß, Zeichen an, sodaß ich es merkte, wenn ich im Kreis fuhr. Und wirklich fand ich die Papierschnitzel immer wieder vor. Das gebrochene Bein war angeschwollen, ich fühlte mich elend und müde und zitterte vor Kälte. Dann wieder durchliefen mich heiße Schauer, und Schweiß tropfte von meiner Stirn. Da wußte ich, daß ich fieberte.

Alle Versuche, aus den Gängen zu entkommen, endeten mit Niederlagen. Ich verfluchte Giordanos Satz von den Orten, die durch Gehen nicht zu erreichen sind. Ich gehe ja nicht, sondern ich fahre, versuchte ich mir einzureden. Das ist etwas anderes. Der Satz gilt hier nicht.

Wieder kam ich zu einer steil abschüssigen Stelle, doch diesmal gelang es mir nicht, im Rollstuhl zu bleiben. Geschwächt und mutlos rutschte ich von der Sitzfläche, der Rollstuhl kippte und fiel mir auf den Kopf. Wie in der Altstadt von Lissabon, dachte ich, als ich mich vom Rollstuhl befreite, aber damals habe ich gelacht, und von überall her kamen Menschen gelaufen, sie schauten besorgt drein, später aber, als sie merkten, daß mir nichts geschehen war, lachten auch sie und hoben mich auf den Rollstuhl, und dann schoben sie mich über das letzte Steilstück zum Kastell hinauf.

Die Stelle, an der ich gestürzt war, erwies sich als so steil, daß nicht daran zu denken war, dort wieder in den Rollstuhl zu kommen. Also kroch ich, Josefs Gewicht im Nacken, langsam auf allen vieren abwärts. Hin und wieder rutschte ich ein paar Meter tiefer, dann prallte der Rollstuhl, der über die Schlaufen der Dildos mit meinem Handgelenk verbunden war, heftig gegen mich. Ein Aufprall war so stark, daß ich benommen liegen blieb. Ich versuchte weiterzukriechen, wußte aber nicht mehr, ob ich es auch wirklich tat oder ob Fieber und Erschöpfung mir die Bewegung nur vorgaukelten. Ich wußte zwar, daß ich nicht hier liegen bleiben konnte, um mich auszuschlafen, dennoch rollte ich mich zusammen und schloß die Augen, und auf einmal war mir nicht mehr kalt.

Ich lag auf einer Schotterbank, inmitten von Schilf und jungen Gräsern, und ein erfrischender Luftzug strich durch mein Haar. Eine Schotterzunge ragte weit in den Strom hinaus, und jenseits des grün schimmernden, vom Wind gefurchten Wassers eines Seitenarms lag die Spitze einer Donauinsel, bewachsen mit Pionierweiden und mächtigen Silberpappeln, deren ausgewaschene Wurzeln den angeschwemmten Skeletten von riesigen Fischen ähnelten. Vor der Insel zog ein altes Schleppschiff zwei Kähne bergwärts, und ich hörte, wie das Schiffshorn mehrere Male ertönte.

Was ich gehört hatte, war aber kein Schiffshorn, sondern das Fiepen von Ratten, die an meiner Hose nagten. Als ich wieder zu mir kam, mich aufsetzte und versuchte, den Traum zu verscheuchen, spürte ich die Tiere auch an meiner Brust. Ich schlug um mich, doch dadurch gerieten die Ratten in Panik und bissen mich in die Hand und in die Beine. Der Rollstuhl lag auf dem Rücken, das Netz war unerreichbar. Erst als es mir nach vielen Versuchen gelang, Josef über mich und das Netz über dessen Lehne zu ziehen, ließen die Ratten von mir ab, machten sich aber sogleich über Josefs Reifen her. Ich riß den Netzverschluß auf, fingerte nach dem russischen Vibrator und schaltete das Gerät ein. Der singende Lärm und die Hitzeentwicklung vertrieben die Tiere. Mit einer Hand den Rollstuhl hinter mir her ziehend und mit der anderen den glühenden Vibrator zur Abwehr auf die Ratten gerichtet, schleppte ich mich den Gang fort. Was für eine Schweinerei, einen wehrlosen Rollstuhl anzufressen, dachte ich. Und was für eine Plackerei, den schweren Josef zu schleppen.

Endlich ging die Steigung in einen ebenen Gang über, sodaß ich mich auf Josef hochstemmen konnte. Kaum saß ich in dem schlammverschmierten Stuhl, packte mich ein heftiger Schüttelfrost. Ich stieß die Treibreifen vor und stellte zu meinem Entsetzen fest, daß alle vier Reifen ohne Luft waren. Mit einem platten Hinterreifen zu fahren, ist zwar unangenehm, doch selbst mit zwei Platten kommt man noch vorwärts. Mit kaputten Vorderreifen aber wird der Rollstuhl unlenkbar, mehr Kraft noch als für die Vorwärtsbewegung muß für die Kontrolle der nach allen Seiten strebenden Vorderräder aufgewendet werden.

Endlos lange plagte ich mich den Gang weiter. »Geht's«, sagte ich laut zu mir und vermied eine Antwort. Immer hatte ich mich über diese Frage lustig gemacht. Wenn hilfsbereite Menschen wissen wollen, ob ich über einen Randstein hinunter kann, sagen sie: »Geht's?« Wenn ich vom Rollstuhl in den Wagen wechsle, fragen sie: »Geht's?« Wenn ich vor einer Lache anhalte: »Geht's?«

»Es geht nicht«, sage ich dann oft, »sonst würde es nicht sitzen.« Noch nie hat jemand über diesen Satz gelacht. Aber ich bin nicht gewillt, von ihm abzugehen. Was im Englischen funktionell klingt – »Can you manage?« –, ist im Deutschen eine Verhöhnung und die Erniedrigung zu einer Sache, und das ist sicher kein Zufall, davon bin ich überzeugt. Was ist das für eine Sprache, die zuläßt, daß Menschen sich einander in guter Absicht nähern, das Wort aber, das sie dabei gebrauchen, ihrer Absicht Hohn spricht?

Ich hielt stumme Zwiesprache mit Josef. Von Ratten angenagt, mit vier platten Reifen in endlosen holprigen Gängen unterwegs zu sein, das hatte er noch nicht erlebt. Wenn wir jemals hier herauskommen sollten, versprach ich ihm, bekommst du Weißwandreifen und eine neue Lackierung. Und deine Bremsen tausche ich obendrein aus. Auch werde ich in Zukunft die lästigen Haare, die sich immer wieder zwischen deiner Vorderachse und den Reifen verfangen, regelmäßig entfernen. Und ich schwöre dir, daß ich jeden, der in Zukunft den Ausdruck »an den Rollstuhl gefesselt« verwendet, sei es schriftlich oder mündlich, niederschlage. Zwanzig Jahre Aufklärungsarbeit, zehn Jahre gutes Zureden und Leserbriefe haben nichts genützt, die Phrase überfällt uns, wo immer wir auf Menschen treffen. Das muß abgestellt werden. Wenn wir die Phrase nicht ausrotten können, müssen eben jene, die nicht von ihr lassen wollen, dran glauben. Da darf es keinen Kompromiß geben. Wir oder sie, das ist die Frage des kommenden Jahrtausends. Nach der Veröffentlichung meines Artikels beginnt eine neue Zeitrechnung. Die Welt soll sehen, daß wir nicht aneinander gefesselt wurden. Ich würde das nie zulassen und du mit deinem Unabhängigkeitstrieb schon gar nicht. Wir sind ein Gespann, nein, ein Team, die kleinste Einheit der großartigen Arbeitsteilung. Auch wenn unser Pulver naß geworden ist, mein Lieber, verschossen ist es noch lange nicht. Halte durch, Josef, bitte, achte auf deine Streben, schone deine Achsen.

Wir sind gescheitert, Josef, István ist tot und Roebling wahrscheinlich auch. Wir sollten uns die Niederlage eingestehen. Aber du weißt, daß das Wort Niederlage im Mittelalter das Niederlegen von Waren in einer Stadt bedeutete, Waren, die später auf Flüssen weiterbefördert wurden. Die niedergelegten oder gestapelten Waren wurden von der Stadt mit Stapelgeld belegt, und dieses bildete die Grundlage für den Reichtum vieler Städte. Es ist keine Übertreibung, davon auszugehen, daß die Neuzeit ohne Handelsniederlagen undenkbar wäre. Je umfangreicher die Niederlagen, je größer die Flüsse, desto bedeutender die Städte und desto stärker das Bestreben der Bürger in den Städten, die Vorrechte des Adels abzuschaffen. Die Niederlage ist der Ausgangspunkt aller Zivilisation, Josef. Wir sollten auch das in Rechnung stellen, wenn wir kapitulieren.

Du kannst es drehen und wenden, wie du willst, Josef – ist das nicht eine schöne, dir geradezu auf den Leib geschnittene Phrase? –, du kannst es drehen und wenden, wie du willst, Rollen ist kein Ersatz für Gehen, nur eine rohe, oftmals plumpe Art von Fortbewegung, ein Gehen unter Zuhilfenahme der Hände, ein Widerspruch in sich. Du bist nicht das Ziel, Josef, du bist nur das Mittel, ein Hilfsmittel auf dem Weg in eine verlorene Welt. Entscheidend ist, daß du mich aus diesem Labyrinth wieder ans Tageslicht bringst, Josef. Hilf mir, hier herauszukommen; wenn jemand das schafft, dann du.

Es schien mir, als ob Josef, der schon jämmerlich

quietschte und knarrte, nun etwas besser lag. Der Gang wurde trockener, er führte jetzt schon die längste Zeit, mir schien kilometerweit, geradeaus. Das Fieber war nicht stärker geworden, ich fühlte mich nur zerschlagen, und das gebrochene Bein schmerzte. Aber ich hatte genug Kraft, um noch ein paar Stunden durchzuhalten. Und es war kein Gang vorstellbar, der nach ein paar Stunden nicht in einen Ausgang mündete.

Zwar kamen wir nur langsam wie ein bergwärts fahrender rumänischer Schlepper vorwärts, aber daran, daß wir Weg gutmachten, war nicht zu zweifeln. Und selbst rumänische Schlepper laufen irgendwann in den Zielhafen ein, dachte ich und memorierte im Geist die Namen der Schiffe: Ada Kaleh, Agnita, Bacau, Bazias, Botosani, Crisan, Draganesti, Hateg, Lotru, Medias, Paring, Petroseni, Petrila, Tecuci, Timis, Turda. Ich kam nur auf sechzehn Einheiten, wußte aber, daß die »Turda«-Klasse neunzehn Schiffe umfaßte. Ich versuchte es noch einmal und kam auf fünfzehn.

Längst hatte ich es aufgegeben, meine Blase kontrollieren zu wollen. Von der Hose stieg ein stechender Uringeruch auf, und immer, wenn ich mit den Händen anstreifte, spürte ich, daß der Harnwegsinfekt jetzt voll ausgebrochen war. Wenn ich nicht innerhalb der nächsten Stunden Antibiotika bekäme, würde der Harn blutig werden, dann würde der Beckenboden sich verkrampfen und es würde zur Harnverhaltung kommen, die Nieren würden aussetzen, wenn alles gutginge auch das Bewußtsein, und in ein paar Stunden wäre alles vorbei. Und Giordano würde mich verfluchen, weil der Text nicht pünktlich auf seinem Schreibtisch wäre.

Ich wußte, daß ich delirierte, aber ich wußte auch, daß ich nicht stehenbleiben durfte. Von überall her drangen Bilder auf mich ein: meine Freundin, wie sie ins Badezimmer tänzelt, ein Schiff, das unterhalb der Reichsbrücke ein Rondeau fährt, die Contergan-Frau aus der Peep-Show, das strenge Gesicht meiner Haushälterin, die blitzenden Augen des Dozenten, wenn er von einem Projekt erzählt – eine Folge ineinander übergehender Bilder, eine Endlosfernsehserie, die nur durch den Tod der Hauptdarsteller ihr Ende findet. Ich ärgerte mich über Giordanos Sturheit wegen der Zeichenanzahl, und ich ärgerte mich über den Dozenten und das Internet, das immer dann nicht funktioniert, wenn man es am dringendsten braucht. Ich führte imaginäre Dialoge mit Josef, dem Dozenten und Giordano und versank immer tiefer in eine Zwischenwelt, in der mir nicht mehr kalt war und in der ich weder Hunger noch Durst verspürte. Das Bein war dick angeschwollen, aber es schmerzte nicht mehr. Ich fuhr weiter, vom Fieber erwärmt, und konnte nicht mehr anhalten. Ich würde ewig auf den Felgen meines Rollstuhls durch diese Gänge fahren, so entstehen Geister, dachte ich, ich würde das erste Rollstuhlgespenst sein, ein Gespenst, welches zu jeder Tages- und Nachtzeit das Leben der Menschen jenseits der Kasematten stören konnte. Giordano und der Dozent werden noch ihre Freude an mir haben, auch im Tod werde ich sie nicht verlassen, und Giordano wird den Tag verfluchen, an dem er mir den Auftrag erteilte, nach Ungarn zu fahren. Hin und wieder sah ich aufgescheuchte Ratten sich verkriechen, aber ich schenkte ihnen keine Beachtung. Die Felgen rumpelten über den unebenen Boden, und meine Arme bewegten die Treibreifen wie Schaufelräder ein Schiff. Das Fahren fiel mir immer leichter, fast schien es, als würde jemand den Rollstuhl schieben. Mit dem Oberkörper wippte ich leicht vor und zurück, ich war in einen Rhythmus eingetaucht, der alles andere ausgelöscht hatte; die gleichförmigen Bewegungen und das Knarren des Rollstuhls waren die Pole, um die meine Welt jetzt kreiste, und ich war dabei nicht unglücklich. Den Lichtschein wußte ich anfangs nicht zu deuten, ich wunderte mich noch, daß die Wände und der Boden Konturen annahmen, und als ich an Matratzen und Resten einer Feuerstelle vorbei zu einem Holunderstrauch gelangte, dessen Zweige vom Wind bewegt wurden, hoffte ich, daß der Traum noch einige Zeit dauern möge, und während jemand leise auf mich einsprach, er heiße Roebling und sei aus den Kasematten geflüchtet, verlor ich das Bewußtsein.

XIV

Roebling oder Die größte Hängebrücke der Welt. In der Tiefebene

Der Mann saß in der Kabine des Lastkraftwagens und hatte die Füße auf das Armaturenbrett gelegt. Er blätterte in einer Sexzeitschrift und trank Kaffee aus einer Thermoskanne. Auf dem Beifahrersitz lagen eine Schnitte Weißbrot und eine große geschälte Knoblauchzehe, von der er hin und wieder abbiß.

Ich beobachtete ihn durch die Gitterstäbe eines kleinen Fensters auf der Ladefläche. Von der natürlichen Rampe aus war es nicht schwer gewesen, mich in den Laderaum des Lasters zu ziehen, Roebling hatte sich dabei äußerst geschickt angestellt, und ich hatte mich gewundert, wieviel Kraft in dem kleinen verwachsenen Mann, dessen Fingergelenke von der Arthritis grotesk verformt waren, steckte. Josef hatte ich an den Schlaufen nachgeholt. Meine Handlungen waren ohne innere Bewegung, fast schlafwandlerisch, erfolgt, und so saß ich inmitten mehrerer Bauerntruhen und eines Dutzends Schafe, die nur wenig geblökt hatten, als ich mich zu ihnen gesellte. Roebling hatte neben mir Platz genommen und rieb seine Gelenke, die ihn offensichtlich schmerzten.

Wie ich aus der Höhle gelangt war, wußte ich nicht. Ich wußte weder, wie ich von der Höhle zum Parkplatz gekommen war, noch wo ich mich befand. Es war mir auch egal. Roebling lebte, und das allein zählte. Zwischen den warmen Tierleibern fühlte ich mich geborgen und war zum Sterben müde, und als der Mann, der die Sexzeitschrift vor sich im Lenkrad festgeklemmt hatte, zu masturbieren begann und der Laster leicht schaukelte, fiel ich, eingelullt vom leisen Blöken der Schafe, in einen tiefen Schlaf.

Ich erwachte, als der Wagen über Schlaglöcher rumpelte. Nur mit Mühe konnte ich einen Sturz aus dem Rollstuhl verhindern. Zu meinen Füßen hatte sich ein Lamm hingekauert, gierig schleckte es Josefs Bremshebel ab. Wir fuhren auf einer kurvenreichen Straße, der Wagen quietschte und hüpfte, und die Schafe blökten verängstigt.

Er habe sich am Tag vor seinem »Auftritt« abgesetzt, erzählte Roebling, er kannte Gárdonyis Geheimpläne, er hatte sie in einer Truhe des Kastellans gefunden, der sich nur für Schnaps und kleine Buben interessierte. Meinen Einwand, daß István mir von seinem Tod berichtet hatte, tat er mit der Bemerkung ab, der Junge sei ein Aufschneider, der von den Verbrechern als Lustknabe gehalten werde. Ich verschwieg, daß István tot war, und wollte Roebling noch eine Reihe von Fragen stellen: wie er in das Heim gelangt war, welche Rolle er dort gespielt hatte, wieso er nicht früher versucht hatte, Hilfe zu organisieren, und ich wollte auch noch fragen, wohin der Wagen uns bringen würde – aber wieder übermannte mich der Schlaf.

Mit einem Ruck blieb der Wagen stehen. Der Fahrer stieg aus, die Laderampe wurde geöffnet. Die Schafe reckten benommen die Köpfe in die Höhe und stolperten in das Licht. Auch das Lamm, das sich vor mir niedergelassen hatte, stand auf und stelzte unbeholfen über die Rampe. Unmittelbar vor dem Rollstuhl, dort, wo das Lamm zuvor gelegen war, glänzte ein schwarzes Häufchen Kot. Ich wartete, bis die Tiere verschwunden waren, dann fuhr ich zwischen den Truhen vor und sah mich vorsichtig um. Als ich einen Schrei des Entsetzens ausstoßen wollte, war Roebling neben mir und hielt mir den Mund zu.

Wir standen zwischen dem Werkstattpavillon und dem Hauptgebäude des Behindertenheims. Der Fahrer und ein Mann, den ich nicht kannte, lotsten die Schafe in ein Gatter. Sie waren so sehr mit den Tieren beschäftigt, daß sie nicht bemerkten, wie Roebling und ich die Rampe verließen und uns hinter einen Wacholderbusch zurückzogen. Leichter Regen setzte ein. Ich erinnerte mich an den löchrigen Zaun, und wir kämpften uns, Büsche zur Deckung nutzend, bis zum Waldrand hoch. Roebling mußte mehrmals anhalten, er bekam schwer Luft, und ich fragte mich, wie lange er es wohl in den Kasematten ausgehalten hätte.

Von einem sicheren Platz aus sahen wir Imre und Frau Klara vor das Haus treten. An der Hand führten sie ein Mädchen, das sehr stark hinkte. Hinter Klara ging ein Mann, der einen Rollstuhl schob, und in dem Rollstuhl erkannte ich Corinna. Sie trug ein rotes Jackett und ihr langes dunkles Haar war zu einem Zopf gebunden, der seitlich über ihre Brust hing.

Ich fragte Roebling, der noch immer schwer atmete und offensichtlich Schmerzen hatte, ob er wisse, was mit Corinna geschehen werde. Ihre Aufgabe sei es, Besuchern eine heile Welt vorzuspielen, sagte er. Aber seit Frau Klara das Regiment übernommen habe, könne man für nichts garantieren. Er hustete und krümmte sich vor Schmerzen. Er brauche dringend herzstärkende Medikamente, meinte er und stützte sich schwer auf Josef. Ich sah ein, daß ich ihn unmöglich in die Stadt mitnehmen konnte. Er solle hierbleiben und sich im Wald verstecken, sagte ich zu ihm, in ein paar Stunden würde ich ihn abholen. Er schaute mich müde und zweifelnd an, ich drückte seine verunstaltete Hand, und er verzog vor

Schmerzen das Gesicht. Er setzte sich auf den Waldboden, nahm seine speckige Aktentasche, stellte sie auf seine Oberschenkel, umfing sie mit seinen Armen und bettete seinen Kopf seitlich auf die Hände. Seine Augen waren offen, aber er sah durch mich hindurch. Ich wendete und fuhr los.

Der Regen war stärker geworden. Wenn ich die Asphaltstraße nicht bald erreichte, würde ich im Morast steckenbleiben. Ich kam quälend langsam voran. Wo es möglich war, nützte ich die Grasnarbe. Glücklicherweise ging es die meiste Zeit bergab, sodaß ich mich aufs Steuern konzentrieren konnte. Von einem Hügel konnte ich noch einmal einen Blick auf das Gelände des Heims werfen, ich sah auch den Parkplatz, und ich sah einen roten Renault 5 neben einem weißen Transporter stehen. Mehrmals schaute ich mich um, niemand folgte mir. Endlich gelangte ich zur asphaltierten Straße, die nach Eger ins Tal führte.

Wegen der Querneigung der Straße und um meinen Armeinsatz zu reduzieren, fuhr ich in der Mitte der Fahrbahn. Auch in den Kurven blieb ich in der Straßenmitte; ich vertraute darauf, daß ich ein herannahendes Auto hören würde. Der Regen war stärker geworden, meine Hände begannen auf den Treibreifen immer öfter durchzurutschen, und der Rollstuhl geriet nur deshalb nicht außer Kontrolle, weil die Reste der kaputten Vorderreifen, die ich mit dem Armeemesser so gut es ging von der Felge geschält hatte, ihn bremsten. Die Straße führte in weitgeschwungenen Kurven in den Talkessel von Eger; im Regenschleier sah ich die Türme der Kirche und den Pallas der Festung. Plötzlich hörte ich ein Motorgeräusch, ich hastete zur Seite, und im nächsten Moment schoß ein weißer Kastenwagen an mir vorbei zu Tal.

Wenn man mich hier auf der Straße findet, war die

ganze Flucht umsonst, dachte ich. Aber ich brauche die Straße, anders komme ich nicht in die Stadt, und der einzig sichere Ort für mich ist die Behindertentoilette von McDonald's. Ich griff stärker in die Reifen und nützte die Querneigung in den Kurven, um Tempo zu machen. Schon von weitem sah ich rote Bergwerkskipper von einer Nebenstraße einbiegen. Die Schwergutfahrzeuge transportierten Felsbrocken zu einer Steinmühle am Fuß des Hügels. Einige Kilometer fuhr ich zwischen den bulligen Lastern, deren Hinterräder den für die tschechischen Tatras typischen negativen Sturz aufwiesen. Die Fahrzeuge mit den nach innen geknickten Rädern rasten an mir vorbei und spritzten mich von oben bis unten mit Straßendreck voll. Im Regen und im hochgewirbelten Schlamm bemerkten mich die Fahrer oft im letzten Moment, sie hupten und wichen auf die unbefestigte Bankette aus, und die riesigen Felsen auf ihren hochbordigen Ladeflächen wackelten bedrohlich. Der Fahrer eines entgegenkommenden Lkw rief mir Flüche zu und drohte sogar mit der Faust. Wie gut, daß ich nicht in New York oder in England bin, dachte ich erleichtert. Dort würde das erstbeste Auto anhalten und mir einen *ride* in die Stadt geben. Wenn hier jemand stehenbleibt, kann das auch ein Mitarbeiter des Heimes sein. Da ist es besser, ich fahre, gedeckt von den Bergwerkskippern, in die Stadt. Sie können mich zwar jeden Moment zermalmen, aber solange sie das nicht tun, sind sie mein Geleitschutz.

Ich mußte die ganze Zeit an Roebling denken, wie er seine verkrüppelten Hände aufeinanderlegte und kurz davor zurückscheute, sein Gesicht darauf zu betten. Der Regen prasselte auf die Straße und formte Rinnsale und kleine Seen, die vom Rollstuhl durchpflügt wurden. Hin und wieder zuckte ein Blitz, begleitet von krachendem Donner, durch den Regenvorhang. Ich fragte mich, ob ein auf den Felgen fahrender Rollstuhl auch ein Faradayscher Käfig ist, und ich erinnerte mich daran, daß vor nicht allzu langer Zeit im »Manhattan Wheeling Courier« ein Artikel erschienen war, der davon berichtete, daß ein behinderter Mann, dessen Elektrorollstuhl an der Metallstrebe eines Geländers lehnte, während eines Gewitters an der Uferpromenade des Hudson von einem Blitz erschlagen worden war.

Von der Steinmühle ins Stadtzentrum war es nicht weit. Ich querte den menschenleeren Markt und gelangte auf den Hauptplatz, in dessen Zentrum sich die Reiterstatue von István Dobó erhob und dessen Stirnseite vom Dom eingenommen wurde. Gegenüber befand sich die Konditorei, in der der Dozent und ich den Disput wegen der Toilette gehabt hatten, und neben der Konditorei leuchtete das rot-weiße Schild von McDonald's. Als ich auf das Restaurant zusteuerte, brach die Sonne durch die Wolken, und über dem Liebfrauental wölbte sich ein gleißender Regenbogen.

Ohne anzuhalten durchquerte ich den Schankraum. Die Behindertentoilette war frei. Oberhalb des Waschbeckens hing ein Spiegel, und was mir daraus entgegenschaute, ließ mich zurückschrecken: Ein blut- und schlammverschmiertes Gesicht, verklebte Haare; Augen, die mehr einem gehetzten Tier denn einem Menschen zu gehören schienen.

Ich setzte mich auf die Toilette und versuchte zu urinieren. Mein Bauch war von der Entzündung angeschwollen, die Blase war steinhart. Mein Glied brannte, und jeder Tropfen Urin, den ich hervorpreßte, verursachte höllische Schmerzen. Ich fieberte, Schweiß tropfte von meinem Gesicht. Noch auf der Muschel zog ich Hose und Hemd aus und streifte die Schuhe ab. Das Gewand war klitschnaß. Das rechte Knie schien doppelt so dick wie das linke, und das Bein war übersät mit Blutresten von den Rattenbissen und mit Schlamm. Ich wollte mich waschen und nachher mit Toilettepapier abreiben, aber noch während ich darüber nachdachte, womit ich mich waschen sollte – nirgendwo war Seife zu sehen –, sackte ich zusammen.

Eine Stimme weckte mich. »Aufmachen, ich will auf die Toilette.« Jemand pochte heftig an die Tür.

»Das ist eine Behindertentoilette«, sagte ich, so laut ich konnte. Es war nicht einmal ein Wispern.

»Aufmachen«, rief es wieder, diesmal drängender.

Ich schaffe es nicht einmal bis zur Tür, dachte ich und ließ mich auf den Rollstuhl fallen.

Als der Dozent mich nackt und blutverschmiert vor sich sah, blieb er regungslos in der Tür stehen. Auch ich erschrak: Der Dozent steckte in einem Talar, der obendrein noch einige Nummern zu groß war. Neben ihm zwängte sich ein schmächtiges Wesen mit Pagenkopf in die Toilette, zog den Dozenten nach und verschloß sofort die Tür. Morgó schaute um sich, als suche sie nach etwas, dann schaute sie mich an, und langsam, wie eine Kerze, der der Sauerstoff entzogen wird, erlosch die Frage, die in ihrem Blick zu lesen war. Ich konnte dem Mädchen die ersehnte Nachricht nicht überbringen, und an ihren entsetzten Augen sah ich, daß sie verstanden hatte.

»Ich brauche Handtücher, Antibiotika und herzstärkende Medikamente«, flüsterte ich, »und Barack, zwei Flaschen.« Es mußte wohl weniger wie eine Bitte, sondern wie ein Befehl geklungen haben, denn noch bevor der Dozent antworten konnte, war das Mädchen, dem der Dozent noch rasch die Geldbörse aushändigte, verschwunden. »Haben Sie Giordano erreicht?« fragte ich ihn. »Roebling lebt, wir müssen ihn abholen.«

Er bekomme keine Leitung, jammerte er, es sei zum Verzweifeln. Ich schärfte ihm ein, besonders vorsichtig zu sein, wir würden gewiß verfolgt. Wir müßten so schnell wie möglich von hier verschwinden, und zwar unentdeckt. Der Dozent nickte und sagte: »Ja.« Und dann nickte er noch einmal und sagte: »Freilich.«

Bald darauf klopfte es dreimal an der Tür. Der Dozent öffnete und ließ Morgó ein. Sie trug Tischtücher, eine große Flasche Barack und die Medikamente. Der Dozent und Morgó wuschen mich mit heißem Wasser und rieben die Bißwunden mit Barack ein. Bald wich der Schafs- und Uringeruch, und in der Toilette stank es wie in einem Schnapsladen. Ich hatte einen Schüttelfrost und konnte nicht sprechen – was ich nicht bedauerte. Die beiden rieben mich trocken und überlegten, was zu tun sei. Der Dozent wollte durch das Restaurant verschwinden, Morgó konnte ihn aber dazu überreden zu warten, sie sagte, sie würde Hilfe organisieren. Daraufhin kletterte sie durch das Fenster und sprang in den Hinterhof.

Sie war bald wieder zurück; in der Hand hielt sie einen abgewetzten Autoschlüssel. Der Lastwagen stehe vor dem Restaurant, sagte sie, der Fahrer habe sich eben in die Schlange vor der Kassa eingereiht. Es gebe nur ein Problem: sie könne zwar fahren, aber nicht schalten. Ich würde ihr helfen, sagte ich, sie solle nur hinter dem Steuer Platz nehmen. Der Dozent und Morgó kletterten durch das Fenster, ich nahm den Hauptausgang.

Als ich das Lokal verließ, sah ich das Mädchen startbereit hinter dem Lenkrad sitzen, der Dozent half mir in die Fahrerkabine und verstaute Josef auf der Ladefläche. Die Abfahrt war ruppig und laut, aber glücklicherweise saß der Fahrer mit dem Rücken zur Tür.

Bei dem Fahrzeug handelte es sich um einen klapprigen alten Laster polnischer Produktion, einen Zuk, er gehörte der Weinkellerei Eger. Auf der Ladefläche befanden sich mehrere Stahlfässer mit der Aufschrift »Egri Bikaver/Erlauer Stierblut« und ein paar ineinander gestapelte Holzbänke. Das Fahren funktionierte arbeitsteilig: Morgó lenkte, gab Gas und trat die Kupplung, ich schaltete.

Wir nahmen die nördliche Ausfallstraße in die Berge, bogen dann aber in jenen Feldweg ein, der zur Rückseite des Heims führte. Für den Lkw war der ausgewaschene Weg kein Problem, er schepperte zwar furchterregend, der Motor und das Fahrgestell machten aber einen robusten Eindruck.

Roebling saß so, wie ich ihn verlassen hatte. Er lächelte und rang nach Atem. Nachdem wir ihn an Bord geholt hatten, sagte er zu mir: »Hab' mich nicht getäuscht in Ihnen. Aber geglaubt hab' ich es nicht, daß Sie zurückkommen.«

Der Dozent half Roebling, die nassen Kleider auszuziehen, und wickelte ihn in einen Pullover, den der Fahrer zurückgelassen hatte. Morgó gab dem alten Mann das Medikament, und er nahm es mit einem Schluck Rotwein aus einem Kunststoffkanister.

Morgó und ich wechselten die Sitzposition. Sie gab Gas, trat die Kupplung und bediente die Bremse, ich lenkte und schaltete.

Wir hatten eine Chance: auf Nebenstraßen übers Gebirge nach Miskolc, und dann weiter über Tokaj in die Tiefebene und von dort an die Donau. Wenn wir uns abseits der Hauptroute hielten, erklärte ich, könnten wir am nächsten Abend an der ungarisch-kroatischen Grenze sein, und von dort wäre es mit einem Boot nur ein paar Stunden nach Vukovar, wo sich ein Stützpunkt der amerikanischen UNO-Truppen befand.

Der Dozent erschrak; er wolle nach Österreich zurück, nicht nach Jugoslawien oder Kroatien. Roebling unterstützte meinen Vorschlag: Der Weg über Budapest und die Autobahn sei zu gefährlich, und an der Grenze wäre unsere Flucht sowieso zu Ende. Seit Österreich EU-Außengrenze sei, komme dort nicht einmal eine Maus durch, nahm ich sein Argument auf, geschweige denn ein Trupp, bestehend aus einem älteren Herrn mit geheimnisvollen Plänen, einem atheistischen Pfarrer, einem Zigeunermädchen und einem Behinderten, dessen Rollstuhl keinen einzigen intakten Reifen aufweise.

»Außerdem möchte ich den Amerikanern erzählen, was sich in dem Heim und in den Kasematten abspielt. Ich weiß über die Kunden Bescheid, Kunden im Westen. Die wichtigsten habe ich auswendig gelernt«, sagte Roebling leise.

Wir nahmen die Straße ins Bükk-Gebirge. Morgó und ich harmonierten gut, der Verkehr war schwach, der Motor lief rund und vertrauenerweckend, und der Dozent freundete sich mit Roebling an, der auflebte und dem Dozenten begeistert Pläne für eine ungeheure Brücke, die Mitteleuropa mit Amerika verbinden sollte, unterbreitete. Allein die europaseitigen Pfeiler würden so hoch sein wie die Alpen, sagte er, das und die allgemeine Statik seien aber nicht das Hauptproblem, auch die amerikanische Seite bereite keine Schwierigkeiten, die ingenieurtechnische Jahrhundertaufgabe bestehe vielmehr darin, Hunderte Brückenrampen in Europa zu planen und dafür zu sorgen, daß sie einander nicht den Weg verstellten.

»Die vertrottelten Europäer«, sagte er, »können nicht gemeinsam auf einer oder einigen wenigen Rampen auf die Brücke auffahren, sie brauchen jeder eine eigene, jede Nation, jede Volksgruppe, jeder Misthaufen, der sich eine Flagge angesteckt hat, wünscht eine eigene Rampe. Würde man die verschiedenen Völkerschaften auf einer Rampe bündeln, gäbe das Mord und Totschlag.«

Der Dozent war von Roeblings Hirngespinsten tief beeindruckt, fortwährend machte er sich Notizen auf dem Computer.

Ein Mann, der die Lösung aller Nationalitätenprobleme nicht mit den Mitteln der Politik, sondern mit denen der Ingenieurskunst anstrebt! Natürlich ist er verrückt, aber waren es nicht Verrückte, die den Lauf der Welt veränderten? War Herzl nicht auch verrückt, als er die Juden nach Palästina, in die Wüste, schicken wollte?

Man müßte das Bild der Brücke sowohl soziologisch als auch indivualpsychologisch aufgreifen; dadurch erhielte man gleichsam einen neuen Methodenansatz in der Sozialwissenschaft.

Werde dem Mann ein Kapitel widmen.

Nachsatz: Glücklich derjenige, der hinter den Fassaden der Wirklichkeit die Struktur des Geistes zu deuten weiß.

Auf Forststraßen drangen wir immer tiefer ins Gebirge vor und erreichten bei Repashuta einen Paß, der uns auf die andere Seite führte. Bei Lillafüred führte eine kleine Straßenbrücke über einen aufgestauten Bach. Roebling geriet vor Erregung außer sich, die Brücke sei im falschen Winkel errichtet worden, behauptete er. Wir nickten verständnisvoll, und er gab sich zufrieden. Das märchenschloßartige ehemalige Sanatorium der Bergarbeitergewerkschaft war jetzt privatisiert und diente als Seminarhotel. Auf dem Parkplatz stand kein einziges Auto.

Für die Durchfahrt von Miskolc brauchten wir, da gerade Geschäftsschluß war, mehr als eine Stunde, was uns entgegenkam, denn im Trubel fiel unser Lkw nicht auf, andererseits wurden wir hungrig und durstig, getrauten uns aber nicht, an einem Supermarkt anzuhalten, geschweige denn, eine Imbißstube aufzusuchen.

Die Fernverkehrsstraße nach Budapest meidend, nahmen wir Kurs auf einen schon von weitem sichtbaren kegelförmigen Berg, dessen Flanken mit Millionen Rebstöcken bepflanzt waren, und an dessen Ostseite, am Zusammenfluß der Theiß mit dem größeren Bodrog, das Städtchen Tokaj lag.

In Tokaj befinden sich zu jeder Jahreszeit Touristen, überwiegend deutsche, sie kommen aber nicht wegen der beiden Flüsse und der Ausflugsschiffahrt durch ein unberührtes Auengebiet, auch nicht wegen der wunderlich gestalteten Gedenktafeln für Nikolaus Lenau und Sandor Petöfi, sondern wegen des Süßweins, der mich passionierten Rotweintrinker immer kalt gelassen hat. Und da die Touristen dazu neigen, den schweren Wein in großen Mengen zu trinken, und nicht wenige von ihnen dann rabiat werden, widmet die Polizei dem Städtchen erhöhte Aufmerksamkeit. Für uns ein Grund, Tokaj zu meiden.

Einen Grund aber gab es doch, den Ort aufzusuchen. Ich wußte von Mister Giordano, daß der ehemalige amerikanische Botschafter in Österreich, Ronald Lauder, ein Millionär aus der Kosmetikindustrie, viel Geld und Energie aufwandte, um die verfallenen Synagogen und Bethäuser der Gegend wieder aufzubauen und mit New Yorker Rabbis zu besetzen – in der Hoffnung, daß jüdische Gemeinden, welche einst mit Griechen, Italienern und Franzosen zusammen den Weinhandel bestimmten, sich wieder herausbilden mögen. Vielleicht, so dachte ich, könnten wir bei einem New Yorker Rabbi für ein paar Stunden Zuflucht finden. Und vielleicht könnte der Dozent dort endlich mit Giordano Kontakt aufnehmen.

Vor der Abzweigung nach Tokaj stießen wir auf eine

Polizeistreife; die Beamten kontrollierten den Kofferraum eines deutschen Mercedes. Morgó blieb am Gas, und wir donnerten viel zu schnell an der Streife vorbei. Im Rückspiegel sah ich, daß einer der Polizisten auf ein Motorrad stieg und uns folgte. Wir hielten am Straßenrand, und der Polizist, ein großgewachsener Mann mit kurzgeschorenem blondem Haar und Tätowierungen am Hals, schlenderte, seine Macht auskostend, langsam auf uns zu.

Ich kurbelte das Fenster herunter und rief auf ungarisch, daß ein altes Mütterchen im nahegelegenen Sárospatak im Sterben liege, wir müßten dringend zu ihr. Dabei wies ich auf den Dozenten und machte das Zeichen des Kreuzes. Der Polizist sah den vermeintlichen Priester, schwang sich wieder aufs Motorrad und bedeutete uns, ihm zu folgen.

»Wo bringt er uns hin«, rief der Dozent. »Werden wir jetzt verhaftet?«

»Er führt uns zu einer sterbenden Mutter«, sagte ich. »Sie müssen ihr die Sakramente spenden.«

»Welche Mutter, kennen Sie eine?«

»Stellen Sie sich vor, es sei Ihre«, sagte ich, »dann bringen Sie den nötigen Ernst auf.«

Ich sei ein widerliches Schwein, meinte der Dozent und holte den Computer hervor. Solche Reden würden sich für einen Priester nicht ziemen, antwortete ich und reihte mich hinter dem Polizisten in den Verkehr ein. Morgó war verängstigt, sie wußte nicht, was sie von unserem Streit halten sollte. Roebling bekam von all dem nichts mit, er schlief, an die Tür gelehnt, über seiner Aktentasche.

Mit Blaulicht ging es an der Abzweigung nach Tokaj vorbei, in einer halsbrecherischen Fahrt lotste der Polizist uns in den nächst gelegenen Ort, Sárospatak, eine düstere Stadt am Bodrog, die nur aus ehemaligen Festungswällen und Schanzen zu bestehen schien. Der Polizist ließ uns jetzt voranfahren, verabschiedete sich aber nicht, sondern blieb hinter uns.

»Wir müssen anhalten«, sagte ich zum Dozenten. »Sie springen aus dem Wagen und laufen in ein Haus. Segnen Sie alle, denen Sie begegnen. Nach zehn Minuten kommen Sie wieder, ich hoffe, daß der Polizist dann weg sein wird.« Wütend klappte der Dozent seinen Computer zu.

Die Aktion lief planmäßig ab: Vor einem kommunalen Plattenbau blieben wir stehen, der Dozent eilte ins Haus, der Polizist nickte ernst, riß seine Maschine herum und verschwand.

Wenig später kam der Dozent zurück, aber er war nicht allein. Eine alte Frau war ihm auf den Fersen, auf einen Stock gestützt humpelte sie hinter ihm drein und schrie, er solle endlich sagen, wer ihn geschickt habe.

Als der Dozent wieder im Wagen saß und wir Sárospatak auf Nebenstraßen verließen, warf er mir einen Blick zu, in dem sich Kränkung und Verachtung so eigentümlich mischten, daß seine Miene einen Ausdruck annahm, den ich noch nie zuvor an ihm gesehen hatte: Sie wurde pfiffig.

»Gut gemacht«, sagte ich und lächelte ihm zu. Morgó war erleichtert, sie rutschte beim Gasgeben wieder näher.

Wir steuerten eines der Dörfer am Abhang des Zempleny-Gebirges an, auch dort hatte es vor dem Krieg jüdische Gemeinden gegeben, folglich sollte sich dort auch ein Rabbi finden lassen. In einem größeren Weiler namens Tarcal, der sich zwischen zwei Höhenrücken duckte, auf denen, so weit das Auge reichte, Wein angebaut wurde, versuchten wir unser Glück und drangen in den Ortskern vor. Von einer Synagoge keine Spur. Am Dorfende wendeten wir und nahmen eine kleine Straße, die sich an einem Bach entlangschlängelte und wieder ins Zentrum zurückführte. An der zweiten Kreuzung schon stießen wir auf das Bethaus. Überschattet von zwei mächtigen Eschen, stand da eine ansehnliche, für den bescheidenen Ort viel zu große Synagoge, und vor deren Eingang unterhielt sich ein untersetzter Rabbi mit einem kleinen Jungen. Der Rabbi hatte Rollerskates angeschnallt, langsam fuhr er vor dem Jungen auf und ab und bremste immer wieder sachte, indem er die Rückseite eines Schuhs gegen den Asphalt drückte. Der Junge, ebenfalls auf Rollerskates, machte es ihm nach. Verstohlen schaute ich zu Morgó, sie war so sehr von dem Bild gebannt, daß sie erst auf meine zweite Aufforderung hin die Bremse trat, wodurch wir mit den Vorderrädern in einem Blumenbeet neben der Synagoge zu stehen kamen. Ich sah die Bescherung und setzte, mit Morgós Hilfe, sofort zurück. Die Reifenspuren im Blumenbeet zeichneten sich deutlich ab.

Der Rabbi kam auf uns zu. Er schien sehr zornig zu sein. Ich begrüßte ihn in amerikanischem Englisch. Sofort hellte seine Miene sich auf. Wir gehörten zu einer Fimgesellschaft, die nächstes Jahr in dieser Gegend einen Abenteuerfilm drehen wolle, sagte ich, und wir seien dabei, Drehorte auszukundschaften. Ob er uns helfen könne?

Der Dozent verdeckte die Augen mit der Hand; Roebling hatte gar nicht hingehört, er hatte die Aktentasche geöffnet und saß über seinen Plänen, und Morgó, so hoffte ich, verstand kein Amerikanisch.

Der Rabbi, er stammte aus Staten Island, wie er mir stolz erklärte, lud uns zu sich ins Gemeindehaus ein.

Bevor wir ausstiegen, hatte ich meinen Begleitern noch eingeschärft, nichts über die Kasematten und das Behindertenheim zu erzählen; der Rabbi würde uns doch nicht helfen können; umgekehrt aber würde es seine Arbeit erschweren, wenn er sich mit dieser Sache befaßte.

Mich wunderte, daß der Rabbi sich nicht nach unserem Lkw oder nach dem Aufzug des Dozenten erkundigte; offensichtlich, so dachte ich, kann man den Leuten unter dem Etikett »Film« vieles andrehen.

Alles, wessen wir bedurften, fanden wir hier vor: eine Möglichkeit, uns zu waschen, Brot und Wein, Trappistenkäse, fette Klobassi – und eine gut zugängliche Toilette ohne Stufen.

Der Rabbi bemühte sich, uns davon zu überzeugen, daß Tarcal eine Hauptrolle in dem Film spielen solle. Er selber beherrsche nicht nur das Rollerskatefahren, sondern auch das Fallschirmspringen; bei Bedarf könne er eine Punktlandung auf dem Hauptplatz hinlegen, er sei vor seiner Erleuchtung Berufssoldat gewesen und habe nichts verlernt. »In Nordungarn fällt ein Rabbi vom Himmel«, sagte er und lachte, »das wäre doch ein Bild, das auch denen daheim Freude bereiten würde.«

In der Nacht konnte Roebling nicht schlafen. Er setzte sich zu mir, und wir unterhielten uns, leise, um die anderen nicht zu stören. Er erzählte mir von den Vorgängen im Heim, von den verborgenen Gängen, die einst von Türken gegraben worden waren und jetzt von den Verbrechern benützt wurden, um Patienten vom Heim »abzuziehen«.

»So war der Ausdruck dafür, wenn einer verschwand und nicht wieder auftauchte«, sagte Roebling. »Lange habe ich die Augen davor verschlossen, was wirklich um mich herum vorging. Ich durfte mich ja nicht ablenken lassen – wegen der Brücke. Also machte ich weiter die Buchhaltung, bediente den Computer und glaubte auf diese Weise unverzichtbar geworden zu sein. Bis eines Tages dieser Trampel auftauchte, diese Doktor Klara. Ich mußte sie in die Computerei einführen, auf Imres

Wunsch. Er war ihr ganz verfallen, der Idiot! Wenn der wüßte, wie sie über ihn hergezogen ist, wenn sie sich unbeobachtet glaubte. Ich konnte mir ausrechnen, wie lange sie noch Verwendung für mich haben würden, also begann ich damit, Hilferufe abzusetzen.«

»Es sind auch Reporter gekommen, behauptet Imre.«

»Stimmt. Aber die waren entweder korrupt oder dumm oder feig oder alles zusammen. Hab' ich mich also an jenes Land gewandt, das mir schon einmal das Leben gerettet hat: die Vereinigten Staaten. Aber auch dort kam ich nicht weiter. Bin ich auf die Idee gekommen, Behindertenzeitungen anzuschreiben. Ich konnte ja nicht wissen, daß die Amerikaner mir einen Österreicher schicken. Noch dazu einen, der selber malad is'. Wissen Sie«, sagte er und nahm mich bei der Hand, »wenn's aus ist, ist es aus und vorbei, und ich hab' endlich meine Ruh'. Ich hab' mir immer schon gesagt – wenn ich vor lauter Schmerzen nicht mehr gewußt hab', wer ich bin und welche Brücke als nächste dran war –, Simonleben, hab' ich mir gesagt, verzage nicht, deinen Körper, diesen bösartigen Hund, der aus dir einen verkniffenen Gnom macht und dir die ganze Freude nimmt am Leben und an den Weibern und der dich mit seinen Auswüchsen bloßstellt, den bringst du auch noch unter die Erd'. Und es wird eine Freude sein, wenn das Luder erst einmal abstirbt, und dann, endlich, Simonleben, kannst du dich ausrasten, und zum ersten Mal in deinem Leben brauchst du dich nicht mehr zu fürchten vor dem Aufwachen und den hundselendigen Schmerzen.«

»So sollten Sie aber nicht reden, Herr Ingenieur«, sagte ich. »Wer kümmert sich denn dann um die Brücke, wenn Sie nicht mehr sind?«

»Das ist es ja«, sagte Roebling. »Die Brücke, diese verfluchte, großartige Brücke. Mein ganzes Leben lang hat sie mich in der Hand.«

Am frühen Morgen, noch vor Sonnenaufgang, brachen wir auf. Wir hatten ein paar Stunden geschlafen, der Rabbi hatte uns, nachdem er den Lkw aufgetankt hatte, wie versprochen geweckt. Der Dozent hatte sich vom Rabbi noch eine Schnur erbeten, weil sein Priesterkittel beim Gehen wie ein geöffneter Fallschirm flatterte.

Noch beim Abschied sprach der Rabbi nur vom Film und wie sehr dieser ihm hier im Dorf helfen könne, anerkannt zu werden. Wenn das Dorf in einem positiven Licht dargestellt würde, und das noch dazu in Amerika, und er als der Organisator erschiene, dann käme er endlich aus seiner Isolation, und seine Arbeit wäre letztlich doch von Erfolg gekrönt.

Ob mir jetzt wohler sei, da ich den braven Mann einer großen Enttäuschung aussetze, fragte mich der Dozent auf der Fahrt. Ich überging die Bemerkung mit Schweigen, und der Dozent tippte auf seinem Notebook.

Zuflucht bei einem Rabbi. Er berichtet, mit den Leuten aus der Gegend sei es schwierig auszukommen: Die deutschstämmigen lebten nur für sich selbst und rackerten den ganzen Tag in den Weingärten, und die Ungarn, die zwar leutseliger seien, würden zuviel saufen und dann sentimental und antisemitisch werden. Er habe große Sehnsucht nach einer New Yorker Bar, in der er seinen Kummer ertränken könne. Glücklicherweise laufe sein Vertrag nächsten Sommer aus, dann gehe er in die Staaten zurück.

Roebling und der Rabbi hatten sich viel zu erzählen, besonders über die Brooklyn Bridge war des Schwatzens kein Ende.

G. gibt sich als Filmmensch aus, der Angeber. Alles, was ihm unter die Augen kommt, verdreht er zu geschmacklosen Geschichten. Bin seiner Gegenwart überdrüssig. Aber die Studie wird mich für alle Demütigungen entschädigen. So scharf wie ich hat noch keiner hinter die Lebenswirklichkeit von Minderheiten geschaut.

Der vorläufige Gipfel von G.s Geschmacklosigkeit: Er spielt mit dem Leben meiner Mutter! Und ich sollte ihr die letzte Ölung spenden!

Ich klopfte an der erstbesten Tür – eine alte Frau öffnete und erschrak fast zu Tode. Ich stammelte etwas von einer wissenschaftlichen Studie, aber sie schob mich aus der Wohnung und redete unablässig auf mich ein, nannte Namen, die ich nicht verstand, und wäre wohl handgreiflich geworden, wenn ich mich ihr nicht durch Flucht entzogen hätte.

Was kann die arme Frau dafür? Was kann ich dafür?

Wie schön wäre doch ein ruhiger wissenschaftlicher Posten in einem Archiv oder einem Institut, das nicht von Studenten frequentiert wird. Und wie schön wäre es, würde dieses Institut Stufen aufweisen, viele, viele Stufen!

Auf dem Weg in die Tiefebene mußten wir durch Tokaj hindurch. Um diese Zeit, die Sonne war noch nicht aufgegangen, sollte das Risiko vertretbar sein. Langsam rollten wir durch das Städtchen. Plötzlich schrie Roebling auf. In einer Seitengasse, neben dem Eingang eines Weinkellers, stand ein weißer Transporter, und deutlich war an dessen Tür das Emblem des Colanuswerks zu sehen. Was noch beunruhigender war: die Ladetür war offen, und im Kellereingang brannte Licht.

Morgó gab sofort Gas, der Motor heulte auf. Ich bremste nicht, sondern konzentrierte mich darauf, den Wagen nicht ins Schlingern zu bringen, was dank der Straßenführung gelang. Im Geist pries ich die ungarischen Straßendörfer, deren Hauptstraßen nur in Ausnahmefällen Kurven aufweisen. Einem solchen allerdings näherten wir uns jetzt mit großer Geschwindigkeit: Vor der Brücke über die Theiß machte die Straße einen scharfen Rechtsknick. Bis zur Kurvenmitte hielt ich den Wagen gut in der Balance, und ich hätte auch den Rest der Kurve geschafft, wenn nicht plötzlich, von der Brücke kommend, ein schwarzer Hund auf die Fahrbahn getrottet wäre. Ich verriß den Wagen, aber es war zu spät, der linke Kotflügel erfaßte das Tier, das mit einem dumpfen Schlag zur Seite geschleudert wurde. Der Wagen geriet an den rechten Straßenrand, durch eine abrupte Lenkbewegung vermied ich die Kollision mit einem Laternenmast, dafür brach jetzt das Heck aus. Es war Schwerstarbeit, den störrischen Laster auf der Straße zu halten, das Heck schleuderte einmal nach links, dann wieder nach rechts, prallte gegen abgestellte Autos, und der Aufprall war so heftig, daß wir wieder auf die Straße zurückkatapultiert wurden. Indessen war die Ladeklappe aufgegangen, Stahlfässer und Sitzbänke polterten unter Getöse auf die Straße, und ich betete darum, daß Josef sich auf der Ladefläche würde halten können.

Erst auf Höhe der Ortstafel hatte ich den Wagen wieder unter Kontrolle. Um unsere Tarnung brauchten wir uns jetzt nicht mehr zu sorgen, denn der Ort war aufgeschreckt, und die Polizei würde bald Jagd auf uns machen. Dennoch war ich stolz: auf Morgó. Sie hatte während der kritischen Phase kein einziges Mal gebremst, sondern war unbeeindruckt auf Vollgas geblieben. Hätte sie das Bremspedal getreten, würden wir uns überschlagen haben. Ich gratulierte ihr, und ihre Augen blitzten vor Freude auf.

Von früheren Reisen wußte ich, daß hinter dem Sportplatz von Tokaj ein Karrenweg zur Theiß führte und daß eine kleine Handfähre zum Übersetzen von Pferdewagen am Ufer lag. Wir hatten Glück: die Fähre war da, und sie war in einem guten Zustand. Sie lag auch auf unserer Flußseite, und der Lkw konnte bequem auf sie auffahren. Was ich allerdings nicht wußte, war, ob die Tragfähigkeit der Fähre ausreichte. Also hieß ich alle aussteigen, ich selbst blieb im Wagen sitzen.

In der mondhellen Nacht war Nebel aufgestiegen, für uns kein Nachteil. Einige Male hörten wir die Folgetonhörner von Einsatzfahrzeugen, aber die Gefahr kam nicht näher. Der Dozent fesselte Josef, der sich zu meiner großen Erleichterung auf der Ladefläche gehalten hatte, mit seinem Gürtel an die Bordwand, und ich hoffte inständig, daß Josef diese Behandlung verzeihen würde.

Morgó und der Dozent zogen die Fähre an einem Handseil in den Fluß hinaus, Roebling hatte sich still neben die beiden gesetzt, er konnte nicht mithelfen, weil er wieder mit den Plänen zu einer Brückenauffahrt beschäftigt war. Kurz bevor wir das andere Ufer erreichten, riß das Seil. Der Dozent und Morgó wurden zu Boden geschleudert, rappelten sich aber gleich wieder auf. Roebling preßte angsterfüllt seine Tasche an die Brust.

Der Umstand, daß leichtes Hochwasser herrschte und die Theiß daher breiter als sonst war, kam uns zugute. Die Fähre trieb, sich langsam drehend, in der Strömung ab. Bald wurde mir klar, daß uns nichts Besseres hätte widerfahren können: Die Theiß, die sich in jener Gegend in unzähligen Mäandern landverzehrend in die Weideflächen gefressen hatte, war um die Jahrhundertwende einem großangelegten Begradigungsprojekt unterworfen worden. »Regulatoren« genannte Regierungsbevollmächtigte kundschafteten die günstigste Streckenführung aus und verhandelten mit den Anrainern über Entschädigungszahlungen für den Verlust von Weideflächen und Fischgründen. Durch Weltkriege, Revolutionen und Wirtschaftskrisen unterbrochen, dauerten die Regulierungsarbeiten bis in die sozialistische Zeit, und seither ist die Theiß, begleitet von großzügig angelegten Hochwasserschutzdämmen, ein zwar gebändigter, aber immer noch naturnaher Wiesenfluß; die Dörfer indes, die früher direkt am Fluß lagen, sind durch die Regulierung ein gutes Stück landeinwärts gerückt. Mit einiger Sicherheit würden wir längere Zeit hindurch nicht entdeckt werden, und mit einer losgerissenen Fähre konnte selbst die Polizei nicht rechnen.

Der Nebel wurde immer dichter. Wir trieben langsam in der Flußmitte dahin, und ich war froh, mich im Wagen in eine Decke wickeln zu können. Die anderen hatten sich auf der Fähre hingekauert. Nur der Dozent stand hin und wieder auf, um nach dem alten Roebling zu sehen, der über seinen Plänen eingeschlafen war.

Ein Ruck riß mich aus dem Dämmerschlaf. Die Fähre war auf eine Schotterbank aufgelaufen. Auch die anderen waren aufmerksam geworden, aber bevor sie nachsehen konnten, hatte die Strömung den hinteren Teil der Fähre ergriffen und wieder in den Fluß zurückgezogen.

Noch einige Male liefen wir auf Grund, kamen aber immer wieder frei. Unterdessen war die Sonne aufgegangen, Nebelschwaden zogen über den Fluß und die Altgewässer, und Wasservögel machten sich auf die Nahrungssuche.

Kaum hatte ich mich wieder auf die Sitzbank hingestreckt, hörte ich einen Entsetzensschrei des Dozenten. Ich richtete mich auf und sah, daß wir auf eine Motorfähre zutrieben, die, mit zwei Traktoren beladen, eben dabei war die Flußmitte zu passieren. Das war unsere Chance; vielleicht gelang es den Männern auf der Fähre, uns aufzuhalten, sodaß wir an Land fahren konnten.

Die Männer starrten uns entgeistert an, taten aber nichts, um uns einzufangen. Im Gegenteil, der Fährmann kurbelte wild, um einer Kollision zu entgehen. Nach der nächsten Flußbiegung war die Landschaft wieder still und nebelverhangen, und die Begegnung schien nur ein Traum gewesen zu sein.

An einer scharfen Biegung trieben wir so knapp am

Ufer vorbei, daß der Dozent einen weit ins Wasser hängenden Zweig umklammern konnte. Der aber brach, als das Gewicht der Fähre an ihm zog. Er solle froh sein, daß der Zweig nicht gehalten habe, rief ich dem Dozenten zu, andernfalls würde er uns hinterher schwimmen müssen.

»Halten Sie den Mund«, brüllte der Dozent zurück. Roebling war von der Aggressivität erschrocken und rückte ans andere Ende der Fähre. Morgó tat, als ginge sie unser Wortwechsel nichts an.

Was wir nicht schafften, erledigte der Fluß für uns. In einer langgezogenen Kurve saßen wir auf einer Schotterbank auf, kamen wieder frei, trieben aber gleich wieder auf eine Schotterzunge. Die war flach und schien geeignet, den Lastwagen von der Fähre aufs Land zu bringen. Allerdings stand der Lkw ungünstig, er würde einige Meter rückwärts durchs Wasser fahren müssen. Ich schaute mich um und sah einen Lagerplatz und Reifenspuren; sie verhießen einen befahrbaren Weg auf die Uferböschung. Mit etwas Glück würden wir auf eine Straße kommen.

Morgó kletterte zu mir in den Wagen, ich startete den Motor. Infolge des hohen Radstands waren die paar Meter durchs seichte Wasser kein Problem. Der Dozent erkundete den Feldweg und gab Entwarnung: wir würden nicht steckenbleiben. Daraufhin schoben Morgó und der Dozent die Fähre mit einem Stück Treibholz ins Wasser. Mit einer behäbigen Drehung kehrte sie in die Strömung zurück.

Wir rasteten kurz auf der Schotterinsel. Roebling stapfte die Böschung hinauf. Morgó half mir, Josef mit Flußwasser zu reinigen. Danach studierten wir die Karte. Der Dozent schrieb.

Wie gut, daß es in Ungarn keine feuerspeienden Vulkane gibt! G. hätte uns sicherlich in einen hineingeführt.

Ein Rabbi auf Rollschuhen, eine Amokfahrt mit dem Lkw, eine Odyssee auf einer herrenlosen Fähre. Letzteres wird G. wahrscheinlich genossen haben, ich für meinen Teil habe von den ungarischen Flüssen die Nase voll.

Was auch immer passiert: G. wird eine Theorie dazu parat haben. Im Nachhinein wird er vor allen anderen wissen, warum etwas so und so hat kommen müssen und warum in den uns zugestoßenen Katastrophen sogar ein Quentchen Fortschritt oder Vernunft zu erkennen sei.

Warum die Halbgebildeten immer alles theoretisieren müssen? Sollte dem in einem theoretischen Exkurs nachgehen. Titel: »Die Sehnsucht nach der Versöhnung mit der Natur – die kurze Leine des Geistes.«

Als wir wenig später abfahren wollten, war Roebling verschwunden. Wir riefen nach ihm, erhielten aber keine Antwort. Morgó machte sich auf, den Alten zu suchen. Es dauerte nicht lange, und sie kam aufgeregt zurück. Wir sollten sofort mitkommen, rief sie.

Der Dozent schob mich die Uferböschung hinauf. Hinter einer Gruppe von Weidenbüschen sahen wir Roebling. Er saß in einer seltsam verdrehten Stellung an einen Baumstrunk gelehnt; sein Kopf war zur Seite gesunken. Eine Hand war um einen Bleistift geschlossen, die andere krallte sich in die Erde. Rund um Roebling lagen Planskizzen, der Wind hob die Blätter auf und bettete sie wie einen Kranz um den alten Mann.

»Er hat bis zuletzt gearbeitet«, sagte der Dozent, der die Stille nicht ertrug. Er ertrug die Stille nicht, und er ertrug es nicht, daß Morgó und ich ruhig standen und Roebling betrachteten. »Ich kümmere mich um die Pläne«, sagte er und begann die Skizzen einzusammeln.

»Geben Sie sofort meine Pläne her«, rief Roebling und öffnete langsam die Augen, »oder ich bringe Sie um.«

Der Dozent reichte ihm den Packen, Roebling stopfte die Papiere in die Tasche. Der Dozent ging wortlos an uns vorbei zum Lkw und nahm auf der Ladefläche Platz. Morgó und ich folgten mit Roebling.

»Er wollte meine Pläne stehlen«, sagte er. »Sie haben es gesehen.«

»Wir haben es gesehen, Herr Ingenieur«, bestätigte ich. »Sie sollten besser auf Ihre Pläne achtgeben.«

»Das werde ich«, sagte er und versuchte die rechte Faust zu ballen. Es ging aber nicht, die Finger waren zu sehr verwachsen.

XV

*Das Ende einer Freundschaft.
Matthew Trueblood aus Brooklyn
ist ein freundlicher Herr*

Bevor wir die Theiß verließen, beschmierten wir den Lack der Motorhaube und der Türen mit schwarzem Schlick. Vom blauen Weintransporter war bald nichts mehr zu sehen, von der Farbe her ähnelte das Fahrzeug jetzt eher einem Militär-Lkw. Wir stießen weiter in die Tiefebene vor, mieden Bundesstraßen und nahmen selbst Landesstraßen nur, wenn es anders nicht ging. Die meiste Zeit bewegten wir uns auf staubigen Karrenwegen an Ackerrändern oder kleinen Wasserläufen vorwärts. So dauerte es bis Mittag, als wir die erste Stadt, Hajdunanas, erreichten und umfuhren. Im Weichbild der Stadt überstanden wir eine gefährliche Begegnung: Einem Kanal folgend waren wir nach einer scharfen Kurve plötzlich vor einem weißen Kastenwagen gestanden, der unseren Weg blockierte. Ein stoppelbärtiger Mann, der sich am Kanal hingestreckt hatte, war mürrisch aufgestanden und hatte den Wagen zurückgesetzt, sodaß wir passieren konnten. Wenn das die Münchner gewesen wären, hätten wir die Hoffnung, lebend nach Wien zurückzukehren begraben können, hatte der Dozent gemeint. Wenn er Giordano erreicht hätte, würden wir schon längst in Sicherheit sein, hatte ich geantwortet.

Ein paar Kilometer weiter erhob sich die Frage, ob wir in den Hortobágy-Nationalpark, in die Pußta, vordringen und uns dort auf Pisten weiterbewegen sollten, was mit einer Anhaltung durch die Nationalparkwächter enden würde, oder ob wir die Hauptstraße nehmen sollten, die den ausgedehnten Nationalpark von Ost nach West durchquerte. Besser von einem Parkwächter entdeckt werden als von einem Polizisten, sagte ich mir, und so drangen wir in das streng geschützte Gelände des Nationalparks vor. Verbotstafeln warnten vor den hohen Strafen, die ein Befahren der Kernzonen der Pußta nach sich zöge. Der Dozent war gegen diese Route, seiner Ansicht nach hätten wir nach Szeged ausweichen und uns dann über die Hauptstraße zur Donau durchschlagen sollen. Roebling, der für eine kurze Zeit wach geworden war – die Analgetika, die der Rabbi ihm überlassen hatte, betäubten ihn die meiste Zeit –, drohte dem Dozenten mit dem Erwürgen, wenn er nicht den Mund hielt.

Lange Zeit verlief die Fahrt planmäßig, und wir kamen zügig voran. Dem polnischen Lkw lagen die Erdpisten mehr als die Straßen. Die größten Vorzüge des unansehnlichen Gefährts waren also lange im Verborgenen geblieben.

Obwohl ich das sonst nur meinen schlimmsten Feinden gönne, werde ich G. eine Therapiestunde bei meiner Schwester verschaffen. Nur ein Familien- und Sexualtherapeut ist in der Lage, die Psyche dieses Großmauls zu erfassen. Das Gutachten meiner Schwester werde ich meiner Arbeit beifügen. Niemand soll sagen können, daß ich nicht alle wissenschaftlichen Möglichkeiten ausgeschöpft habe.

Wenn allerdings meine Schwester auch mich therapieren will (was nicht ausgeschlossen ist, da sie meiner Mama nachgerät und von ihr die Hartnäckigkeit geerbt hat), werde ich sie erschlagen und im Neusiedlersee versenken.

Bald waren wir in der Kernzone des Parks. Die Landschaft war flach wie ein Brett, keine Hütten, keine Bäume, nicht einmal Sträucher begrenzten den Blick. Die Erde schien endlos, und ich fühlte mich wie im Paradies. Hier, in der Pußta, hatte die Natur ein Reservat geschaffen – für alle Rollstuhlfahrer dieser Welt. Nicht einmal Rampen wurden hier gebraucht, nur Räder und Muskel- oder Elektrokraft. Ich stellte mir Herden von Rollstuhlfahrern vor, die sich Gazellen oder Antilopen gleich durch die Steppe bewegen, hin und wieder bei einem Wasserlauf Halt machen und sich laben und dann wieder ausgelassen über den trockenen Boden tollen, sich in Wettläufen messen, einander verfolgen und necken, die Geschwindigkeit, den Wind und die Sonne genießen und erstaunt die Wolken von Staub durchfahren, der aufgewirbelt wird, wenn die Herde aus irgendeinem Grund, sei es, weil ein Erdhörnchen den Weg kreuzt oder weil die Witterung eines fremden Rollstuhlfahrers zu spüren ist, abrupt abbremst.

Ich versenkte mich in diese Vorstellung, aber zwischendurch gab es Momente, in denen ich mich fragte, wie hoch mein Fieber wohl sei. Die Antibiotika des Rabbis waren zu schwach für meinen Infekt, oder – ebenso wahrscheinlich – die Keime waren gegen das Mittel resistent.

Morgó machte mich auf die Spur eines Wagens aufmerksam. Wir folgten ihr, und es dauerte keine fünf Minuten, bis der Dozent mich höhnisch fragte, ob ich Spaß daran hätte, auf meiner eigenen Spur im Kreis zu fahren. Roebling kam mir mit einer Antwort zuvor. Er fragte, was uns davon abhält, einen Gauner, der sich als Priester verkleidet und anderer Leute Brückenpläne stiehlt, in der Pußta auszusetzen? Sie habe vor einiger Zeit einen Wasserlauf gesehen, sagte Morgó schnell, wenn wir folgen würden, könnten wir uns an ihm orientieren. Ich überließ ihr das Lenkrad. Sie führte uns, begleitet von spöttischen Blicken des Dozenten, zu einem Rinnsal. Nach ein paar weiteren Kilometern an dessen Ufer stießen wir auf eine Herde pelziger Schweine, die sich im Wasser suhlten und die Böschung nach Kleingetier durchwühlten. Wir hielten an, Morgó vertrat sich die Beine.

»Wo sind wir hier?« fragte der Dozent. »Was sagt die Manöverkarte?«

»Nichts«, erwiderte ich, »in der Monarchie gab es hier keine Manöver, folglich erscheint die Gegend auf der Karte als weißer Fleck.«

»Zweitausend Jahre nach der Christianisierung, mitten in Europa, im Herzen des Kontinents: ein weißer Fleck«, sagte der Dozent. »Was für eine Demütigung.«

Er stieg aus und näherte sich den Tieren, irgendetwas schien ihn anzuziehen. Ich sah, wie er auf die Schweine einredete. Dies sehend, tippte Morgó sich an die Stirn. Roebling schlief über seiner Aktentasche. Der Dozent sprach lange und eindringlich auf die Schweine ein. Diese schienen von seiner Aufmachung beeindruckt zu sein, sie beschnüffelten den Talar, und als ein Ferkel begann, seine Schuhe abzulecken, bekam der Dozent es mit der Angst zu tun und eilte schleunigst zum Wagen zurück.

»Fahren wir«, sagte er. »Egal wohin.«

Wir starteten und bewegten uns langsam an der Schweineherde vorbei. Jetzt sah ich, was den Dozenten angelockt hatte: Mitten unter den Tieren saß ein Hirt, ein ungeschlachter Mensch mit zotteligem Haar und traurigen Augen. Seine Nase ähnelte so sehr dem Rüssel eines Schweines, daß ich an einen Scherz der Natur dachte und dem Mann noch lange nachstarrte.

Nach einigen Kilometern hielten wir und versuchten anhand des Sonnenstands den Südwesten zu finden, wo wir die Donau glaubten. Jeder von uns zeichnete mit dem Spaten in den Sand, wo er glaubte, daß Südwesten sei. Wir bekamen vier verschiedene Richtungsangaben, und ich plädierte dafür, jener Morgós zu folgen. Selbst wenn sich herausstellen sollte, daß sie irrte, würde es ihretwegen keinen Streit geben.

Unvermittelt schreckte Morgó hoch. Noch bevor ich sie fragen konnte, hörte auch ich das Motorgeräusch. Es war, so stellte sich heraus, die automatisch gesteuerte Dieselpumpe einer Bewässerungspipeline, welche vom Wasserlauf abführte und der wir einige Kilometer folgten, bis wir zu einer strohgedeckten Hütte kamen, von der uns eine Sandpiste auf die Hauptstraße leitete. Die Entfernungsangaben auf den Hinweistafeln klärten uns darüber auf, daß wir uns die ganze Zeit im Kreis bewegt hatten.

Auf der Ladefläche eines gestohlenen Lkw, verkleidet als Priester. Ein unausstehlicher Mann, dessen Beine gelähmt sind und der die Beine eines halbwüchsigen Mädchens als Ersatz verwendet, chauffiert durch die Tiefebene. Ringsum tiefster Friede. Als wären wir allein auf der Welt.

Der alte Roebling alias Nachtnebel ist verrückt. Es gibt nichts idiotischeres als Brückenbauer; sie denken, von einem Ufer ans andere zu gelangen sei bereits ein Fortschritt. Überholte ingenieurtechnische Attitüde. Metaphysik gepaart mit Wiederholungszwang.

G. ist einmal schweigsam und in sich gekehrt, dann wieder aufbrausend und beleidigend. Die Kasematten haben ihn verändert, und zwar zum Schlechten. Er ist unausstehlich. Wenn wir zu Hause sind, werde ich mit ihm brechen. Dazu wünsche ich mir Kraft, viel Kraft.

Da der Lkw nicht schneller ging als mein Renault, dauerte es lange, bis wir den Nationalpark auf der schnurgeraden Straße durchquert hatten. Morgó war dennoch sehr konzentriert. Der Dozent starrte vor sich hin, Roebling schlief. In größeren Abständen forderte die eigenwillige Anlage der Kurven unsere Aufmerksamkeit – kilometerlang gerade verlaufende Straßenstücke gingen ohne Vorwarnung in Neunziggradkurven über; danach führte die Straße wieder für eine halbe Stunde geradeaus. Im Autoradio hörten wir einen rumänischen Sender, der sentimentale Volkslieder spielte, die von Zeit zu Zeit von gellendem Mädchengeschrei unterbrochen wurden. Morgó schien Gefallen an der Musik zu finden, sie trommelte mit den Handknöcheln auf die Schaltkonsole.

Gegen Mitternacht erreichten wir die Donau. Wir verbrachten ein paar Stunden in einer Fischerhütte, deren Tür nur angelehnt gewesen war. Morgó machte es sich auf einem verschlissenen Autositz bequem. Der Dozent saß auf einem Fauteuil aus den fünfziger Jahren und schrieb. Roebling und ich schliefen auf einer durchgelegenen Matratze. Den Lkw hatten wir in einen Donauarm gerollt. Der aber war nicht tief genug gewesen, sodaß der Wagen nur bis zur Ladefläche versank – die Führerkabine ragte noch aus dem Wasser.

Im Morgengrauen setzten wir die Flucht in einer entwendeten Zille fort. Josef lag neben mir, ich streichelte seine Bremsen und reinigte seine verdreckten Speichen sorgfältig mit Flußwasser. Der Dozent und Roebling saßen nebeneinander im Bug. Sie achteten darauf, daß sie einander nicht zu nahe kamen. Roebling hielt seine Tasche umklammert; hin und wieder sah er den Dozenten haßerfüllt an.

Noch in der Nacht hatte ich die Sicherungsdiskette

aus dem Laptop des Dozenten entwendet. Sie steckte in meiner Unterhose. Vielleicht kann sie mir einmal von Nutzen sein, dachte ich. Ich traute dem Dozenten nicht mehr über den Weg, und es beruhigte mich, etwas gegen ihn in der Hand zu haben.

Morgó achtete darauf, daß Josefs Lehne durch das Eintauchen der Zillenstange nicht naßgespritzt wurde. Das Mädchen stakte das Boot routiniert durch einen Donauarm. Manchmal waren entwurzelte Bäume zu umfahren, und immer wieder strichen herabhängende Schlingpflanzen über unsere Köpfe. Die Luft war mild und roch nach Moder. Es war windstill, und man hörte nur die Geräusche der eintauchenden Stange und der aufs Wasser fallenden Tropfen, wenn Morgó das Holz in einer raumgreifenden Bewegung in den seichten Grund rammte und die Zille mit dem ganzen Gewicht ihres Körpers weiterschob. Sie stand neben mir auf der Stichseite im Heck des Bootes und war darauf bedacht, mich nicht zu wecken. Ich ließ sie in dem Glauben, daß ich schlief, in Wahrheit war ich hellwach, blinzelte in den Nebel und genoß die Fahrt und die ausgereifte Technik des Mädchens. Ich hatte in meiner Jugend mehr Zeit mit Zillenstaken verbracht als in der Schule, ich wußte, wie schwierig es war, einen Kahn mit einer Stange zu führen, und bewunderte die Meisterschaft des Mädchens.

Die Sonne wurde kräftiger. Der Nebel, der wie eine Kulisse über dem Fluß hing, lichtete sich und gab immer öfter den Blick auf das Ufer frei. Unterhalb einer sanften Biegung mündete der Arm in den Hauptstrom. Morgó legte die Stange beiseite und brachte das Boot mit einem Paddel in die Flußmitte. Dabei stellte sie es in einem spitzen Winkel gegen die Strömung und paddelte in die Mitte der Schiffahrtsrinne. Dann legte sie das Paddel beiseite und überließ die Zille dem dahinziehenden

Wasser. Sie horchte angestrengt in die über den Strom ziehenden Nebelfetzen. Mich fröstelte, und ich fragte mich, warum das Mädchen, das nur mit einem zerschlissenen Leibchen und einer Badehose bekleidet war, nicht vor Kälte zitterte. Wenn Morgó vermeinte, ein entferntes Motorgeräusch zu hören, paddelte sie aus der Fahrrinne und versuchte, in das Kehrwasser einer Schotterbank oder einer Buhne zu gelangen. Tatsächlich wurden wir von zwei talwärts fahrenden Schubverbänden, der österreichischen »Ybbs« und der bulgarischen »Vitoscha«, passiert. Lautlos und bedrohlich wuchsen die mächtigen Kähne aus dem Nebel.

Die Umsicht des Mädchens war beeindruckend. Sie stellte die Zille mit dem Bug gegen die anbrandenden Wellen und kehrte hinter den Schiffen in die Fahrrinne zurück. Einmal wollte der Dozent ihr helfen, aber als sie merkte, daß er immer im falschen Moment einsetzte, wodurch die Zille in eine Kreisbewegung geriet, entwand sie ihm das Paddel.

Nach der Passage der beiden Schiffe war es lange Zeit ruhig auf dem Strom. Wir glitten gemächlich dahin, und manchmal, wenn wir in Ufernähe waren und an einem Strudel vorbeitrieben, schmatzte das Wasser wie ein fressender Hund. Ich lag mit offenen Augen und überließ mich ganz dem sanften Gleiten und dem Zug der Strömung. Nach geraumer Zeit begegneten wir einem bergwärts eilenden holländischen Selbstfahrer, der »Ivonne«. Der Schiffsführer grüßte freundlich von der Brücke. Morgó winkte ihm zu. Der Dozent schaute dem Schiff lange nach.

Ich fühlte mich besser, da ich am Abend einen halben Kunststoffkanister Rotwein und eine Halbliterflasche Barack aus dem Bestand der Hütte getrunken hatte. Anfangs hatten meine Harnwege gebrannt wie Feuer, aber jetzt spürte ich nichts mehr. Ich wußte, daß der Alkohol die Schmerzen nur für einige Stunden stillgelegt hatte und daß sie später wieder einsetzen würden, aber ich besaß genug Demut, das Geschenk der Schmerzfreiheit anzunehmen. Was in ein paar Stunden sein würde, war eine Sache, das unbeschwerte Dahingleiten und die langsam weichende Trunkenheit eine andere.

Manchmal ist das Erwachen aus einem Rausch schöner als das Trinken, dachte ich. Es ist eine Art Wiedergeburt. Man kehrt ins Leben zurück, die Farben sind kräftiger und die Gerüche wie neu. Und man ist auf eine zauberhafte Weise gegenwärtig, vielleicht weil die unmittelbare Vergangenheit durch den Alkohol ausgelöscht wird. Ich nagte an einem Stück Wurst und brach einen scharfen gelben Paprika entzwei. Dazu trank ich wieder Rotwein aus dem Kanister.

Später am Vormittag, als der Nebel sich gehoben hatte und wir durch eine gemäldegleich ruhende Aulandschaft schwebten, lobte ich das »Erlauer Stierblut«. Der Dozent erinnerte mich sogleich daran, daß ich noch vor kurzem über diese Weinsorte hergezogen war. Der Wein in Budapest sei von einer anderen Ernte gewesen, gab ich zurück. Dieser Wein hingegen stehe einem Bordeaux der obersten Preisklasse nicht nach, denn er sei ein Bootswein und werde erst in dieser Zille veredelt, wie ein Linienaquavit, der um den Äquator geschifft werden muß, bevor man ihn trinken darf. Der Dozent kostete und verzog den Mund. Ich nannte ihn einen rettungslosen Ignoranten.

Zwei Störche flogen nahe der Wasseroberfläche über den Fluß. Am Westufer erhoben sich steil zum Strom abfallende Lößhügel, deren Terrassen mit Wein bepflanzt waren. Eine Ortschaft breitete sich in einer Senke aus, und nach einer Flußbiegung ragten inmitten dichten Auwaldes die Türme und Maschinenhallen des Atomkraftwerkes Páks empor. Fasziniert betrachtete der Dozent die riesigen Kühltürme und die parallel in den Himmel aufsteigenden weißlichen Fahnen von Wasserdampf.

Ich konzentrierte mich auf ein kleines blaues Boot, das von einem Hafen unterhalb des Atomkraftwerks in die Flußmitte gefahren war und offensichtlich unsere Zille erwartete. Auch Morgó hatte das Polizeiboot gesehen, sie steuerte ans gegenüberliegende Ufer, konnte aber nicht mehr verhindern, daß wir am Patrouillenboot vorbeitrieben. Deutlich war die Aufschrift »Rendörség« am Bug zu lesen. Ohne daß jemand die Kabine verlassen hätte, hörten wir eine Aufforderung via Megaphon. Morgó paddelte, so schnell sie konnte. Ich griff nach einem Stechpaddel und half mit. Das Polizeiboot wendete und nahm unsere Verfolgung auf. Morgó hielt auf das Kehrwasser einer langgestreckten Schotterzunge zu, wir nahmen die Einfahrt in die Lagune ohne Probleme. Die Zille scheuerte kurz über den Schotter, gewann aber sofort wieder Fahrwasser. Das Polizeiboot konnte nicht folgen – der Tiefgang war zu groß. Morgó fuhr tiefer in die Bucht hinein. Zwei Polizisten sprangen an Land und verfolgten uns auf der Schotterbank. Als sie auf Steinwurfweite herangekommen waren, steuerte Morgó eine Verengung der Schotterinsel an, ließ die Zille mit voller Wucht auflaufen und sprang, den Dozenten am Arm hochreißend, an Land. Innerhalb weniger Sekunden hatten die beiden die Zille über die schmale Schotterzunge ins Flußbett gezogen. Roebling war, seine Tasche umklammernd, auf dem Boden der Zille in Deckung gegangen, ich hatte mich am Bootsheck festgehalten. Die Polizisten kamen uns zwar nahe, hatten aber keine Chance, die Zille, die schnell wieder in die Strömung drehte, aufzuhalten, und als sie die Verfolgung mit dem Boot wieder aufnahmen, steuerte Morgó bereits in einen Nebenarm.

Das Polizeiboot ließ sich aber nicht abschütteln. Morgó bog in immer kleinere Flußarme ein, das Boot aber blieb uns dicht auf den Fersen. Wieder hörten wir eine Aufforderung, dieses Mal begleitet von einem Warnschuß. Morgó verbarg die Zille unter herabhängenden Weiden, und die Polizisten fuhren an uns vorbei, ohne uns zu entdecken. Wir warteten lange, und das Boot kehrte zurück. Wieder blieben wir unentdeckt. Nachdem die Polizisten verschwunden waren, legten wir an einer kleinen Insel an, schoben die Zille hinter einen umgestürzten Baum und rasteten.

Morgó streifte ihr T-Shirt ab, sprang ins Wasser, überquerte in langen Schwimmzügen den Flußarm und verschwand im Dickicht. Bald war sie zurück und berichtete, die Polizisten hätten die Suche aufgegeben und seien stromaufwärts gefahren. Sie zog die Hose aus und setzte sich auf einen Baumstamm. Dabei bewegte sie sich ganz natürlich und hatte keine Scheu, sich nackt zu zeigen. Ihr schmaler Körper war tiefbraun, und als sie sich zur Sonne drehte, beobachtete ich, auf den Ellbogen gestützt, wie die Haut des Mädchens trocknete. Eine leichte Brise war aufgekommen, und die Sonnenstrahlen, die durch das Blattwerk drangen, flackerten auf Morgós Haut wie Blätter von Silberpappeln im auffrischenden Wind.

Der Dozent mißbilligte mein unverhohlenes Interesse an Morgó. Dem Mädchen schien meine Neugier aber nichts auszumachen. Roebling kaute an einem Stück Brot. Der Dozent sprach auf ihn ein, er wollte wissen, wie man die Stärke von Brückenpfeilern berechnet, aber Roebling antwortete nicht, er starrte den Dozenten nur unentwegt an.

Bevor wir weiterfuhren, arrangierte ich einige Äste so, daß ich mich zum Urinieren auf sie setzen konnte. Ich streifte die Hose ab und begann zu pressen. Mir fiel auf, daß Morgó jetzt mich interessiert beobachtete. Mit

Mühe schaffte ich nach etlichen Preßversuchen, die mir den Schweiß auf die Stirn trieben, ein paar Strahlen. Ich blieb noch kurze Zeit sitzen, um mich von der Anstrengung zu erholen, und als ich zu Boden schaute, merkte ich, daß ich eine Erektion hatte. Ich schaute schnell zu Morgó, sie hatte mein aufgerichtetes Glied ebenfalls bemerkt und lächelte. Der Dozent wandte sich angewidert ab.

Bald darauf machten wir uns wieder auf den Weg. Morgó steuerte mit kundiger Hand durch das Labyrinth von Wassergängen und Flußarmen. An einer Stelle ersuchte ich das Mädchen, in einen schilfbestandenen Arm einzufahren, ich hatte etwas gesehen, das ich dem Dozenten zeigen wollte – die Reste einer militärischen Behelfsbrücke.

»Hier haben Sie das Vorbild für die Brooklyn Bridge«, sagte ich zu ihm. »Mitte des vorigen Jahrhunderts floß hier der Hauptstrom, und von nah und fern kamen Bewunderer dieses großartigen Bauwerks. Unter ihnen befand sich auch Roebling, er war sofort von der eleganten Linienführung der Brücke verzaubert und beschloß auf der Stelle, ein Pendant zwischen Manhattan und Brooklyn zu errichten.«

»Lassen Sie mich in Ruhe«, sagte der Dozent. »Sie lügen, sobald Sie den Mund aufmachen. Reden Sie mich nie wieder an.«

Ich schaute nach Roebling, aber der lag, schwer atmend und die Tasche an sich gepreßt, an die Bordwand der Zille gelehnt und hatte die Augen geschlossen.

Morgó steuerte die Zille weiter durch Seitenarme und natürliche Hochwasserkanäle, sie wollte möglichst lange den offenen Strom meiden. Bald aber wurden die Wasserwege enger, immer öfter verlegten umgestürzte Baumstämme die Rinne. Morgó paddelte in den Strom hinaus.

Eine Stunde vor Mohács traten am Westufer bewaldete Hügel an den Strom, linkerhand erstreckte sich weiterhin die Au. An einer Stelle machte die Donau, die ansonsten gerade oder in weit geschwungenen Biegungen dahinfloß, eine jähe Kurve. Am auseitigen Ufer befanden sich lange, in den Strom reichende Buhnen zur Vertiefung der Schiffahrtsrinne. Und just am Scheitelpunkt der Kurve kam uns ein Motorgüterschiff entgegen. Zur selben Zeit näherte sich uns, stromabwärts fahrend, ein ukrainischer Schubverband. Er war mächtig wie ein Gebirge und schien die ganze Breite des Stroms zu beanspruchen. Morgó paddelte in Richtung Au, der Motorkahn behielt seinen Kurs bei, er würde, befürchtete ich, den Schubverband auf unserer Höhe passieren. Der Schubverband kam schnell näher, und auch der Motorkahn, es handelte sich um ein Schiff der Mohácser Strombauleitung, machte rasch Entfernung gut.

Morgó hielt die Zille außerhalb der Fahrrinne, aber sie mußte nahe an den Buhnen bleiben, die beiden Schiffe ließen nicht viel Platz. Zuerst zog der Schubverband an uns vorbei, er bestand aus zehn Kähnen, die in zwei Reihen vor das Schiff gespannt waren, und dem Schubschiff. Dessen Steuerhaus war auf die höchste Stufe ausgefahren.

Bald darauf kamen die Wellen. Sie liefen als weißes Band am Ufer entlang, wurden von den Buhnen zerhackt und kehrten als kurze Brecher in den Strom zurück. Die Zille ging mehrere Male hoch und tief, aber Morgó hatte sie in den richtigen Winkel gestellt. Roebling saß zusammengekauert, er schien zu schlafen. Der Dozent schaute aufgeregt um sich, wie ein Vogel reckte er den Hals in alle Richtungen.

Nun passierte uns das ungarische Schiff, der Bootsführer wollte uns ausweichen, aber zuvor mußte auch er die Bugwellen des Schubverbands abwarten. Unsere Zille wurde auf eine Buhne zugetrieben, Morgó paddelte ein Stück in die Strömung, um die Buhne zu umfahren, da trafen uns die Wellen des Ungarn, und Morgó mußte die Zille querstellen. Wir trieben rasch auf einen Strudel am Buhnenkopf zu. Dessen Auge lag gut einen halben Meter tiefer als der Rand. Es war der größte Strudel, den ich je gesehen hatte, und er befand sich an der für uns ungünstigsten Stelle. Morgó konnte nicht ausweichen, wir wären sonst entweder in das Schiff getrieben oder auf die Buhne aufgelaufen. Aber Morgó geriet nicht in Panik, sie blieb am äußersten Rand des Strudels und bald verstand ich, worauf sie hinauswollte: Sie versuchte Zeit zu gewinnen, um nach den Wellen wieder in die Strömung zu paddeln. Der Strudel versetzte die Zille in eine langsame Drehbewegung, und Morgó paddelte ruhig und kraftvoll, wodurch wir uns am Rand des Strudels hielten. Sie warf mir einen schnellen Blick zu, und ich erwiderte ihn mit einem Lächeln. Langsam erweiterten wir den Kreis, obschon das Heck der Zille, in dem ich saß, noch vom Strudel erfaßt war. Die Wellen des Güterschiffs flauten ab, in wenigen Augenblicken würde der Weg in die Strömung frei sein.

Dann geschah etwas, mit dem niemand rechnen konnte. Der Dozent stand auf, ich sah, wie Morgó sich auf die andere Seite warf, um die Balance wieder herzustellen, doch plötzlich machte der Dozent, der auf der dem Strudel zugewandten Seite gesessen war, einen Schritt in ihre Richtung, und schon schmierte die Zille unter mir weg. Ich sah Roebling, der beide Hände um seine Aktentasche geklammert hatte, wie einen Sack seitlich ins Wasser kippen, und ich versuchte noch, Josef festzuhalten, aber als ich in den Fluß stürzte, war er schon verschwunden. Die Zille schwamm jetzt kieloben, und ich sah, wie der Dozent erst mit ausgebreitetem Talar im Wasser trieb und dann, ohne sich ein einziges Mal umzuschauen, auf den Buhnenkopf kletterte. Morgó klammerte sich so wie ich an der Zille fest und schob uns Richtung Ufer. Roebling war verschwunden.

Die Augen des Mädchens funkelten vor Zorn, als sie die Zille und mich an Land zog, aber sie sagte nichts. Der Dozent eilte über die Buhne. Er jammerte um sein Notebook und seine Aufzeichnungen.

»Roebling ist ertrunken. Und Josef auch«, schrie ich ihn an.

Morgó lief über die Steine auf den Buhnenkopf und tauchte in der Nähe des Strudels nach Roebling. Sie blieb sehr lange unter Wasser. Immer wieder sprang sie in den Fluß. Vergeblich. Auch der Dozent tauchte bis zur Erschöpfung. Sie sollten aufhören, rief ich den beiden zu, es habe keinen Sinn. Die Strömung nahe dem Buhnenkopf war stark, und der Strudel konnte einem Menschen gefährlich werden. Wenn man mit dem Kopf gegen einen Stein schlug, war man verloren. Roebling und Josef waren sicherlich schon Dutzende Meter abgetrieben.

Morgó setzte sich erschöpft auf die Zille. Sie zitterte am ganzen Leib, und ihre Lippen waren blau angelaufen. Der Dozent rannte am Ufer entlang und hielt nach Roebling Ausschau. Als Morgó sich ein wenig erholt hatte, folgte sie ihm.

Das also ist das Ende, dachte ich. Josef, der immer auf mich geschaut hatte, mir über viele Jahre ein verläßlicher Begleiter gewesen war, den ich schließlich so sehr schätzte, daß ich mich scheute, Menschen gegenüber davon zu sprechen, weil deren Reaktion nur Häme und Unverständnis gewesen wäre; diesen Josef hatte ich, nachdem er mir zwei Tage zuvor das Leben gerettet hatte, für immer verloren. Und ich haßte mich gleichzeitig dafür, daß ich Josef vor Augen hatte und nicht den armen Roebling.

Morgó kam bald zurück. Sie zog ihre Kleider aus und half mir dabei, dasselbe zu tun. Dann saßen wir zum Trocknen in der Sonne und schwiegen. Der Dozent blieb noch lange aus. Endlich kam auch er zurück. Den nassen Talar in der Hand, setzte er sich zu uns und zeichnete mit einem Ast Figuren in den Sand.

Ich versuchte, um Roebling zu trauern. Aber ich mußte die ganze Zeit daran denken, daß er das Wissen um die Kundenkartei mit sich genommen hatte. Ohne ihn würde uns kein Mensch Glauben schenken.

Ein kühler Wind ließ mich hochschrecken. Morgó saß auf den Fersen, sie hatte die Arme um die Brust geschlungen. Sie zitterte. Ich kroch zu ihr, und als ich sie an mich ziehen wollte, um sie zu wärmen, sah ich, daß sie weinte. Sie hob den Kopf, rutschte zu mir und kauerte sich an mich. So saßen wir, bis die Sonne unterging und weißliche Fäden über dem Wasser sich zu Nebelbänken verdichteten. Gelsen umschwirrten uns in großer Zahl. Ich versuchte, Morgó vor ihnen zu schützen. Das Mädchen hörte nicht auf zu weinen.

Der Dozent war aufgestanden, er schaute mich lange an. Dann ging er ein paar Schritte in den Wald, und ich hörte das Plätschern eines Wasserstrahls an einem Baum. Warum manche Männer nicht einfach auf die Erde pinkeln können, dachte ich. Er kam zurück und setzte sich wieder neben uns.

Als die Dunkelheit vollständig hereingebrochen war, paddelten wir in den Strom hinaus. Der Dozent war unansprechbar, er fühlte sich für Roeblings Tod verantwortlich. Ich versuchte gar nicht erst, ihn zu trösten. Er würde mit seiner Schuld leben müssen, ich konnte ihm nicht helfen – selbst wenn ich gewollt hätte. Plötzlich dachte ich an Roebling, und ich fühlte ein Würgen in der Kehle.

Der Alte hatte getan, was er konnte, und es war erstaunlich viel gewesen. Er hatte Hilferufe abgesetzt, er war geflüchtet, er hatte mich aus den Kasematten gelotst, und er hätte die wichtigsten Kunden genannt und damit den Pornoring zerschlagen. Und jetzt treibt er in der Donau, wahrscheinlich halten seine verkrüppelten Hände (wie er mit ihnen wohl gezeichnet hat?) noch immer die Tasche fest, irgendwann wird er die Tasche freigeben, sie wird aufsteigen, an der Oberfläche treiben, und ein Fischer wird sie finden, die aufgeweichten Pläne wegwerfen oder sie trocknen und zum Unterzünden für ein Feuer verwenden. Und Imre und seine Leute werden glauben, daß er in den Kasematten umgekommen ist. Sie werden sich vor Roebling nicht zu fürchten brauchen.

Nach kurzer Fahrt legten wir vor der Zollstation in Mohács an. Morgó versteckte die Zille zwischen Fischerbooten und sprang, mehrere Stufen auf einmal nehmend, die Ufertreppe hoch. Sie verschwand hinter einer Halászcsárda, deren hölzernes Obergeschoß in den Strom hinausragte. Der Lichtkegel eines Scheinwerfers strich über den Fluß, und ich zog den Dozenten mit mir unter die Bordkante. Bald stellte sich heraus, daß das Licht von einem unterhalb der Zollstation auf Reede liegenden Schiff stammte, das seine Kähne neu gruppierte, bevor es die Fahrt fortsetzte.

Morgó kehrte mit einem riesigen Hirtenhund zurück. Das Tier, das auf den Namen Szundi hörte, war groß wie ein Kalb und von derselben Rasse wie der Hund, der an der Gefällestufe von Gönyü seinen betrunkenen Herrn bewacht hatte. Der Dozent zuckte ängstlich zurück, aber der Hund, der erbärmlich stank, fand ihn sympathisch und schleckte ihm übers Gesicht. »Szundi, gyere«, rief das Mädchen, und der Hund ließ vom Dozenten ab. »Szundi wird dich hinauftragen«, sagte Morgó zu mir. »Meine Mutter gibt uns Kleider und etwas zu essen.« Der Dozent und Morgó setzten mich auf das gutmütige Tier, das unter der Last fast zusammenbrach, aber keine Anstalten machte, mich abzuschütteln. Schritt für Schritt und Stufe für Stufe meisterten wir die Ufertreppe.

Morgó war vorangelaufen und schlüpfte durch eine Eisentür in das Souterrain der Fährgaststätte. Der Dozent wollte umdrehen, als er sah, daß im Schankraum Gäste waren, aber Morgó zog uns weiter durch das Lokal. Drei Greise saßen über Schüsseln mit dampfender Fischsuppe. Neben jeder Schüssel lag ein Brett mit Weißbrot und kleinen feuerroten Kirschpaprikas. Bedächtig löffelten die Männer die Suppe und beachteten die Tränen, die ihnen übers Gesicht liefen, nicht. Hin und wieder brachen sie einen getrockneten roten Feuerpaprika und rührten ihn in die Suppe. Sie nahmen von der seltsamen Prozession, die vorsichtig und scheu den Schankraum durchquerte, keine Notiz.

»Was war das?« fragte der Dozent, als wir im Vorraum standen. »Ein Wettessen?«

»Sie vergleichen, wer mehr zu sich nimmt«, sagte Morgó.

»Suppe?« fragte der Dozent.

»Paprika«, erwiderte Morgó. »Die Männer sind vom Altersheim. Zweimal in der Woche lassen sie sich hierher bringen und essen den ganzen Abend Fischsuppe und Paprika. Sie glauben, daß sie dadurch den Tod vertreiben.«

Hätten wir Roebling nur auch so weit gebracht, daß er sich an dem Essen hätte beteiligen können, dachte ich. Dann wäre alles überstanden gewesen. Eine Schande, daß es so knapp vor der Rettung passieren mußte. Eine Schande und ein Pech. Stundenlang sieht man kein einziges Schiff auf der Donau, und dann, in einer Kurve, an einer Buhne mit einem Strudel, gleich zwei. Das ist wirklich Pech. Und der Dozent, als er aufgestanden war, wahrscheinlich um Morgó zu helfen, hat sich einfach nur falsch verhalten. Nichts wäre geschehen, hätten wir nicht das Pech mit den Schiffen und der Buhne gehabt.

Morgó führte uns über eine Treppe in den ersten Stock, wo die Halászcsárda untergebracht war. Der Hund ertrug meine Last mit bewundernswerter Geduld. Eine ältere Romafrau trat aus der Toilette und leitete uns in die Küche um. Dort wurden wir so gesetzt, daß man uns vom Speisesaal her nicht sehen konnte. Aus dem Saal drang die Musik einer Zigeunerkapelle, die ungarische Lieder spielte.

»Meine Mutter«, sagte Morgó. Die Frau nickte mir zu. Morgó setzte uns Fischsuppe und Fleischpalatschinken in Rahmsauce vor. Beide Gerichte waren hervorragend. Der Dozent kämpfte mit der Schärfe, er hustete viel, und seine Augen tränten, aber er hielt sich gut. Ich bat um zwei getrocknete Kirschpaprika, zerbiß sie vor den Augen des entsetzten Dozenten und spülte mit Fischsuppe nach. Die im Teller verbliebenen Nudeln schnitt ich in kleine Stücke und mischte sie unter den Rahm auf der Fleischpalatschinke. Morgós Mutter fragte nicht nach István, und ich hütete mich, seinen Namen zu erwähnen. Als wir gegessen hatten, erhielten wir am Herd gewärmte Kleider, zwei Decken und etwas Proviant. Morgó besprach sich mit ihrer Mutter, und mir fiel auf, daß die Frau keine Zähne hatte. Beim Abschied drückte Morgós Mutter mir einen kleinen runden Gegenstand in die Hand, den ich ohne nachzusehen in die Hose steckte. Dann kehrten wir zur Zille zurück.

Vor der Zollstation patrouillierte ein Polizeiboot. Erst als das Boot neben der Fähre festgemacht hatte und seine Insassen in der Grenzstation verschwunden waren, löste Morgó die Leine. Ich saß neben dem Mädchen auf der Heckbank, und wir paddelten ruhig in die Strömung hinaus. Mit dem Rücken zu uns saßen der Dozent und Szundi. Von der Halászcsárda wehten Musikfetzen herüber, der Dozent glaubte eine Melodie von Lehár zu erkennen.

»Sperren Sie die Augen auf«, sagte ich zu ihm. »Wir müssen mit ungarischen Schnellbooten rechnen. Die Grenze liegt unmittelbar vor uns.«

Meine Befürchtungen erfüllten sich nicht. Die ganze Nacht über blieb es ruhig. Auch als der Mond aufgegangen war, wodurch die Sicht wieder besser wurde, blieben wir unbehelligt. Ein einziges Mal mußten wir aus der Schiffahrtsrinne paddeln, weil die »Steaua Dunarii«, ein rumänisches Kabinenschiff, an uns vorüberglitt. Das Schiff war hell erleuchtet, und in der Bar ging es hoch her. Ich vernahm die Melodie des »Traurigen Sonntag« und tippte das Mädchen an; Morgó nickte mir wissend zu. Der Dozent war eingeschlafen, sein rechter Arm ruhte auf dem Hund.

Morgó versuchte, die Zille mit dem Bug voraus in der Fahrrinne zu halten, und ich half ihr, so gut es ging. Ich wollte das Mädchen fragen, wie lange wir noch zu fahren hätten, aber Morgó legte ihren Zeigefinger auf meinen Mund und deutete auf die beiden Schlafenden.

Stumm paddelten wir durch die mondhelle Nacht. Zu beiden Seiten des Flusses türmten sich die Kronen mächtiger Aubäume. Irgendwann zeigte Morgó mir eine breite Flußmündung: die Drau. Ich wußte, daß wir Ungarn nun verlassen hatten und auf der Höhe von Ossijek waren, das wenige Kilometer landeinwärts an der Drau lag. Die nächste Stadt an der Donau mußte Vukovar sein. Und ich konnte mir ausrechnen, daß wir die Stadt in ein paar Stunden erreichen würden.

Als der Mond untergegangen war, kam der Nebel. Es wurde feucht und kalt. Auch setzte leichter Nieselregen ein. Wir breiteten eine Decke über den schlafenden Dozenten und den Hund. Morgó und ich teilten uns die andere. Ohne zu reden paddelten wir, oft korrigierten wir auch nur die Richtung der Zille, die in der Strömung immer dazu neigte, sich querzustellen. Morgó lehnte sich an mich, hörte aber nicht mit dem Paddeln auf. Ich hätte gern mit dem Mädchen gesprochen, aber ich wußte nicht, worüber ich reden sollte, ohne István zu erwähnen. Also schwieg ich, paddelte vorsichtig und versuchte im Rhythmus zu bleiben.

Kurz vor Vukovar landeten wir unter schützenden Weiden in einem Inselhaufen. Wir wollten das Ende des Regens abwarten, bevor wir in die Stadt vordrangen. Ich streckte mich im Boot aus, und Morgó legte sich zu mir unter die Decke. Ich schlief ein und hatte einen seltsamen Traum.

Ich träumte, daß ich mit Morgó zum Fischen ausgefahren war. Sie zeigte mir die Luftblasen eines großen Fisches und steuerte das Boot so, daß der Fisch in eine seichte Bucht gezwungen wurde. Der Wels sprang im flachen Wasser über die Steine. Morgó hockte sich auf den Schotter und wartete, bis die Kräfte des Fisches erschöpft waren. Ich hatte die Zille, die am Schotter aufsaß, quergestellt und schlug mit dem Paddel auf das Wasser, um den Fisch ins Flache zurückzutreiben. Als der Wels aufgegeben hatte, ging Morgó mit dem Paddel auf ihn zu. Da schnellte der Fisch noch einmal in die Höhe und fiel schwer auf die nassen Kiesel. Sie unterfing den Fisch mit der flachen Seite des Paddels und schleuderte ihn an Land. Mit einem Hieb des Paddels brach sie ihm das Genick. Dann hob sie ihn auf und trug ihn, quer über ihre Arme gebreitet, zur Zille und legte ihn unter die Heckbank.

Wenig später lagen Morgó und ich im Boot. Ein warmer Wind strich vom Land her, die Wellen umspielten den Schotter und kräuselten sich im flachen Wasser. Der Kopf des Mädchens ruhte auf meinem Bauch, und ich spürte ihre ruhigen und gleichmäßigen Atemzüge. Ich wunderte mich, wie das möglich war, da ich doch unterhalb des dritten Lendenwirbels kein Gefühl mehr hatte. Aber ich spürte, wie meine Scham vom Körper des Mädchens erwärmt wurde. Der Wind war stärker geworden, und die Wellen leckten ungestüm an der Zille. Ich fragte mich weiter, wie es möglich war, daß ich plötzlich die Lippen des Mädchens an meinem Penis spürte. Zwar hatte ich es im Lauf der Jahre zuwege gebracht, aus der Erinnerung an früher, als ich noch jeden Zoll meines Körpers gespürt hatte, Empfindungen zu rekonstruieren, aber ich konnte mich nicht erinnern, daß die Vorstellung jemals so nahe an eine Wahrnehmung herangekommen war. Ich ließ die Hand auf ihrem Rücken, und mit jedem Atemzug wuchs meine Erregung. Plötzlich krampfte mein Becken sich zusammen, ich bäumte mich auf, und das Boot begann zu schaukeln. Ich spürte, daß die Wärme sich nicht zurückzog, sondern blieb. Morgó lehnte sich über die Bordwand, formte die Hand zu einer Kelle und wusch ihr Gesicht. Aber dann wurde es doch kalt. Ich öffnete die Augen. Regentropfen prasselten auf das Wasser. Morgó schlief, den Kopf auf meiner Brust, tief und fest.

Der Lärm eines Schiffsdiesels hatte mich geweckt. Ein deutscher Selbstfahrer stampfte bergwärts. Ich setzte mich vorsichtig auf. Morgó schlief noch. Auch der Dozent war aufgewacht, er rieb sich die Augen und tauchte die Finger einer Hand in die Donau, um sich zu erfrischen. Der Hund hatte den Kopf zwischen den Pfoten und blinzelte uns träge an. Es regnete stark, die Sicht war aber klar genug, daß wir den Landgang wagen konnten.

Ich weckte das Mädchen. Morgó war von einer Sekunde auf die andere hellwach. Sie steuerte die Zille durch ein Geflecht von Nebenarmen zu einem Hochwasserdamm, der in einer Rampe zur Donau auslief. Die auf dem Damm befindliche Straße führe ins Stadtzentrum, sagte sie.

Die Spuren des Krieges waren allgegenwärtig. Morgo begleitete uns bis zu den ersten Häuserruinen. Dort wechselte ich vom Rücken des Hundes auf den des Dozenten. Der Hund blieb unschlüssig stehen und winselte. Ich winkte Morgó zu mir und reichte ihr meine Hand, und als sie zögernd danach griff, führte ich ihre Hand an meinen Mund und küßte sie scheu. Der Hund wedelte den Schweif und winselte laut. Das Mädchen schnappte ihn am Fell zwischen den Schulterblättern und zog ihn gegen seinen Widerstand mit sich. Sie drehte sich nicht um.

Der Dozent brach unter meiner Last fast zusammen, aber er sagte kein Wort. Er roch nach Schweiß und Brackwasser. Zu meinem Erstaunen mochte ich den Geruch, und mir fiel auf, daß ich dem Dozenten noch nie so nahe gekommen war.

Bald stießen wir auf einen Jeep, in dem zwei schwarze US-Soldaten saßen. Ohne viel zu reden, fuhren sie uns ins Stabsquartier der amerikanischen Truppen. Ich wurde auf einer Bahre in das Zimmer des diensthabenden Offiziers getragen, der Dozent lief neben mir her.

An der Stirnwand hing ein Kalender; er zeigte die Brooklyn Bridge bei Nacht, und an den abgerissenen Blättern sah ich, daß wir genau vor einer Woche von Wien aufgebrochen waren. Der Offizier, auch er ein Schwarzer, stand hinter seinem Schreibtisch auf und kam auf uns zu. »Colonel Matthew Trueblood«, sagte er und hob die Hand an die Schläfe. »Wir haben Sie schon erwartet.«

»Schön, Sie zu sehen«, sagte ich.

»Ein Mister Giordano faxt alle paar Stunden«, sagte Trueblood. »Er wartet auf einen Text über einen verschollenen amerikanischen Staatsbürger.«

»Woher kommen Sie, Colonel Trueblood?« fragte ich.

»Aus New York City, Sir.«

»Aus Manhattan?«

»Nein, Sir, aus Brooklyn. Flatbush, Chestnut Avenue. Kennen Sie die Gegend?«

Ich nickte.

»Sir, haben Sie etwas, womit Sie sich ausweisen können?« fragte der Offizier den Dozenten. Der schüttelte den Kopf. Ich zog das Medaillon aus der Hosentasche hervor. Ohne es anzusehen, reichte ich es dem Offizier. Der studierte das Bild und gab es mit einem verwunderten Blick zurück.

»Wer ist das?« fragte er.

Das Bild zeigte István als etwa fünfjährigen Knaben. Er saß auf dem Boden und hatte beide Hände um Szundi, seinen Hund, geschlungen. Und er hatte einen wundervollen schwarzen Lockenkopf.

Wir blieben nicht lange in Vukovar. Nach zwei Tagen war mein Bein versorgt und der Harnwegsinfekt unter Kontrolle. Auch die Ermittlungen waren bald abgeschlossen. Die Geheimdienstoffiziere packten ihre Tonbänder ein und verschwanden, ohne eine Andeutung zu machen, was damit geschehen würde. Colonel Trueblood ließ es sich nicht nehmen, uns persönlich nach Wien zu bringen. Als wir vor der Villa des Dozenten in Hietzing vorfuhren, kam seine Mutter gerade vom Einkauf zurück. Sie sah den schwarzen Offizier im amerikanischen Jeep, ließ die Einkaufstasche fallen und rannte ins Haus. Trueblood war stolz auf seine Wirkung, er hatte dieses Verhalten österreichischer Zivilisten bisher nur aus Erzählungen von Veteranen gekannt.

Bei mir zu Hause war die Aufnahme freundlicher. Meine Haushälterin hielt Trueblood für einen Fernsehstar und wollte von ihm sechs Autogramme, für jedes Familienmitglied eines. Noch in Vukovar hatte Trueblood für mich einen Rollstuhl besorgt, einen roten Everest & Jennings Ultra Lite. Er bedauerte, mir den Rollstuhl nicht schenken zu können, denn der sei eine Leihgabe der US-Army an die UNO-Truppen und man müsse immer damit rechnen, daß Soldaten durch Minen verstümmelt würden. Und dann fügte er hinzu, er glaube nicht, daß es Krieg geben werde, falls ich den Rollstuhl nicht zurückbrächte. Ich war gerührt und bedankte mich bei Trueblood mit zwei Flaschen Rotwein. Dem ertrunkenen Josef zu Ehren nannte ich den Leihrollstuhl der US-Army »Josef II.«.

Von gemeinsamen Bekannten erfuhr ich, daß der Dozent nach Truebloods Auftritt von seiner Mutter aus der Villa geworfen wurde und bei seiner Schwester Unterschlupf fand, aber das nur für kurze Zeit. Ich weiß nicht, wo er jetzt lebt, ich bin mir aber sicher, daß er unsere Wette verloren hat und nicht im Milleniumstower wohnt.

Einige Wochen nach unserer Rückkehr brachten die Zeitungen Berichte über einen Kinderpornoring, der in Bratislava ausgehoben worden war. Der Geschäftsführer war ein Wiener Kinderpsychologe. Meine Haushälterin erklärte, solche Leute gehörten vergast, und das war das erste Mal, daß ich mit ihr in Streit geriet.

Heute morgen, ich hatte mich gerade niedergelegt, erhielt ich einen Anruf von Giordano. Er sei es leid, meinen Müßiggang mitansehen zu müssen, sagte er, ich solle schleunigst packen und nach Genua fahren. Morgen abend sei auf einer Fähre der »Tyrrenia Lines« eine rollstuhlgerechte Kabine für mich reserviert. Er bot mir fünfzehntausend Zeichen für eine Reportage über eine sensationelle Sache. Näheres würde ich am Zielort der Reise vom Pächter der Hafenkneipe, Carlo Aulizzio, erfahren.

»Und wo wohnt dieser Signore Aulizzio?« fragte ich.

»In Palermo«, sagte Mister Giordano. »Habe ich das nicht erwähnt?«

Copyright © 1999
ELEFANTEN PRESS Verlag GmbH, Berlin
Alle Rechte vorbehalten
Lektorat Maruta Schmidt
Umschlaggestaltung Blank/Holtfreter
Gestaltung und Satz
Agentur Marina Siegemund, Berlin
Druck Interpress Budapest
Printed in Hungary
ISBN 3-88520-735-4